河出文庫

我が尻よ、高らかに謳え、愛の唄を

浅暮三文

河出書房新社

目次

我が尻よ、高らかに謳え、愛の唄を

第一章

我が尻よ、高らかに謳《うた》え、愛の唄を

「なんだろうな」

ピップは指につまんだ紙切れを眺めながらつぶやいた。黄ばんだ古い物だ。数行の大文字、小文字が躍っていて正装をした男が描かれている。

三月の夕刻。乾いた風が強く吹いていて寒い。辺りは灰色の石と茶色の土が剝《む》き出す丘陵で、短い草がまばらに茂る以外はなにもなかった。

かたわらの鉱石ラジオから小さな音で音楽が流れ始めた。五時に始まる番組が隣国フランスの国歌「ラ・マルセイエーズ」を放送している。

ピップは石を枕にドングリのような小太りの体を草地に伸ばしていた。紙切れをつまんだまま、辺りに視線を巡らせる。最初の「集合」で呼び集めた羊と山羊《やぎ》たちは、まだ遠くでぐずぐずしていた。

手を伸ばしてラジオのスイッチを切り、革のチョッキのポケットに慎重に入れる。ラジオはピップの唯一の宝物だ。一人っ子だった彼に十歳の誕生日祝いとして父親が蚤《のみ》の市で探してきてくれた。

『不思議だろ。電気がなくても聞こえるんだ。もうこれで一人でも淋《さび》しくないな。十歳、おめでとう。大きくなったら何になる？　たくさん勉強して学者になるか？』

父親の言葉がよぎり、甘い憂いが滲《にじ》んだ。この頃、ふと脳裏に浮かぶ煩悶《はんもん》だ。それをピップはため息で吐き出して立ち上がった。一日の土と砂にさらされた体が痒《かゆ》い。くしゃくしゃの癖毛を掻《か》くとピップは腰をかがめて尻を高く突き出した。下腹に力を込める。泥んこの半ズボン越しにトランペットのような高らかな音が辺りに響いた。

二度目の「集合」を意味する一発に点在する草から顔を上げた羊と山羊が仕方なさそうにピップの方へ集まり始めた。ピップはズボンの泥をはたきながら家畜たちを待った。

第二次世界大戦下のスペイン。フランスとの国境にあるカタルーニャ州ジローナ県フラタス村。この寒村は地中海まで十五キロほどだが港町ではない。村の背後でピレネー山脈がすぐに始まり、どこまでも西へ続く山岳地帯のとば口だ。

当時のスペインはフランコ政権下にあり、一方、フランスはドイツの占領下にあった。フランコ政権は表面上、大戦に加わっていなかったがドイツとは親密だ。そのために戦時下にある国境ながら、フラタス村はのんびりしたものだった。

独裁者フランコは中央集権政治に執着したため、独自の文化を持つカタルーニャ地方に対して厳しい体制を敷き、独自のカタルーニャ語さえ禁止していた。

むろん誰もが内心は忸怩《じくじ》たる思いでいたが、それは独立戦争になだれこむものではなく、ましてや寒村フラタスは政治や思想、ことに理想とは無縁。人々の願いは順調な四季といった昔ながらの田舎暮らしだった。

足下で「メー」と小さな鳴き声がする。この春、生まれたばかりの雌の子山羊でピップにとてもなついており、最初の合図で駆け寄ってきたとき、こいつが紙切れをくわえていたのだ。どこで拾ったのか、草の代わりに喰《く》おうと思ったらしい。

「なんだろうな」

ピップは二度目の合図で集まり始めた家畜を待ちつつ、つまんでいた紙切れを再び眺めた。雨風にさらされていたらしく、皺《しわ》が寄ってガサついている。どうもチラシらしい。ただピップが疑問に思ったのはその絵柄だった。安手の色刷りで、シルクハットにタキシード姿の中年男性が笑いながら、背を向けてこちらを振り返っており、男の回りに煙がたなびいている。背後には青い風車が描かれていた。

チラシには大きな見出し文字。回りにも小文字がいろいろと書かれているが何を意味するかは分からない。チラシが楽しげなだけにピップは気になったのだ。

足下でメーと子山羊が再び鳴いてピップを見上げている。そうだ。もう家へ帰る時間だ。チラシをポケットに突っ込んだ。やっと近くに集まった相手を数え直す。両手の指を折って十四。そこで片目を閉じて二分の一。二分の一はこの子山羊だ。

連れてきた数きっちりだった。ピップは学校には通っていない。だから文盲だ。算盤も苦手。だが数に間違いがないと確認すると、羊の群れを追い立てながら山の下の家へ歩き出した。十五歳の牧童なりに。

「親父さん、これなんだろう？」

山から一時間ほどある家に戻ると日が沈んでいた。連れ戻ってきた家畜を小屋に入れたピップは母屋《おもや》で告げた。丸太造りのつましい家屋では夕餉《ゆうげ》の支度が始まっている。

「山で見つけたんだけど」

ピップが例のチラシを手渡すと一家の主人、ガレスの親父はテーブルのランタンにかざした。フラタス村にはまだ電気がきていないのだ。

岩を人間にしたようなごつい体軀《たいく》のガレスの親父は、しばらく見てから、ふううんと唸《うな》った。毛むくじゃらの手で握ったホーローカップをがぶりとやる。自家製のかなり酸っぱいワインだ。

「わしが思うにこいつはフランス語だな」

「なにいってるの。スペイン語だって読めないじゃないのよ」

お袋さんが深皿を二人に配った。でっぷりした腹を二人して揺らして笑っている。テーブルにはパンとチーズ。今晩の夕食は豆とベーコンの煮込み鍋《なべ》だ。昨夜もだが。しかしうまいのだからかまわない。

「チラシらしいが商店の特売でないのは確かだな。もしそうでも残念ながら、この古さならとっくに終わってる」

ガレスの親父はピップに紙片を返して深皿の煮込みに取りかかった。ときおり首を叩《たた》く。椅子《いす》にかけたお袋さんもつられて腰を揉《も》む。二人とも五十を過ぎただけに野良《のら》仕事で関節が痛むらしい。

ガレス家の稼業は豚の飼育と農作だ。この辺りはハムの名産で名高く、荒れ地の畑で手がけるのはワイン用のブドウだった。ピップがまかされている放牧はまだ手がけたばかりの副業である。

「フランス生まれのピエール殿でも、まったくちんぷんかんぷんなのかね」

互いに文盲と知りながらガレスの親父がわざと皮肉ってくる。親父さんがいうようにピップは今でこそスペイン側にいるが、そもそもは山向こうの村、フランスの出身だった。本名をピエール・ヌージェという。つまりピップは子供がいないガレス夫婦のもとにきた養子なのだ。

生家はガレス家と似たり寄ったりの農家だったが、ピップが十歳のときに質《たち》の悪い風邪《かぜ》が村で流行《はや》り、両親を相次いで亡くした。父母にはともに縁者がなく、施設で暮らす金もなかった。そこで教会が一人っ子だったピップの養子先を仲立ちしてくれたのだ。

ピップの生まれた村とフラタスには言葉の国境がない。今、三人が話しているのはスペイン語だが、ピップも含め、この地方の人々はフランス語もできる（しゃべるだけだが）。つまり山向こうは隣国よりも隣村といえ、身よりのない子供の世話があるのだ。

ピップは十五歳となった割に背はそれほど伸びていない。体質なのか、十歳のときと大差ないほどで、ドングリのように小太りでずんぐりむっくりしている。冬の外でなら小さな雪だるまに見間違う少年だ。夏なら毛がない小熊か。

おまけに学問もなく、知恵が回る方でもない。頭はちりちりの癖毛。色男の部類とは縁遠い。だが目はビー玉のようで丸顔の外見は愛嬌《あいきょう》がある。だから村のみんながピップとあだ名で呼ぶ。

「山の仕事はうまくいってるかい？」

しばらく夕食に没頭していた三人だったが食欲が落ち着くと、お袋さんがやや心配げに尋ねた。言葉の裏に放牧以外のことも含んでいるようだ。

「当たり前だ。大自然児ピップ様だぞ。おお、羊も山羊も酔いしれる響きよ」

ワインをきこしめた親父さんはご機嫌らしい。放牧となると話が大袈裟《おおげさ》になる。というのも理由があった。家にきたときのピップは、まだ十歳だったし、力仕事には不向きな体格だったために、雑用の他に牧童はどうかとの話になった。うまくいけば数を増やして家業にできるとガレス親父が算用したからだ。

当時のガレス家では放牧は片手間だった。今は種付けで十匹程度に増えてくれた羊と山羊だが、その頃は四、五匹しかおらず、世話に関しては近隣の少年に多少の駄賃でまかせていた。だから牧羊犬はいなかった。しかしピップが牧童になるなら話は別だ。

犬は山に散らばって草をはむ羊を呼び集めるのに欠かせない。人の手では手間がかかるし、迷子の捜索も鼻が利かなければ難しい。それをどうするか。ピレネー犬のような賢い犬は手に入れるには高価だし、あいにく近くにもらえるような雑種の子犬はいなかった。そこが問題だった。

だがガレス夫婦を驚かす出来事が話を変えた。勉強のため、他の少年らが笛と犬を使って放牧するところを見学していたピップが告げたのだ。

「笛ならできるかもしれない」

告げたピップは山に散っている羊と山羊に向けて尻を突き出すと高らかに一発を放った。すると彼らはそれを聞き、怪訝《けげん》な風に頭を上げて反応を示したのだ。

放牧で重要な合図は遠くにいる家畜への「集合」に集約される。羊は牧童の笛による指示を理解し、犬はそれを吠《ほ》え声と走りで補っている。そのとき、ピップが放った一発は少年らが吹く笛の音を真似たものだった。

あとの「行け」なり「止まれ」なり「入れ」なりは囃《はや》し声で足りる。楽器でなくホイッスルだった笛の音が複雑でないことも幸いだったのだろう。こうして最初の実験が功を奏し、練習の結果、ピップは彼の肉体的特長による放牧方法を編み出したのだ。

そもそもピップは生まれたときから人並み外れて放屁《ほうひ》の音が大きかった。両親から産《うぶ》声《ごえ》よりも先に鳴らしたとも聞かされている。彼の大音響を健康の証《あかし》として喜んだらしい。

幼心《おさなごころ》にそれが嬉《うれ》しくてピップは仕事に忙しい両親を楽しませたり、気を引こうと放屁を操るようになった。他に遊びらしい遊びがなかったせいもあったが結果、いつでも自在に出せるようになった。

トランペットからピッコロまで。いつまで続くのかと思わせる長音から軽やかなスタッカートまで。

　ピップが自由に放屁を操れるのは空気をたっぷりと腹に吸い込み、吐き出す方式による。いわば下腹による発声だ。だから正しくはガスといえない。本物は別として。

　十歳に至る過程でピップはマナーとしてその音量を抑制する技術を身につけたが、音をさえぎるもののない丘陵地帯ではピップの高らかな一発が遠くに散らばる相手を呼び集めるのに最適だった。

「山はなんともなかったのかい？」

「鉄砲も山犬も出なかった。いつも通りだよ」

　お袋さんの心配にピップは答えた。

「おいおい、ピップも十五歳の立派な男だ。ドイツ兵でもフランコ兵でも、なにするものぞってところだぞ」

「でもねえ、この子は人より小さいからね。まさか山賊でも出たら」

「なあに、大きくなるのが他人より少し遅いだけさ。もっと喰ってもっと体を動かせば、すぐに一人前の男になるさ」

　一人前という言葉にピップは匙《さじ》を止めた。山でもそうだったが、これがこの頃、ピップの脳裏を煩わせることだった。一人前とはなにか？　ラジオをもらった誕生日に父親から尋ねられた言葉、大きくなったら何になる？　その答ともいえる。あのとき、自分はなにか答えた気がするが、なんと口にしたっけ。

ピップには「一人前」が分からない。牧童もいやじゃないけど、もっと別の一人前があるんじゃないか。たとえば羊ではなく、人間と一緒に一日を暮らす。ラジオでなく、話し相手を持つ。泥にまみれず、痒くない生活をする。その方が楽しいだろうと思う。

つまり出世だ。学問があればなによりだが文盲では無理だ。だが強くなればいい。もしくは偉くなればいい。そして金を儲《もう》ける。だがどうやって？　それが分からない。相談しようにも友だちはいないのだ。ピップに限らず牧童とはそんなものなのだ。

朝、家を出て、牧草地で一日を過ごし、夜に帰って眠る。誰もいないところにいることが仕事なのだ。顔見知りはいるにしても親しく接する人間などできるわけがない。ただ、いつか誰かが話していたのは憶《おぼ》えている。他の奴がやってないことが儲かるらしいぜ。誰にも真似できないことは利益を独り占めだぜ。

つまり俺にしかできないことがいいってことか？　だったら、この尻の技か？　確かに他人にはできないことだ。だがしょせん放屁だ。好きなときに好きなようにお見舞いできるだけだ。

俺がやってることは誰も真似できないことではなく、誰もやる気にならないだけだ。やっても価値がないから。尻の一発で儲かるならイタチやスカンクは左団扇《ひだりうちわ》だ。こんなので偉くも強くもなりゃしない。そして俺は他になにもできない。

そう考えるとピップは心が疼《うず》く。体のどこかに穴が空いたような感じになる。ため息をついて脳裏の思いを吐き出した。手にしている紙切れを眺める。楽しげな紙片を見ると気がまぎれ、心が軽くなる気がするのだ。

ピップは夕食を終えて自分の部屋に寝にいくことにした。彼の部屋は屋根裏だ。梯子《はしご》段に向かう背中にお袋さんの声があった。

「ピップ、明日は日曜日だよ。その紙切れが気になるなら、教会にいったときに牧師さんに尋ねてみたらどうなんだい？　ここらで知恵のあるのはあの人しかいないしね」

「では、ごきげんよう。また来週に。今朝は北風が強いね。砂埃《すなぼこり》が目に入らないように気を付けなさいよ」

日曜の朝、強い山風が村の教会前に吹いていた。日曜の礼拝が終わり、村人が三々五々に散っていく。

村民に挨拶するのはペドロ牧師。七十を超えた体軀は使い古した針金のようだ。ピップの養子の仲立ちをしてくれた人物で、なにかと相談にのってくれる。

「牧師さん、これ、なんでしょうか」

教会前の広場が落ち着くのを待ってピップはチラシをポケットから取り出した。いつもの牧童の恰好《かっこう》だった。日曜日の礼拝といってもピップは作業着しか持っていないのだ。

「おお、フランス語だな。これは演芸のチラシじゃないか。なかなかおもしろいぞ」

受け取ったチラシを一瞥《いちべつ》して牧師は微笑《ほほえ》んだ。読んであげようといわんばかりにチラシの大文字を指で追う。

『高らかに愛の唄を謳《うた》う世界一の尻　大人気ジョルジュ・ピジョール　今夜、青風車《ムーラン・ブルー》でル・ペトマーヌに喝采を』

村で唯一の知識人はたちどころにチラシの謎を解いてくれた。だが一方でさらに分からないことが増えることになった。

「ペトマーヌ？」

「それはね、ピップ。放屁芸人《ペトマーヌ》、すなわちオナラ男のことなんだよ。この絵にあるのはパリの青風車という劇場だろう」

牧師は続けて小文字を指さしている。

『正面からでは歌手には見えぬ。だが裏に回れば並ぶ者なきバリトン』

「私も話に聞いただけなんだが、もう四十年ほど前になるかね。このジョルジュ・ピジョールというフランスの芸人が自分のお尻を使って唄や物真似を披露したそうだ」

「放屁の芸ですか。そんな下品なものが大人気になるのですか」

「とんでもない。一世を風靡《ふうび》して城のような家を建てるほど大儲けしたんだそうだよ。なぜなんだか、お尻の一発はみんな大好きだからね」

「みんな、あれが好き？　初耳ですが」

「ああ、隠してるけど本当はそうさ。一発聞こえれば子供は声を上げて笑う。大人だって匂ってきたら犯人探しに騒ぐ。本当は楽しいのさ。身近なハプニングだからなのかな。この平和で愉快な失敗は誰だってするから万国共通だ。しない人はいない。王様も乞食《こじき》も兵隊も。私はミミズのを聞いたことがあるよ」

「本当ですか」

牧師は答えずに微笑んだ。これは冗談らしい。

「いってみれば放屁は自由と平等の象徴だ」

牧師は戦時下だけに最後のところは声を潜めた。ピップは牧師の説明に遠い記憶が蘇《よみがえ》ってきた。父親からラジオをもらったとき、自分は確か、こう答えたはずだ。大きくなったらラジオになると。

あのとき、父親は人間はラジオになれない、機械だからと笑ったが、自身の答は子供なりの言葉足らずだったのだ。正しくは大きくなったらラジオのようにみんなを楽しませる大人になりたい。そういいたかったのだ。

確かに死んだ両親は俺の一発を喜んでいた。それが嬉しくて俺もいろいろできるように練習したんだっけ。ピップは心に空いていた穴が消えた気がした。放屁で城のような家が建つ。考えてもいなかったために俄《にわか》に信じがたい。だが事実なら自分にもなんとかできるかもしれない。

「四十年前ですか。その芸人はまだフランスで健在なんでしょうか？」

ピップは自身の考えを悟られないように心がけた。養子を世話してくれたペドロ牧師は、いわばピップの後見人だ。なにを考えているか分かったら、夢みたいなことをいうなと止められるに決まっている。

「さてねえ。どこにいるか、生きているか、死んだか。残念ながら詳しくは知らないんだよ。他人からの又聞きだったからね。それにこの絵のように当時ジョルジュ・ピジョールは三、四十代だ。仮に生きているなら七、八十歳になる。さすがに芸人を続けてるとは思えないな」

「このパリの劇場は？」

「青風車か。あそこは赤風車《ムーラン・ルージュ》と肩を並べる人気だったが今はもうなくなったはずだ」

心の穴が消えたと思ったが別の穴ができた。どうにかできないかと考えたものの、どうやってどうにかするのか。そもそもそれを考えていなかった。

村を出てフランスに行き、この芸人を捜すのか。潰れた劇場のチラシを手がかりにか？　誰に聞く？　その手段は？　どのくらい時間がかかるか分からないぞ。金もないじゃないか。それに羊はどうする。親父さんたちになんていう？　第一、四十年も前だ。誰かが憶えているとは思えない。

「しかし、よくこんなチラシを手に入れたね」

牧師にはピップの本心が伝わっていないようだ。ピップは落胆しながら説明した。

「昨日《きのう》、山で山羊がくわえてたんですよ」

「山で見つけた古いチラシか。おそれいったね。パリのチラシがこんな山の中に。誰かが昔々、捨てたのかな。それとも奴が一発、パリから吹き飛ばしたか、ははは」

つぶやいて牧師はチラシを子細に改めている。

「おや。こりゃ、ちょっとしたミステリーだよ。ここだけの話、私は推理物が好きなんだ。チェスタトン描くところのブラウン神父になった気分だね。といっても彼は神父、私は牧師だが。ま、とにかく見てごらん」

牧師は手にしていたチラシの裏面をピップに示した。表の絵に気を取られて裏はよく見ていなかった。だが裏面はただの裏白でなにも印刷されてなかったはずだ。なにか見落としたのだろうか。

「ここに滲んだ跡があるだろ？」

確かに牧師の指先にはうっすらとした紫や緑の色の痕跡があった。チラシに付いた汚れにも見えるが、渦巻模様をなにかで描いたようにも思えた。

「ピップには何に見える？」

「小さな勲章かリボンかな。でもリボンが色移りするのは変か。すると絵の具か色鉛筆の具合を試したとか」

「いい線だ。だが、ずばりの答がある。いいかね。これはアザミだ」

「なんのことです？　どうしてアザミなんです？　それになぜ断定できるんです？」

「答は簡単だよ。下を見てごらん」

牧師が花の名を唐突に口にし、ピップは理解に苦しみながら足元を見た。立っている広場の雑草に混じって可愛い小さな青いアザミが咲いていた。牧師がチラシの裏をその花にあてがう。確かに滲みの跡と様子が合致した。

「するとこのチラシの持ち主は画家かなにかで、裏側にアザミを描こうとしていた？」

「君はこのチラシの持ち主に関心があるようだね。だが画家じゃないだろう。この緑や紫は絵の具じゃない。下書きや試し書きにしちゃ、滲みすぎてる。これは本物の花の汁だよ。つまりこの滲みは押し花の跡だ」

「そうか。押し花を作るとき、古新聞代わりにこれを使ったんですか」

「その通り。さてお次はもっとも大切な謎解きをしてあげよう。残念ながら暖炉もマントルピースもないが、名探偵からピップ君に披露だ。まず押し花というのはせいぜい数週間、長くても一ヶ月ほどで仕上がるんだよ」

「え、するとこの滲みは四十年前のものじゃないんですか」

「よく見てごらん。色があせずに紙に染みてるだろ。これは最近の痕跡だよ。それにもっと重要な点は押し花を作る場所だ。当然だが押し花は室内で作られる。君がこのチラシを発見したような放牧地で作業などしない。風で飛ばされると台無しだからね」

「つまりこのチラシは家で押し花を作るのに使われたけど、なにかの拍子で俺がいた山にあったんですか」

「そうだ。なにがどうしたかまでは分からん。だがこの四十年前のチラシが最近まで室内にあったのは確かだろう。チラシが古い物だから汚れも古いと思いがちだが、それは推理の盲点だったのさ。第一、四十年も山の風雨にさらされていたなら、もっとひどい状態のはずだ。枯れ葉のように腐ってぼろぼろになったり、雨で溶けてしまっている」

「あの、牧師。このチラシはパリの劇場のものですよね。押し花を作るなら持ち主は女性でしょうか。一方で放屁芸を楽しんでいた。なんだかパリジェンヌにしては趣味がちぐはぐな気がするんですが」

「さてね。男だって必要なら押し花を作るだろう。このチラシから持ち主の性別まで推理できないな。それに牧師に女性のタイプを尋ねられても困る。ただし手がかりになるような最後の謎解きをしてあげよう」

牧師は軽く咳払《せきばら》いすると指を立てた。

「この押し花はピレネー青アザミ。この山脈のどこにでも生えてる野生の植物だ。採集するために遠くから足を運ぶほど貴重な花じゃない。アザミが欲しけりゃ、この花と似たのがどこででも手に入るからね。ということはチラシの持ち主は手近なのを摘んだ可能性が高い。つまりこの山脈のどこかに住んでたことになる。これにてQ・E・D」

ピップは一旦《いったん》、教会から家に戻り、昼食を済ませた。そして散歩に出かけると告げて山への道に向かった。目指したのはチラシを発見した放牧地だった。もう少し手がかりがないかと考えたのだ。

歩きながらピップは牧師の推理を思案した。押し花を作ったのが四十年前に青風車でジョルジュ・ピジョールを見た観客かどうかは分からない。本来のチラシの持ち主ではないことも考えられる。だが、もらったか、拾ったか、とにかくなんらかの因縁があることは確かだろう。だから「押し花の人」を探し出せば持ち主へと糸がたぐれ、ジョルジュ・ピジョールの消息が分かるかもしれない。

ペトマーヌなる演芸があると聞いた途端、ピップはそれが頭から離れなくなった。その詳細を少しでも知りたいと思う。だが問題は「押し花の人」をどう探し出すかだった。ピレネー青アザミはありきたりな野生の植物だ。そんな身近な花を押し花にしたのだから、牧師のいったようにパリやマドリッドといった遠方に住む人間ではないだろう。

それでもあの花はこの山脈のどこにでも咲く。山脈のどこかに「押し花の人」がいるとしても、ピレネーはヨーロッパ大陸を横断する。青アザミが咲いているところを虱《しら》潰《みつぶ》しに訪ねていては皺だらけの爺《じい》さんになってしまう。

煩悶するピップの頬を風が叩いた。三月だが春の風とはいえない強さだ。その風に乗って歓声が耳に届いた。山道の半ばで顔を上げると少し先の荒れ地で子供たちが凧《たこ》を揚《あ》げている。凧は雲に届くかというほどの高さで右へ左へ激しく踊っていた。

寒《かん》の戻りだ。ドイツでは氷聖人《アイスハイリゲ》。英米はコールド・リターン。スペインは戻った寒さ《レグレソ・フリオ》と呼ぶ。

ピップの頬を叩いているのも山岳地帯のフラタス村にピレネーから吹きくだる颪《おろし》だ。それを利用して凧揚げを楽しんでいるのだ。ピップは小さく微笑んだ。ピップも子供の頃、フランス側の村で遊んだものだった。

すると上がっている凧のひとつが不意に不規則に揺れた。一瞬、脱力したかに見えると、きりきりと舞って荒れ地の先にある斜面に落下していった。

あまりの風の強さに凧糸が切れたらしい。まだまだ腕が足りないぞ。この辺りの凧揚げは横風に対する糸の扱いに細心の注意がいるのだ。そこが楽しいのだが。ピップは心の中で子供たちに手ほどきしていた。

問題の放牧地に到着した。前回とまったく同じ場所に腰を下ろすと持ってきた鉱石ラジオをかたわらに置き、スイッチを入れた。ラジオからシャンソンが流れ出した。「リリー・マルレーン」だ。この頃、人気の一曲。

ピップは辺りを見渡したが何から手を付けるか思い浮かばず、石を枕に寝ころび、考えた。どうしてチラシはここにあったのだろう。

わざわざここに「押し花の人」が捨てにきたのか。不自然だ。押し花が完成してチラシがゴミになったとしても、人家から離れた放牧地まで捨てにくるだろうか。

では他になにが考えられるだろう。ハイキングのサンドイッチの包み紙。旅の途中の落とし物。差し迫った際のちり紙。エトセトラ。頭に浮かぶ考えはあってもどれも可能性ばかりで決め手に欠ける。

ため息を吐《つ》いてピップは空を見つめた。彼方の山並みの上空で旋回を繰り返す焦げ茶色の鳥がいた。翼の先が指のように突き出している。大きさから見てハゲワシだ。

ハゲワシは主にヨーロッパの山岳地帯を根城にする猛禽類《もうきんるい》だ。野ウサギか山ネズミでも狙っているのだろう。ラジオから小さく「リリー・マルレーン」のメロディが耳に寄せては返し、ゆっくりとした波を思わせている。ここはまるで凪の渚《なぎさ》だな。さっきの凪や空のワシは風を海の波代わりにして届く椰子《やし》の実のようなもんだな。

そこまで考えたとき、脳裏に電気が走った。待てよ。そうか。チラシにあのワシや凪と同じことが起こったとしたらどうだろう。この凪はフランス側の風がこの辺りの山並みにぶつかり、フラタスの村に吹いてくるのだ。そしてピレネー青アザミは山岳に咲く。ピップは一番近くのいただきに登ってみることにした。紙切れが風によってどのぐらい上昇したり、飛ばされるのかは分からない。ただこの凪のせいだったなら出発地点は山の向こう側になる。

目に見える範囲に手がかりがあるかどうかは不確かだ。だが今はそれしかやってみることがない。ピップはラジオのスイッチを切ってチョッキに入れると立ち上がった。

半時間ほどで斜面の先に聳《そび》えていた、いただきに達した。見渡すと西へと山脈がスクラムを組むように広がっている。南は地中海だ。金波銀波がきらめていた。

荒い息を整え、細心の注意を払って目を凝らした。ゆっくりと虫眼鏡で見るように視線を巡らしていく。すると山奥だった。たなびく煙が見えた。空に向かって細い糸が布を縫うように白く点々と続いていた。

ピップのいるいただきからフランス側になる斜面の奥。火事ほどの煙ではない。焚《た》き火にせよ、かまどにせよ、つまりは人がいる痕跡だ。あんなところに誰かいるとは今までしらなかった。というよりフランス側の斜面を眺めること自体、ほぼ初めてだ。いつもはスペイン側で放牧に明け暮れていたから。

ピップは斜面を下っていくことにした。山の登攀《とうはん》はお得意だ。岩と砂利に足を取られないように注意しながら山間の白煙を目指す。小一時間ほどかかって目的地に着いた。そこは斜面が作る岸壁に囲まれた奥まった窪地で草地の中に童話に出てくるような小屋があった。そして小屋のそばにはピレネー青アザミが生えていた。

小屋が日当てとなるかどうかは曖昧《あいまい》だ。しかし話だけは聞いてみようとピップは近づいていった。そのときだった。どかんと砲弾が鳴った。小屋がビリビリと揺れた。

ピップはその場に思わずしゃがみ込んだ。ピレネーの山奥である。まさかと思うが戦時下にあることには違いない。なにかの都合で流れ弾が届いたとも考えられた。すると小屋の屋根から音を追いかけるように煙突の煙が黒くまん丸い玉となって浮いた。

扉が開くと真っ黒なイノシシが出てきた。よろよろとした足どりで外に出たイノシシは数歩進むと振り返って屋根を見た。

「煙突の奴、ひどい便秘がやっと治ったな」

毒づく声がピップに届いた。フランス語だった。相手はイノシシではなかった。煤《すす》で全身が真っ黒になった男だった。考えてみればイノシシがフランス語をしゃべり、二本足で歩くはずもない。だが髪はぼさぼさで足がおぼつかない男の様子が餌《えさ》に何日もありつかず、精根尽きた獣を思わせたのだ。

「あの、ちょっといいですか」

やっと立ち上がったピップのフランス語に相手は初めて来客があったことを理解したらしい。握っていたタオルで顔面を拭くとピップを凝視した。目をすがめているのは老眼なのか。

「誰だ。牧童か。なにしにきた？　迷った羊でも探しにきたのか」

黒塗りを思わせていた顔がぬぐわれて相手の容貌が理解できた。中肉中背の老人。顔は皺だらけ。目の下の隈《くま》が彫刻刀で彫ったように深い。八十歳を超えていると思えた。

「もしかしてジョルジュ・ピジョール先生ですか」

ピップの口から言葉が漏れていた。衰えきってチラシの容貌とは遠い老人だったが、しかし当人だと思わせる面影があった。老人は黙ってピップを見た。そしてなにも答えずに小屋の中に戻っていった。

間違いない。答えないのは肯定《ウィ》であるとピップは直感した。老人を追うようにピップはなりふりかまわず小屋の扉を入った。そして心に固めていた決意を口にした。

「ペトマーヌになりたいのです」

老人は小屋の奥にあった小さな暖炉にしゃがんで鉄鍋を自在鉤《じざいかぎ》にかけている。小屋は一間だけで木造のベッドと低い机。机には新聞が投げ出され、あとはクローゼットがわりらしい木箱が積んであるだけだった。

「どうか俺を弟子にしてください」

「断る」

短いが決然とした言葉があった。

「坊主、人の家に勝手に入るな。田舎小僧め。礼儀しらずもいいところだ。初対面の挨拶ぐらい憶えろ。お前はまだ十歳ぐらいだろうが。子供は勉強しろ。それが仕事だ」

老人はピップを睨《にら》むと外見とは裏腹に機関銃を思わせる勢いで言葉を吐いた。

「ジョルジュ・ピジョールだと？　どこでその名前を知ったかしらんが、俺はジョルジュ・ピジョールじゃない。そして先生でもない」

明らかに本人だ。それに本当に別人なら弟子入りを断る必要などない話だ。

「ペトマーヌになるだと？　芸人なんてものは浮き草稼業、なんにもできない奴がなると相場が決まってらあ」

なにもできないことには自信があった。ピップは相手の悪態が途切れる隙を待って挨拶を始めた。かつて牧師から教わったマナーは自己紹介から始めることだった。

「申し遅れました。俺はピエール・ヌージェといいます。もう十五歳です。山向こうの村の牧童で学校には通ってません。ご覧の通りのちんちくりんで読み書きもできず、腕っ節も知恵もなく、なにより貧乏で金がありません」

「だったらなおさら無理だ。なにか芸ができなきゃ、芸人じゃない」

「ひとつだけあります。この尻の一発です。だからペトマーヌになって」

「尻の一発だと？」

「はい。とにかく聞いてください」

ピップは相手が悪態をはさむ前に大急ぎで下腹部に力を込めると尻を突き出し、渾身《こんしん》の一発を放った。ぼんと衝撃が小屋に走るとガラス窓がビリビリと震えた。

「どうですか？　これだけは自信があります。他にはなんにも取り柄がないんです。俺にはこの尻だけです」

「なんにもできないから芸人になりたいだと？　お前は芸人を馬鹿にしてるのか」

さっきの話と矛盾している。ジョルジュ・ピジョールでないと否定したり、芸人を浮き草と侮蔑したり、馬鹿にするなと肯定したり。要するに追い払いたいらしい。ただ悪態を続けてくれていることだけは助かった。

「芸人にしてくれと昔から馬鹿がよくきたものさ。金が儲かる、人気者になる、女にもてる。そんな上《うわ》っ面《つら》だけ見てやがる。だが、どいつも、ものになりゃしない。辛抱ってものが分からないんだ」

「辛抱は得意です。牧童ですから。やれといわれれば便所掃除でもなんでもします」

「あのな。尻の一発を聞けば、そいつの人となりが分かるもんだ。確かにお前の一発は今までの馬鹿にくらべればそれなりだ。だがみすぼらしいんだ。負け犬の音で華がないんだ。帰れ。帰って真面目に牧童をしてろ」

「お願いです。俺は一人前になりたいんです」

ピップの懇願にジョルジュ・ピジョールはふと黙った。しばらく考える。

「一人前か。一人前の人間ってなんだ？」

ピップの頭を悩ます問題が相手の口から漏れた。それが分からないから困っているのだ。そしてその答としてペトマーヌに賭けているのだ。

「答えられないみたいだな。帰れ。そして」

ジョルジュ・ピジョールは小屋の戸を指さそうとした。そこで言葉が途切れると顔を歪《ゆが》めた。

「あ痛たた。きやがった。お前の相手をしている場合じゃない。二度とくるな」

悪態を吐くと老人は改めて小屋の戸を指さした。これ以上は話がこじれるだけだ。機会を改めよう。そう理解してピップは退散することにした。出ていく背中に言葉があった。

「そして、いいか。俺はジョルジュ・ピジョールじゃないぞ」

翌日の月曜日からピップは毎日、小屋に出かけるようになった。そのために放牧地を山向こうに変えた。行き帰りにいつもの倍以上かかるが、フランス側にしておけば目的の小屋に関わりながら斜面にいる山羊や羊の様子も掴《つか》むことができると考えた。

斜面に羊たちを放すと小屋の前に出かける。外から声をかけるが追い返された。それでも夕暮れまで粘った。そんな日参を続けた。手土産《てみやげ》も欠かさない。牧師に、大切な相手を訪問する際の礼儀だと教わったからだ。それに山奥の一人暮らしは買い物が気楽ではないし。

家で取れた野菜、ワイン、卵。作物を持ち出すことに関しては家の二人に説明を求められると心配したが、なんとかなった。親父さんもお袋さんもニヤつくと変な一人合点で納得してくれたのだ。

「そうか、ピップもそんな歳になったか」

「あらま、あんたの若い頃みたいだね。なんだか明るいと思ったけど」

回を重ねる内に話の端々でジョルジュについても分かってきた。小屋で一人暮らしをしているジョルジュは七十歳。思っていたより若い。山の独り身が老けさせたのだろう。ジョルジュは月に一度、山麓にある最も近いフランスの村で買い出しをしてくる。楽しみは新聞のみ。

荷物はロバに積む。小屋の裏にはオンボロの物置兼用の倉庫があり、そこでジョルジュはロバを飼っている。名前はピンチョン。由来は昔の知り合いに似ているからだそうだ。

村では彼がかつての有名芸人であると知られていない。ただの山奥の奇妙な老人と思われているらしい。ジョルジュが小屋で隠遁《いんとん》生活を始めたのがいつからか、それを遠回しに尋ねても摑めない。ただ小屋の様子から推測すると何十年も前ではないようだ。

もうひとつ分かったことは例のチラシがどうして放牧地にあったかだ。小屋の暖炉の調子が悪かったのだ。煙突が詰まっていたらしく、うまく火がまわらず、火付けにくべた紙くずが燃えずに舞い上がったらしい。その中にチラシがあったのだ。

初日の日に大砲のような砲弾音がしたのはジョルジュの放屁だった。小屋を揺るがす一発とは、さすがに老いてはいてもジョルジュ・ピジョールである。ただチラシで青アザミの押し花を作った理由は分からなかった。小屋に飾っていないし、そんな趣味もなさそうだ。それとなく聞き出そうとしても、うまくはぐらかされてしまう。

「先生、野ウサギです。さっき捕まえました。食べてください」

日参も三週間目に入った頃、仕掛けておいた罠《わな》の獲物を持って顔を出すとジョルジュはベッドで横になっていた。

「またきたのか。まったく懲りない小僧だな」

ベッドから力無く答えるとジョルジュは机を指さした。そこに置いておけという意味らしい。ときおり今日のようにジョルジュはベッドで休んでいる。どこか悪いのかと尋ねると歳には勝てないとつぶやく。力無い咳とともに七十歳だからなと付け足して。

「先生、コーヒーでも沸かしましょうか」

ピップは暖炉にいくと自在鉤の鍋で湯を沸かし始めた。ベッドでうなずいたジョルジュは体を起こすとため息混じりに告げた。

「外へ出ろ。お前が頑固なのは、よく分かった。疲れているのにおかまいなしか。こんなに毎日、こられては迷惑だ。テストしてやる。それで駄目なら本当にあきらめろ」

待ちに待った言葉だった。ピップの執念に根負けしたらしい。二人して外へ出るとジヨルジュが続けた。

「できる限りのやつを披露しろ」

ジョルジュの指示でピップはまず大音響の一発を放った。続いて軽やかな小刻みの高音。ピッチカート、スタッカート、シンコペーション、アンチシペーション。さらに低い音から高い音へとなめらかなスライド。そして最後に強弱をビブラート。

ピップに音楽的な素養はない。楽器をいじったこともない。だから用語もしらない。ただラジオの音楽で自然に聞き覚えた要領だった。

「ドレミは刻めるか」

ジョルジュが尋ねてきたがピップは首を振った。試してみたことはあったが、それはできなかった。

「盥《たらい》に水をはって、それを吸い込んで出す練習をしろ。口笛はできるな？　それを参考にするんだ。尻で口笛を吹く要領でな。週に一度、通ってこい。練習の成果を見て次のレッスンを教えてやる」

そう告げるとジョルジュは背を向けて小屋に戻っていく。ピップも続こうとした。

「今日はもう帰れ。俺は休む。それと俺はジョルジュ・ピジョールじゃない」

こうしてピップは通い弟子となることを許された。それ以来、ピップはジョルジュを先生ではなく師匠と呼ぶことにした。放牧地はもとのスペイン側に戻し、日曜日の礼拝が終わって小屋に出かける。

ペトマーヌになって一旗揚げる決意は家では内緒だ。決行の場合は、おそらく都会で働くことになるだろう。だが今は戦時下だ。田舎を出ることはフラタスとは比べ物にならない危険を伴うことになる。

それに芸で暮らしていけるかも曖昧だ。それを押し切るためには、これなら大丈夫との師匠のお墨付きが必要だろう。説得はそれから。そんな考えのもと、数週間が過ぎた今日もピップは稽古に励んでいた。

「よおし、まずは準備体操だ。大きく吸って大きく吐く。肺じゃないぞ。腹でだ。次は屈伸。できるだけ尻の筋肉を柔らかくしろ。バターのようにだ」

稽古は臀部《でんぶ》の準備、下半身による深呼吸と尻の「肩慣らし」から始まる。ジョルジュ師匠はそれをメンテナンスと呼ぶ。師匠によるとペトマーヌの尻はデリケートな楽器そのものらしい。そのためにその日の状態を確かめるとともにスポーツ選手が体を温めるような事前の調整が必要なのだ。

いきなり尻を使うのは準備体操せずにプールに飛び込むようなもので筋肉を痛める危険性があるという。そして尻の筋肉は柔らかいほどよいのだ。バターのように。

「この一週間、ちゃんとつま先立ちで過ごしてきたな？　お前は牧童だから足腰は強い。だが足腰の奥の尻は特別だ。ことに括約筋は駄々っ子だ。手なずけるにはなだめて、すかして、丸めこめ」

準備体操の最中にも言葉が飛ぶ。ペトマーヌの訓練は日々、二十四時間欠かしてはならないのだ。というのも人体でもっとも鍛えにくいのが放屁をコントロールする肛門の周辺の括約筋だからだそうだ。そのために常につま先立ちで暮らし、鍛えておく。まるでバレリーナだ。

「それじゃ射撃練習だ。的を的確に撃て」

射撃といっても野球選手のピッチングと打撃練習を合体させたようなものだ。離れた台に置かれた空き缶を目がけて放屁をおこなう。缶に命中させるのはもちろん、それをゴロで吹き飛ばしたり、フライにしたり、右へ左へと撃ち分ける。そうするには放屁もカーブやシュートといった変化球が必要になる。

ペトマーヌの芸を磨くにはなによりもこんな基礎訓練が大切だと師匠は力説する。そのためにピップは日がな一日、トレーニングを繰り返す。あっという間に全身が汗みどろだ。もはや芸人の稽古ではなく、剣術の道場だ。しかしピップはつらくなかった。むしろ楽しく、熱中した。教えられ、訓練し、自主トレーニングにも励む。するとめきめきと上達していくことが自分で理解できた。

「よし。今日はここまで。最後にストレッチだ。入念に括約筋を手入れしろ」

師匠の声があって気が付くと陽が沈んでいる。稽古の終わりには必ず大切な楽器である臀部の手入れになる。準備体操と同様に筋肉の調整を施し、温かい湯で休ませ、さらにワックスを塗り込んでおく。

そこまで終わると師匠は小屋に戻ってしまう。稽古に付き合うとさすがに年齢のせいか疲れるようだ。力無い咳が小屋の中で聞こえる。一方、ピップは稽古道具を片づけ、練習場所である庭を掃除して大きな声で挨拶すると帰路に就く。むろんつま先立ちで。

「今日はそろそろ芸をはじめよう。物真似を見せてやる。いろいろあるが、まずは鳥の鳴き声だ」

稽古の日々はあっという間に数ヶ月が過ぎ、夏となった。ピレネーの夏は陽射しが強いが過ごしやすい。基礎訓練は当初よりも楽にこなせ、かかる時間も短時間で済むようになってきた。

ピップの上達ぶりを理解してもらえたらしく、ジョルジュ師匠が初めてペトマーヌらしい稽古を始めてくれた。小屋の上がり段をステージ代わりに師匠がお手本を見せる。

「よく聞いてろ。まずは森の賢人、フクロウでございい」

ホウホウホウホウ。師匠の尻から低く静かな鳴き声がした。「お次はトンビ」と鳥の紹介とともに放屁で鳴き声をピー、ヒョロロロ。後は続々と続く。「カッコウ」がポップー、ポップー。鳩《はと》の団体はあっちでポッポドュウドュウ、こっちでポポポポポ。ウグイスはプー、プププ。

キツツキ、コンコンコン。これは師匠が拳《こぶし》で戸を叩いた。ウミネコの下痢。ブ、ブリチュ、プ。ニワトリ、プープップププ、プープップププ、プウウウ、ポン。卵を産んだ。

「ざっと、こんな具合だ。鳥だけじゃない。他にも船、機関車、飛行機、ヘリコプター。音を出す物ならなんでも真似ができる。お前もいろいろ聞き耳を立てて勉強しろ」

ピップは感心して、ただうなずくだけだった。


秋がきた。ピレネーの木々は紅葉し、葉を落とし始めている。今年の秋は雨続きだ。驟雨《しゅうう》となり、山を濡《ぬ》らす。それでもピップは稽古に余念がなかった。

「今日は俺の大ネタを披露してやろう。〝ハイウェイをぶっとばせ〟って芸だ。ペトマーヌはスタンダップ・コメディアンだから愉快な話芸を交えた音楽漫談と思え」

メンテナンスと基礎練習を終えたピップに師匠が「それではまずは口上から」と声を張った。いつもの舞台代わりの小屋の上がり段だ。軽くお辞儀をすると中腰になって車のハンドルを握る素振りを見せる。

「さあて、ここにおわすはピップ君。彼は誰にも負けないスピード狂。今日も今日とて愛車に乗り込むとハイウェイへドライブと洒落込《しゃれこ》みます」

アクセルを踏む仕草でブルル、ブルルとエンジン音が師匠の尻から鳴った。ボボンと軽い音。あたかも車が揺れたように師匠がはずむ。サイドブレーキが外された。ビュンと車が走り出す。

すべての音は放屁だ。車の走行が低い音から段々と高く、ビュンがピイインと風を切りだした。放屁によってスピードアップする車。臀部での効果音は口のように達者だが、特にパピプペポはしゃべっているかのようだ。

「おっと前方にのろのろ運転の爺様。邪魔だぞ。どけどけ」

プップウウとクラクション。ブウウンと乱暴に追い越す師匠。爺様は思わずキキイとブレーキ。師匠のクラクションのプップウウがプワワワと爺様の車から小さく尾を引いて遠のいていく。後ろに向けてさようならと手を振りながら師匠は運転席で口笛を吹き出す。曲は「私の青空」。

「おっとまずいぞ。天敵だ」

一言叫ぶ師匠。するとピープーピーポー、パトカーの登場だ。慌てて後を振り返る師匠。さらにエンジンが吹き上げられる。ブルルン、ブルルン。ピープーピーポー。サイレンと風を切って走る師匠の車。放屁によるカーチェイスが繰り広げられる。

「そうれ、逃げろ。逃げろや逃げろ。ハイウェイをぶっとばせ」

元気な口上があったと思うと歌曲の「天国と地獄」が放屁で軽やかに奏でられる。途中に走る車とサイレンも混じる。師匠が演奏と効果音を続けながらダンスを踊って舞台を一周。それでは皆様とばかりに観客に手を振って舞台から去っていく。

「どうだ？　こいつは青風車でけっこう受けたネタだ」

いつの間にか地面に座り込んで観客になりきっていたピップはネタの終わりで思わず拍手をしていた。

「馬鹿野郎。客になってどうする。俺の芸を盗むつもりで聞いてやがれ」

悪態を吐きながら師匠も苦笑いしている。ペトマーヌの芸はただの物真似じゃない。口笛も使えるのだ。これで唄も歌えるなら放屁の伴奏で歌謡ショウも可能ではないか。ピップの考えを読み取ったのか師匠が付け足した。

「練習すりゃあ、尻でベース音を鳴らしながら独唱したり、尻とデュエットもできる。口の主旋律に尻のソプラノによるハーモニーでな」


「結んで開いて、手を打って結んで」

雨ばかりの秋が深まる頃、音楽の稽古が始まった。曲はフランスの思想家ルソーが作った童謡だ。盥の練習方法を教わった日からピップは放牧地に道具を持ち込んで毎日、訓練を続けていた。結果、なんとか最近になって音階が刻めるようになった。

「音程が甘い。早く弾《ひ》くな。牛の涎《よだれ》のように一音ずつゆっくり大きく丁寧にやれ。こいつはいわば尻のチューニングだ。童謡と思って安易にとらえるな」

小屋の前で師匠の駄目出しが飛ぶ。この頃になると稽古は厳密を極める。剣術指南から一転、音大を目指す生徒への個人レッスンだ。師匠によれば放屁芸は声楽であり吹奏楽。芸術は細部に宿るということらしい。

「よし、次はオクターブだ。基調を変えてやってみろ。キーをC、それからDEFGAB。♭と♯。オクターブの音域は幅広いほどいい。チューバのように低く、ピッコロ並みの最高音を目指せ。次はマイナーだ」

むろん音楽の基礎も知識もないピップだが、師匠の手本を真似て「演奏」する内に音程、音量、長音、短音が身に付いてきていた。ピアノとメゾピアノ、フォルテとフォルテシモ。囁《ささや》くように、あるいは堂々と謳い上げるように。

雨の滴が大河となり、やがて海に注ぐ。そんな光景が目に浮かぶようにしろとは師匠の言葉。師匠にいわせるとペトマーヌの尻は「名器」であるべし。「お前は一台のバイオリンだ。ストラディバリウスを目指せ」なのである。

「次はリズムだ。見落とされがちだが音楽はメロディとともにリズムが重要だ。まず二拍子は、表裏、表裏で正確に時計のように刻め。次、三拍子。フォービート、エイトビート。次は五拍子だ」

ピップは頭の中でモン・モン・マルトルと口ずさみながら尻を使う。ジャズなどで聞く五拍子は難しい。コツはないですかと泣きつくと師匠はモン・モン・マルトルと憶えろと伝授してくれた。

「よしそれではさっきの童謡に少しアレンジを加えよう。お手本を示すから、よく聞け。これはセブンスだ。コードの移り際に使うと強調される。こっちはナインス、サスフォー。装飾音のデミニッシュ、オーギュメントだ」

ジョルジュ師匠は音楽に造詣《ぞうけい》が深いのか、ピップが聞いたこともない用語で多彩な音を使い分ける。

「ちょっと遊んでみよう。こいつはヨーデル。ファルセットといってもいい」

師匠が口でヤッホーと叫んだ。それがアルプスにこだまするかのような放屁に変わって消えていく。途端にユールレイヒイと裏声のヨーデルを一発。なんと民謡の「おお、ブレネリ」が始まった。おまけに曲の最後はお尻でヤッホー、ホトラララ、ヤッホ、ホトラララ、ヤッホホ。稽古する二人を秋の雨が笑っていた。

「まったく釣れないぞ。師匠も難しい話を持ち出すよなあ。俺、山育ちだから釣りなんて初めてで要領が分からないや」

冬を前にした日暮れどき、ピップは岩場に腰を下ろし釣り糸を垂れていた。雨が地中海の波間に降り続いている。丸一日粘っているのだが釣果はまったくの坊主だった。

ピップが釣りをしているのは先週の稽古の後、師匠が奇妙なことを言い出したからだ。おかげで夜の山道を大荷物で延々と歩く羽目になってしまった。

「ピップ、今度の休みに海までいってこい」

「ええと、するとあの荷物はそのためのものなんですね」

稽古を終えて小屋に入ったとき、床に古道具が投げ出されており、嫌な予感があった。鉄線で編んだネズミ捕りが三つ。それに竹竿《たけざお》。ナイロンの糸に大きなオモリと釣り鉤《ばり》がついている。

「裏の物置を探したら昔の道具があった。捨てなくてよかったぜ。土曜日の夜から家を出ろ。釣りは朝まずめ、夕まずめといって日が上り下りする暗い時間が一番なんだ」

海といえば地中海がもっとも近いが、それでもここから十五キロ、片道四時間近くかかる。日曜日の礼拝を欠席するのはいいとして、一日釣るなら荷物を担いで夜道をいって帰ってこなければならない。それに横にあるワインの小樽《こだる》はなんだろうか。視線を察したのか師匠が付け足した。

「釣れた蛸《たこ》を生かしておくために海水がいる。この樽に詰めて持って帰ってこい」

「すると獲物は蛸？　生で食べるんですか」

蛸はクラーケンの悪魔などとヨーロッパで気味悪がられるが南の地域では料理にする。スペインならつまみのタパスが定番だ。だが生で食べるとは初耳だった。

「確かに蛸はうまい。だが今回は別だ。一人前の芸人になるには、ただの放屁芸でなく、なにか客を驚かせる目玉が欲しいところだ。それで蛸だ。海水は飼っておくためだ」

ピップは師匠の口ぶりに内心、ほくそ笑んでいた。すでにペトマーヌとしてそれなりに認めてくれている様子だ。確かにピップは物真似はもとより、歌はすでに数十曲をものにしていた。クラシックからシャンソン、ジャズ、カントリーまで。だがそれと蛸がどうつながるのか。

「考えたんだが、昔から動物に芸をさせる出し物がある。計算する犬や馬、輪をくぐるライオンや玉乗りの熊。だが蛸は前代未聞だ。こいつは受ける。あいつらは水から出ても何時間も平気だから打ってつけだ」

「蛸になにをさせるんですか」

「放屁でダンスさせるんだ」

「そんなことできるんですか？　蛸が憶えるんですか？」

「今までいわなかったかな。俺はマルセイユの生まれだ。蛸がとんでもなく賢いことはよく知ってる」

　そこから話が師匠の幼少期の思い出にそれた。師匠は港町の貧民窟で生まれ、孤児となり、悪餓鬼《わるがき》として過ごしたという。その頃、空腹になると海で魚介類をよく狙ったそうだ。倉庫にあった釣り道具はその当時のものという。

「ペトマーヌになれたからいいようなものの、あのままなら俺は裏の世界に入ってたろうな。それをとがめたのがスラムにいた幼馴染《おさななじ》みフランソワでな。俺の初恋だったな。ま、それはさておきだ」

　師匠によると蛸は海のチンパンジーといえるほどで瓶に詰めてある餌も、足で蓋《ふた》をねじって取り出すそうだ。それにダンスをするのを見たことがあるという。実際に踊っているのではないだろうが二本足で立って足をくねらせるのだ。

「いいか。蛸は岩場の底についている。餌は蟹《かに》がいい。向こうで調達しろ。捕まえた蟹をこのネズミ捕りに入れてどぶんと沈めて待つだけだ。ピップの畑にエシャレットはあるか。竿の方はエシャレットの球根を鉤《はり》に付けて底釣りをしろ」

「蛸はサラダが好きなんですか」

「なんだかしらんが、小さくて白い丸いのに目がないんだ。蛸は気味悪がられてるが、あれに可愛い衣装を着せて帽子を被《かぶ》らせれば立派な子役だ。あとは芸を仕込むだけ。できるだけ元気なのを捕まえるんだ。それじゃ、いってこい」

陽はますます暮れていく。雨は岩場で老婆の小便のように止《や》むことがない。家まで四時間近くかかる。そろそろ納竿《のうかん》にする時間だ。夜明け前からおよそ十二時間ほど釣っているが、ネズミ捕りを何度、上げても蛸はかかっていなかった。

どうするか。もう少し粘ってみて駄目なら魚屋で蛸を買って帰るか。だがうまく生きているのが手に入るだろうか。店頭の魚は〆《しめ》たものばかりだ。ましてや気味悪い蛸なのだ。生《い》け簀《す》売りをしている店などないだろう。

困り果てたとき、エシャレットを餌にした浮きがぴくりときた。あわててピップが竿をしゃくると掛かっていたのは革靴だった。甲で紐《ひも》を通す男性用の略礼風のタイプだ。だが履き潰されていて片方だ。使えやしない。ピップは放り投げようとして手を止めた。海を汚すのが、はばかられて靴を岩場に捨て置いた。

あと一時間ほど粘って駄目なら別の手を考えよう。そうだ。帰りに漁師を捜し、来週引き取りにくるから蛸を一匹生かしておいてくれって手があるぞ。漁師なら仕入値だ。家の作物との交換でなんとかなるだろう。

妙案を思いついて釣りに専念し始めたピップだったが、ふと背中に視線を感じた。振り返って見るが誰もいない。雨の夕暮れの岩場だ。釣りをしているのは自分だけ。気を取り直して視線を浮きに戻した。だがなにか気配が理解できる。そっと視線を返すと古靴に目が留まった。

岩場に捨て置いた靴が勝手に動いている。よく見ると靴の中から腕が伸び、岩場をそろそろと逃げ出そうとしている。ピップがそれを注視すると靴は止まった。靴の中、暗い奥から丸い目がじっとこっちをうかがっていた。ピップは竿を置き、靴を拾い上げた。

「コソ泥みたいな奴だな。だがここで捕まったのが運の尽きだ。一緒にきてもらおう」

ピップは海水を溜めていた樽に靴ごと放り込むと蓋をして担ぎ上げた。荷物を背負い、釣果を師匠に報告だ。むろんちゃんと釣り上げたと自慢させてもらおう。どれだけ釣り上げるのが大変だったか。だが名人ピップ様の手に掛かればというわけさ。


「どうもうまくなつきませんよ」

蛸を捕まえてから一週間後の稽古日、外で自主練習を終えたピップは小屋で愚痴った。師匠はその日、ベッドで休んでいた。ピップが差し入れた酸っぱいワインをちびちびと舐《な》めている。冬の寒さが始まったせいか、疲れが抜けないそうだ。

「ま、そう簡単に飼い慣らせるとは思わなかったが、犬にお手を教える風にはいかないのか？　蛸はかなり賢いから意思が通じると思ったが。餌が気に入らないのかな」

「餌は最初は海で捕まえておいた蟹でした。でもすぐに底を突いたし、海まで出かけるわけにいかないので、放牧地に流れているせせらぎで川エビと沢ガニを捕って与えました。ミミズやバッタも。どれも食べるんですけどね」

ピップは捕まえた蛸に自ら芸を仕込めと師匠に指示された。主人が誰で、なにを求めているか肌で覚え込ませるためだ。そこでピップは放牧のかたわらワインの小樽を持参し、中に詰めた蛸を仕込むことにした。夜は家畜小屋に隠して飼っている。

だがまったく思うようにいかない。目的は蛸にいくつかの種類のダンスをさせることだった。師匠の発案で小枝の先にエシャレットの球根を刺して蛸に示す。それをダンスの様な動きで振り、枝を追って腕を動かすようなら餌をご褒美に与える。それを繰り返して犬を仕込むように憶えさせるのだ。

いずれは腕で追わせる枝を増やし、二本足だけで立たせる腹づもりだった。ピップは床に置いあったワインの小樽の蓋を外した。中にいた蛸が底からすっと浮き出て二つの目玉で辺りをうかがった。

「顔は出すんですよね。でもそこまでで腕を伸ばしませんし、外に出てきません。エシャレットもやったんですが喰いませんね。色と形に興味があるだけみたいです」

「餌に問題がないなら別の理由なのかな」

師匠も首を傾《かし》げ、ワインが入ったグラスを片手にベッドを出ると樽に寄った。ピップから練習用の小枝を受け取ると蛸の眼前で振ってみせる。

「眼では追ってるな。もっと動きが魅惑的な方がいいのか。こいつは腕の先に細いヒゲがあるから雄だ。だったら色っぽくしてみよう」

師匠は蛸を見つめながら小枝のエシャレットを女性がお尻を振るように動かした。放屁だけでなく、こんな器用なこともできるんだなとピップが感心したとき、小枝を振った勢いで師匠のグラスからワインが数滴こぼれた。

　ワインのしずくは樽の縁に添えていた蛸の足にしたたった。すると蛸が足を口へと運び、舐めている。そして頭を樽から出すと師匠の握るグラスを求めるように腕を一本伸ばした。ピップと師匠は顔を見合わせた。

「こいつワインが好きみたいですよ」

「蛸は足で味が分かるんだな」

　師匠は小枝の先のエシャレットをワイングラスにひたすと伸ばしている蛸の足に当てた。蛸はそれを掴み取ろうと足を絡めかける。それをすかさず師匠が横へおあずけにした。蛸は逃げたエシャレットを追うようにもう一本足を伸ばした。

「いけるぞ。こいつ相当の飲兵衛《のんべえ》だ」

　師匠は苦笑しながら小枝を樽から遠ざけていく。蛸は待てとばかりに足をいくつも樽から出すと最後に小屋の床に全身を露《あら》わにした。それからは簡単な作業となった。

　ピップがトレーナー役を代わって蛸にくるりと回ることを憶えさせるのに三十分で事足りた。ご褒美のワインの数滴を足にもらった蛸は口へ運ぶとしゃぶっている。

「うまそうにきこしめしてるな。うん？　赤くなってきたぞ。酔ってきたのか、それとも喜んでるのかね」

「へべれけになっちまわないように適量を調べておきますよ」

「ところでピップ、こいつの名前は決めたのか」

「いえ、まだです」

「確かこいつは革靴に入ってたよな。あの靴はオックスフォードタイプという。ルーツは英国の大学生たちの考案だそうだ。そいつでどうだ？　知的な感じでいいじゃないか」

「いいですね。俺も学問ができたらなと憧れていましたから」

蛸の名前はオックスフォードに決まった。ピップは毎日、羊たちを放牧地に連れ出すと小樽のオックスフォードに芸を仕込んでいった。自身の放屁の音に合わせてダンスできるようにだ。そして一週間ごとの稽古日にその成果を師匠に披露した。

常に一緒にいるとオックスフォードの機嫌が仕草や表情、顔色（正確には体色だが）でも理解できるようになった。オックスフォードは海水が新鮮なほど喜ぶことも分かった。そこでピップは師匠のピンチョンを借りると月に一度、小樽ではなく大樽で一ヶ月分の海水を汲みにいくようになった。

オックスフォードの記憶力は抜群だった。博士並みの知能といってよい。ピップよりも飲み込みが早いと師匠に皮肉をいわれるほどだった。そればかりか蛸には相手の身振りを見て学習する能力もあるようだった。

ピップが教え込むと腕を回す素振りで頭を下げる。別れには手を振る。用事があると手招きする。ＯＵＩ《ウィ》やＮＯＮ《ノン》といった短いアルファベットを足で作ることもできるようになった。枝の必要はなくなり、ピップの指が合図となった。

ピップも負けてはいなかった。ペトマーヌとしての芸はもちろん、師匠からタップダンスを教わり、舞台での挨拶や口上、各種のジョークも伝授された。師匠はあるとき、木の枝を削ったステッキと厚紙で作ったトップハット、黒い布のタキシードを器用に仕上げてオックスフォードに与えた。

「芸人は衣装回りを自分でしつらえるもんだ」

そういってピップにも昔、自身が使っていたステージ衣装を仕立て直してくれた。シルクハットに燕尾服《えんびふく》、赤いニッカボッカ。ステッキを握ったピップとオックスフォードは放屁の演奏で一緒にダンスができるようになった。

二人の持ちネタは四曲。スケーターズワルツでオックスフォードが滑らかに踊る。次は激しいステップのタンゴと妖艶なルンバ。最後はフランス国歌の「ラ・マルセイエーズ」。この曲ではオックスフォードが二本足で行進し、残りの手で握った国旗を振ってみせる。途中でとんぼ返りさえ打ってみせるのだ。

「これでただの幕間《まくあい》コメディアンじゃなくて、一晩まるまるのステージを組めるぞ。まずピップの物真似で客を温める。それからお前の尻を使った歌だ。そして最後はオックスフォードを踊らせながら唄ってフィナーレだ」

満足げに師匠は笑い、口にした構成のステージを何度もピップとオックスフォードに稽古させた。当初、悪態尽くしだった師匠の口ぶりが変わり、ピップの胸には希望と自信がみなぎった。

「するとそろそろ俺はステージに立てるでしょうか。やはりパリですよね。そのときは師匠もぜひ見ていてくださいよ」

「もちろんだ。俺は歳だから共演は無理だが特等席で思い切りヤジを飛ばしてやるさ」

笑い声を立てるジョルジュ師匠だったが、その語尾にどこか淋しげなニュアンスが漂った。歳なんてことないですよ。師匠も一緒にやりましょう。師弟コンビと蛸で世の中をあっといわせましょうよ。淋しげなニュアンスを年齢と理解したピップがうながすが、ジョルジュ師匠はただ首を振るだけだった。


秋が雨続きだったために冬が訪れると寒さは例年になく厳しかった。雪もひどかった。秋の雨と厳冬は牧童たちに災いを招いた。村では狐《きつね》がニワトリを襲い、牧草地に山犬が出たのだ。ピップは被害にあわなかったが日が照らなかった秋が森の木の実や草木を育てず、小動物の餌が乏しかったせいらしい。

そこに冬の厳しさが拍車をかけた。野ウサギやネズミが繁殖せず、わずかな数も冬に負けた。山犬や肉食獣は口にできる餌が足らず、いつもなら恐れる人間の生活圏をうろつくようになっていた。

老齢の師匠にもこの冬の寒さはこたえるようでベッドで横になっている日が多かった。そんな日はピップ自身の手で割って蓄えておいた薪《まき》をたっぷり暖炉にくべて、ガレス家自家製のワインを温めて給仕した。稽古は小屋の中で見てもらう。

戦争は激しさを増しているようで鉱石ラジオから聞こえるニュースは「東京にて大東亜共同宣言発表」「独軍、仏全土を占領」などと敵国の放送が戦果を讃《たた》えるばかりだったが、どこか薄ら寒いニュアンスを含んでいた。

フラタスの村や山には戦火はなかったが、いろいろな噂《うわさ》は伝わってきた。占領下のフランスではドイツ側の圧政がひどいようで、それに反発するレジスタンスの活動も頻発しているらしかった。

しかし小さな幸福もあった。その冬、ピップは誕生日を迎え、十六歳になった。師匠はプレゼントだといってタップシューズを街で買うように金をくれた。ピップは休みに山向こうのフランス側まで出かけてピカピカの一足を手に入れた。

相変わらず週に一度の小屋への稽古は欠かさなかった。オックスフォードとの共演も完成度が高まり、師匠の駄目出しもほとんど出なくなった。ピップは師匠から免許皆伝の言葉がいつもらえるのか、それを心待ちにしていた。

「もう大丈夫だ。パリに行け。これでお前はペトマーヌとしてやっていける」

こんな言葉があれば、ガレスの家で独り立ちすると切り出すことができる。そしてそのときにはパリのどこへ向かえばいいか、師匠が段取りをしてくれる手はずなのだ。というのもあるとき、師匠がパリの興行主の話を口にして、いずれ紹介してくれるような口ぶりだったからだ。だが師匠の許可はなかなか出なかった。

「今日は珍しく暖かいな。外で稽古の成果を見てやろう」

すでに長く寒い冬が過ぎようとしていた。渡り鳥の声が聞こえるようになり、春が近いと理解できた。そんなある日、束の間、空が微笑んだように晴れ渡った。ピップは師匠、小樽に入ったオックスフォードと小屋を出た。上がり段の前は雪でぬかるんでいる。それを避けて少し歩いて葉が顔を出す草地を稽古場に選んだ。

「さあてお立ち会い。私はジョルジュ・ピジョール二世。先代仕込みのペトマーヌでございますれば、皆様があっと驚く、抱腹絶倒のステージをご披露いたしましょう」

ピップは師匠を前にして口上を切り出した。師匠についてわずか一年ほど。ピップは瞬く間に芸を吸収し、ジョルジュ・ピジョール二世の襲名を許されていた。もはや師匠も立派なペトマーヌと認めたに等しかった。

まずは物真似で鳥の鳴き声。独自に開発した機関車と船と飛行機、ヘリコプターで田舎者の旅のコントを演じる。次は師匠譲りの大ネタ、ハイウェイをぶっとばせ。そして唄だ。放牧地でラジオから聞いた「リリー・マルレーン」、古いシャンソン「パリの屋根の下」、流行のジャズも演奏してみせる。

そしてお待ちかね、〝オックスフォード博士〟の登場。樽から呼び出したオックスフォードにスケーターズワルツ、タンゴを自身とともに踊らせ、最後は「ラ・マルセイエーズ」。とんぼ返りの連続をピップも一緒に締めくくった。

師匠はなにもいわずにたたずんでいる。だが微笑みが溢《あふ》れ、満足げだ。そして思いついたようにうなずくと、小屋へと戻るように目で合図すると歩き出した。ピップも後についていて小屋に向かい、温かいお茶でも用意しようと考えた。

だが小屋の前にきたとき、誰もいないはずの中で音があった。師匠は立ち止まり、ピップは樽を地面に置き、二人で視線を交わす。まさか泥棒か。確かに鍵を掛けずにいた。といって盗まれて困る物はない。それはピップも師匠の生活から理解できている。生活費もピップの知らない隠し戸に入れてあるのだ。

ピップと師匠は庭先にあった薪を取り上げた。まだ小屋の中で音がしているが集団ではないようだ。家捜しをしているのか、かまわずに物音を立てている。師匠が薪を握り直すとピップにうなずいた。二人は小屋へと数歩近づいた。

すると戸口が音を立て、相手が出てきた。それは熊だった。しかも凶暴でしられるヒグマ。茶色の体に傷跡を残す相手は目の前に二人がいると理解した途端、二本足で立ち上がると吠えた。人間の背丈を超える大きさだった。

理由は即座に理解できた。この秋と冬の厳しさで餌がなく、空腹に耐えかねて冬ごもりを切り上げて食い物を人家に求めにきたのだ。

二本足で立ち上がった熊は再び吠えると間近に二人がいることで逃げるよりも戦うことを選んだようだ。両腕を高く掲げると立ち向かってきた。そのときだった。師匠がぱっと尻を熊に向けると大声で叫んで激しい放屁を放った。初めて出会ったときに暖炉を揺るがしていた爆発音が轟《とどろ》いた。

大砲か爆弾の破裂を思わす音だ。それが何度も連続した。熊は一瞬、体を硬直させたと思うと、大慌てで四つ足に戻った。鳴き声があったと思うと全速力で駆け出し、斜面の向こうに消えていった。驚くべき破壊音だった。師匠の放屁で闘いはあっという間に決着した。しかし師匠はその場でくずおれていた。

「今の技は爆裂機関砲という。物真似でときどき使ったやつだ。今のようにいざとなったら命を守る威嚇《いかく》にもなる。だが連続すると命取りだ。せいぜいが十発まで。でないと内臓をやっちまう」

「でも師匠、そんな数までいってません。五発ほどです。倒れるなんて馬鹿な」

「いや、俺は別なんだ」

ピップはくずおれた師匠を抱き起こした。顔が青ざめている。体がかすかに痙攣《けいれん》していた。ピップは師匠を抱き上げると必死で小屋の中へと運び込んだ。ベッドに横たえた師匠は強く咳を繰り返した。そしてうめき声とともに激しく血を吐いた。

「師匠、しっかりしてください。医者を。いますぐ村にいって医者を呼んできます」

「ピップ、ワインを温めてくれ。寒いし、喉が渇いた。それと上着のポケットに薬がある。出してくれ」

言葉が続く内に師匠の顔が白くなっていった。目の下の隈はいつもよりも激しく、まるで穴をえぐったように刻まれている。ピップは師匠の頼みに暖炉の鉄鍋でワインを温めた。それを上着にあった薬とともに手渡した。

「薬を呑《の》んで休んでいてください。大急ぎで医者を手配してきますから」

「呼んでも無駄だ。医者の手には負えない。この薬は痛み止めで治療薬じゃない。隠していたが俺は芸人時代に酒を浴びすぎて腹がボロ雑巾《ぞうきん》になってる。実は何度も血を吐いてるんだ。癌《がん》だろう。だが入院するようにいわれ、この小屋に暮らすようになった。どうせ死ぬなら、病院じゃなく、勝手気ままに暮らして最期を迎えたいからな。お迎えがきてるのは自分で分かっている。話がある。そこで聞いてくれ」

師匠は力なく腕を伸ばすとピップの肩を摑み、その場に座らせた。

「いまわの際《きわ》に、すべてを話しておきたい。長くなる。だが黙ったままで死ぬと土の中で自分に悪態をつき続けることになる。俺は静かに死んでいたいんだ」

光がおぼろになってきた目で師匠はピップを見つめるとうなずいた。

「俺がこの小屋に暮らすようになったのには腹をやられた以外にわけがある。まだこの戦争が始まる七、八年前だったが、ドイツで馬鹿が叫びだした。誰だか分かるな。あのチョビ髭《ひげ》の野郎さ。狐付きみたいに国がどう、民族がどうって、いってることが鹿爪らしくて息苦しい。憶えておくといい。ユーモアが終わるとき、差別が始まるんだ。だから俺は早めに逃げ出すことにした。なんだかきなくさいなと思ってな。私はユダヤ人なんだよ。周りの人間にもいったんだが、気にしなかったな。昔から最初にいじめられるのはユダヤ人なんだ。さいわい私は天涯孤独で独り身だ。だからパリを捨ててここにきた。そのときから俺はジョルジュ・ピジョールでなくなった。パリだけじゃなく、捨てた物があったからだ。今、俺は天涯孤独の独身といったが実は孫がいる。女の子だ。歳は今じゃ二十歳《はたち》を超している。フランソワって初恋の人のことを話したな。その女とはパリで再会したんだが娼婦になっていた。それでまあ、馴染み客になったんだがペトマーヌとして人気が出ると、もっと若い女が何人も近づいてきてな。いつの間にか疎遠になった。それからずっと経《た》って風の噂に死んだって聞いたんだが、娘を産んでいたことが人づてに分かった。それがどうやら俺の子供だったんだ。その娘も早死にしたそうだが俺の孫娘を産んでいる。それが誰か、どこにいるかはしらん。ただ女にも娘にも孫にも、なにもしてやれなかったことを懺悔《ざんげ》したかったんだ。今、聞いたことを後でお前が牧師に代弁してくれ」

「静かに。師匠、どうか安静にしてください。少し休めばすぐに楽になりますから。どうかもうしゃべらないで」

そう訴えたピップだったが肩にある師匠の手がみるみる力をなくしていくことが理解できた。顔は土気色だ。師匠は残された力で今、長い言葉を伝えようとしているのだ。ピップの言葉に力なく首を振る師匠にそれ以上の制止はできなかった。

「ピップ、遅くなったが免許皆伝としよう。その内にと思ってたが、こんなことになっちまった。だが独り立ちを許すとしても伝えておくべきことがある。お前の尻の音は最初とは随分変わった。負け犬のようだったのが威風堂々としてる。だが入門のときにお前は一人前になりたいといったな。そこが芸人の間違いの始まりだ。芸にはこれで完成ってのがない。それは芸人だけにいえることじゃない。どんな人間にもだ。一人前とはその答を追い求めることだ。それが一人前の男というもんだ。それを忘れるな。一人前を求め続けろ。芸人には誘惑が多いが悪党に付き合ってる暇はないぞ」

激しい咳が再びあった。また師匠がベッドを血で濡らした。それでも師匠は伝えるべき言葉をピップに続けてくれている。

「俺が一本立ちを許可しなかったのには理由がある。戦争だ。パリはまだドイツの奴らに占領されている。だが戦局は見えてきた。新聞を深読みすれば分かる。その内に戦争は終わる。そして奴らは負けるだろう。それを待っていろ。机の引き出しの奥に紙箱がある。わずかだが路銀を入れておいた。そして俺が世話になっていた興行師宛の紹介状もだ。それを持ってパリのモンマルトルへ向かえ。アベス広場に住むジルドレを訪ねるんだ。奴は俺より十歳は年下だからまだ生きているはずだ。分からなければ封筒の住所を見せて道案内を乞え。奴がペトマーヌとしての面倒を見てくれるだろう。後はお前次第だ。よし、伝えておくべきことはこれで全部だ。思い残すことはない。それじゃ、天国で見てる。俺の最初で最後の一番弟子よ」

最後の言葉とともにジョルジュ師匠は別れの放屁を弱々しく放つと微笑んで目を閉じた。それきりだった。師匠、とピップが繰り返し呼びかけたが、返事はなかった。まだ体は温かい。しかし意識は混沌《こんとん》としているようで息が荒く続いている。

ふと太腿《ふともも》になにかが当たった。視線を送るとオックスフォードだった。小屋の前に樽を置いてきたが一人で小屋に入り、ピップに寄り添うように二本足で立っている。ピップはオックスフォードを抱きしめた。号泣が喉から漏れた。

あまりに呆気《あっけ》ない師匠の最期だった。ついさっきまで元気だったはずなのに。そう脳裏で悔やんで思い直した。いや、きっと俺を育てるために無理を重ねていたんだ。最初に出会ったときから体がよくなかった。それを俺のために師匠は命を削ってくれたんだ。本当ならもっと長く生きられただろうに。

ピップは泣き続けた。オックスフォードは事態を理解しているのか、少なくとも変事であることは野生の本能で察したのだろう。何本もの足でピップの顔を撫《な》でている。いつまでもピップは泣き続けた。日が暮れてきた。月明かりが窓から届く。冷たくなっていく師匠の体に手を添えながらピップはいつまでも泣き続けた。

まだ冬の名残《なごり》を残す三月頭。列車がパリに着いた。ピップは乗っていた貨物車からホームに立つと荷物を下ろした。客車は人でいっぱいで身の置き所がなかったのだ。

ピップはオックスフォードの樽を小脇に抱え直す。南からの玄関口、リヨン駅は朝の一日が始まっている。辺りは列車から降りる客でごった返していた。

終戦を待ちきれず、故郷を飛び出してきたが内心は初めて巣穴から出た子ウサギ並みだ。心臓が早鐘を打っている。ピップの脳裏に先週までのことがよぎった。

「灰は灰へ。塵《ちり》は塵へ」

村の共同墓地の前でペドロ牧師が聖書の言葉を読み終えると葬儀は終わった。わずかな列席者、ガレスの親父とお袋さん、ロバのピンチョンと樽に入ったオックスフォードが師匠の埋葬に立ち会っていた。

小屋で師匠の最期を見取ったピップは亡骸《なきがら》をシーツで包むとピンチョンの背に乗せて山を越えて家まで運んだ。青い月がバラードのように照っていた。流れ星なのか銀色の光がときおりやさしく走る。山道を家に戻る間、そんな夜空の月を見上げるごとに師匠との思い出が脳裏に止めどなく浮かんだ。なにより最期の言葉が頭から離れず、よくよく考えた。

ピップは家に着くと遺体とピンチョンを家畜小屋にあずけ、樽を抱えて母屋に入った。長い山道の帰路で、涙はおさまり、一方で湧いてきた思いが胸にかたまっていた。

「親父さん、お袋さん。突然の話なんだけど近々、パリにいきたい。俺はペトマーヌになりたいんだ」

ガレスの親父とお袋さんは日曜日のささやかな食後を楽しんでいた。チーズと自家製ワインだ。稽古に通うようになってから、ピップの帰宅は遅くなる。だから日曜日は二人で夕食を済ませるのが常になっていたのだ。

「おい聞いたか？　帰ったと思ったら一大宣言だ。娘っ子を口説き落とすにしちゃ、随分手間取ってると思ったが、独り立ちする気らしいぞ」

「いつまでも芋や野菜ばかりで色気がないプレゼントと思ってたのよ。そう、パリへ」

ガレスの親父とお袋さんは視線を合わせた。そして互いに黙るとワインを一口すすった。親父さんがおもむろに口を開いた。

「大事なことを聞くぞ。そのペトマーヌってのはなんだ？」

それからピップはチラシに始まり、師匠との稽古、お墨付きをもらったこと、遺体がとりあえず小屋にあることなどを説明した。

「わたし、牧師さんを呼んでくるよ」

話を聞き終わったお袋さんが立ち上がると母屋を出ていった。日は暮れていたが寝るには早い時間だ。すぐにペドロ牧師がお袋さんと連れだって戻ってきた。ガレスの親父はずっと黙ったままだった。

「おいおい、ピップ君。話は聞いたよ。パリで芸人になりたいそうだな。パリがどんなところで、芸人がどんなものか分かった上でのことなんだね？」

「分かってます。師匠からも耳が痛いほど聞いています。でも牧師さん、俺は一人前の男になりたいんだ」

「いいかい、ピップ。フランスは今、戦時下だ。パリはドイツ軍に占領されてるんだよ」

「そうさ。この村みたいに安全じゃないよ。イギリス軍の爆撃も始まるって話じゃないか。あんた、空の高くから降ってくるものまで、そのお尻で吹き飛ばせるのかい」

「ピップ君、どうしてもパリにいくなら、せめて戦争が終わってからにしなさい。それが賢い人間のやることだよ」

　話は考えていた通りの展開になった。だがここからが語りの見せ所だ。ここで相手を黙らせられないなら芸人になんかなれやしない。

「全部、分かってます。でも俺はパリでペトマーヌとして生きていきたいんです。片づけが済んだらすぐにです。師匠も牧師さんのように終戦を待てといいました。でも俺は家に帰ってくるまでの山道で考えた。この先、なにがどうなるか分からないじゃないかと。みんなはドイツが負けると思ってるけど、もしも勝ったらどうですか。パリはパリのままでしょうか。きっと違う街になります。戦争がいつまでも続いたらどうですか。俺がいい歳になるまでです。それともこの村が前線になったり、俺が兵隊にとられたり、ひょっとしたら、やられちまうかもしれない。オーバーかもしれないけど、どこにいたって戦時下なんです。俺は師匠の死に立ち会って墓の中で後悔したまま死んでいたくないと思った。人間の運命なんて紙一重なんだ。どう転んでくたばるかは神のみぞ知るじゃないですか。いつ死ぬかしれないなら、やってみたいことを試してから死にたい。だからパリにいかせてください。見えない未来を待つよりも苦しい今に立ち向かいたいんです。駄目だといっても俺は家を出る」

　ピップは思いの丈を吐き出した。吐き出しながら牧師とお袋さんを黙らせることができたと芸人らしさを自負していた。ずっと聞いていた親父さんが口を開いた。

「そうか。このところ、なにかに身を入れていると思っていたが、そうだったのか。分かった。皆までいうな」

「あんた、だってピップはまだ十六歳になったところだよ。文字も読めない世間知らずの子供なんだよ」

「ガレスさん。危険すぎる」

「やかましい。男が十六歳になったら、もう、一人で自分のことを考える頃なんだ。俺もそうだった。それを考えない馬鹿よりずっといい。だろ、牧師さん」

ドスの利いた声で親父さんはお袋さんとペドロ牧師を黙らせた。

「ピップ、俺を誰だと思ってる。短い年数だったがお前の親父だぞ。世界中でお前という男のことは一番知ってる。止めたって無駄なんだろう？　無口なお前が本当はどれだけ頑固なのかはよく分かっているぞ。いってこい。いって男を上げてこい。だがいいか、ひとつ大事なことをいう。生きている限り、連絡しろ。それがなきゃ、死んだと思うからな。なんの音沙汰もなく帰ってきたりしたら親子の縁を切る。これで話は付いた」

ガレス親父はそこまで吐き出すと目を閉じてワインを思い切りあおった。

「もうひとつ大事なことを聞く。その樽はなんだ？」

「蛸です。相棒のオックスフォード博士」

ピップは樽からオックスフォードを呼び出すと指先で挨拶させ、童謡を放屁して踊らせて見せた。その場の誰もがしばらくあんぐりと口を開いたままだった。

ガレスの親父の鶴の一声で話は前に進んだ。路銀は師匠の分に親父さんとお袋さんが付け足してくれた。

師匠の小屋の片づけを済ませ、必要なものを荷造りし、ピンチョンは家に預けた。パリまでの道筋や注意点はペドロ牧師がこんこんと説明してくれた。旅券もフランス人用を手配してくれた。生まれて初めて写真を証明用に撮った。

牧師が調べてくれたが戦時下だけに鉄道の運行は出鱈目《でたらめ》だった。それでも南仏からパリへ延びる路線に今日の便があると聞いて飛び乗ったのだ。

甲高い列車の音でピップは回想から現実に戻った。鍵十字がペイントされた貨車が出ていく。ドイツ軍のものらしい。ピップは荷物を背負い直すと樽を抱えて駅を出た。そして通りかかった駅員をつかまえた。

「モンマルトルはどっちですか」

駅員は木箱を背中に背負い、片手に師匠のアタッシェケース、もう片方にワインの小樽を抱えたピップを見つめてきた。恰好は着古した牧童姿、ちんちくりんのチビで癖毛のひどい少年。駅員はどうするか判断が及ばないのか、視線を駅前にやる。

タクシーが数台。その後に次を待つ客の列。少し離れて馬車も数台。こちらも取り合いになっている。その横をドイツ兵が二人組ですれ違っていく。すっかり日常になった占領下のパリの風景だ。少年を除いては。駅員が手を上げると風景の先を指さした。

「見えるかい。あの丘。パリで一番高い。だから迷ったら背伸びしな」

それだけ告げると駅員は構内に入っていった。ピップは駅前の様子を確かめ直した。

祭りなのかと思わせる人出だ。高い建物がひしめきあい、ナチスの旗がひらめいている。その下を車と自転車が行き交っていた。

占領下だから掏摸《すり》やチンピラに気を付けろと牧師からさんざんいわれたが、人波は出勤姿の男女で普通だし、ドイツ兵も無頼な風ではない。辻《つじ》に立つパリ市警の警官は交通整理をし、その先ではカフェや花屋も開いている。さすがに閉店している店も目立つが。

食事はいい。自炊だ。道具は背中。とにかくすべては目的地に着いてからだ。モンマルトルは教えられた小高い丘がそうらしい。目測だが五キロほどの道のりだろう。これからどうなるか分からない。金を節約しよう。ピップは歩き出した。


「さあて、ジョルジュ・ピジョール二世、本名がピエール・ヌージェ君。樽にいるのがオックスフォード博士だね」

小太りで頭が禿《は》げ上がった六十近い男。それが興行師のジルドレだった。モンマルトルのアベス広場にある小さなアパルトマン。その一室がジルドレの事務所兼住居だった。

ピップは師匠からの紹介状を渡し、ひとわたりオックスフォードとの芸を披露して見せたところだった。

「すばらしい。先代のジョルジュに負けない芸だよ。ピップ君がニックネームだね。そう呼ばせてもらおう。つまり」

「つまり世話をしてくれるのですか」

「ジルドレと呼んでくれ。今日から私が君のマネージャーだ」

スリッパにバスローブ姿で歯ブラシのような口髭をたくわえたジルドレは握手を求めてきた。第一関門突破だ。ピップは安堵《あんど》で強くその手を握った。

ジルドレは笑みをたたえて紹介状を改めて眺めた。着替えてこない様子は外出時は別だろうが、これが普段着らしい。

「ジョルジュが亡くなったとは残念しごくだ。奴とは長い付き合いだった。思い出話をし出したらきりがないが、まずは依頼からすませよう。仕事と部屋を世話して欲しいとのことだな」

「ええ、パリは右も左も分かりません。それに金はわずかで部屋を借りるわけにはいかないんです。まだ働いていないですから」

すでに挨拶をすませているピップはありのままに裸一貫であることを告げた。紹介状は事前に牧師に読んでもらい、内容は聞いていた。ペトマーヌとして、いきなり稼げるわけではないことはピップも理解している。

「文字が読めないとあるが、これはちょっと問題だね。パリの人間はすごく忙しい。道やお薦めのランチを聞こうにも無視される。自分で住所表示や定食屋の黒板を読めるように、できるだけ勉強するんだね」

ピップはリヨン駅で行き交っていた勤め人たちが、いかに早足だったか思い出した。自転車も自動車もスピードを出してすれすれに走り、朝の散歩なんて悠長な人間は皆無だった。都会とは「速い」ということなのだ。

「部屋はなんとかしよう。ただし贅沢《ぜいたく》は無理だ。ご覧の通り、ここは奥の寝室が私の私室で、この広間が事務所。間取りはそれだけだから、ここに住んでもらうわけにはいかない。だけど下がある」

「どこでもいいです。俺は牧童です。夜露がしのげれば草原でも寝られますから」

「雨風の心配はないよ。ただ、ちょっと匂うがね。このアパルトマンには各部屋専用の地下室がある。そこが駆け出し芸人のねぐらなんだ。昔から私が世話してきた奴らはずっとそうしてきたんだよ。後で案内しよう」

ジルドレは話が早い。処理すべきことはどんどん進めていく。

「さて問題の仕事だ。君のペトマーヌとしての芸が抜群なのは今、拝見して分かった。オックスフォード君も天才的だ。だが分かっていると思うが今のパリはドイツの占領下にある。それでもって奴らはなんだかんだとうるさいんだ。夜間の外出は禁止。だから客は未成年みたいに終電車に間に合わせて店を出る。バンドの生演奏も駄目。おかげで店はレコードで踊るディスクテークだよ」

「すると儲けるどころか、演芸はできない？　ペトマーヌなんてとんでもない？　戦争が終わるまでステージに立てないんですか？」

「映画館と劇場は許されているんだ。ドイツ文化を浸透させるためと軍人の休息の場なんだそうだが。それも興行組織委員会がなにを小屋にかけるか検閲するんだよ」

「なんとかなりませんか。どんなところでもいいです。まずは第一歩を踏み出せれば」

「そりゃ、私だって一儲けしたいさ。ただ、どこに話を持っていくか。そいつが頭の痛い所だな。いろいろ当たってみるが、ちょっと時間がいるよ。それまで辛抱だね。ま、誰もが通る下積みの道と思うんだよ。それじゃ部屋へ案内しよう。昼時だから食事でも出したいところだが最近、食糧が乏しくなってきてね。キャベツでよかったら後でお裾分けする」

「あの、食べ物なんですが、俺は自炊するつもりで道具を一式持ってきました。それでなんですが、ここへ来る途中、坂道が多かったですね。斜面に雑草が生えてました。ウサギを飼うのはどうです？　牧童ですから世話はできますよ」

「そいつはいい。ただ君が最後まで料理してくれよ。私は殺し屋じゃないからね。ウサギか。増えたら闇市で売れるぞ。世話のイロハを教えてくれたまえ」

ジルドレは笑みを浮かべると部屋を出て廊下をせかせかと歩き始めた。荷物を部屋に残し、ピップも樽を抱えて続いた。廊下の行き止まりが狭い階段で一階にくると地下に向かっている。そのまま下りたジルドレは細い通路を一番奥までいって、バスローブから鍵を取り出すと古びた扉を開けた。

「ようこそ、パリへ。今日からここが君の宮殿だ。ここはスターの揺り籠。いろんな奴が巣立っていった。先代のジョルジュもだよ。もちろん無料だ。鍵を渡しておこう」

地下室は洗濯室とゴミ置き場の兼用スペースらしい。籠に入ったジルドレの下着やタオル、饐《す》えた匂いがするバケツは生ゴミらしい。家賃の高い都会で無料の寝場所が見つかったのはいいが、湿気ているし、匂うし、とにかく狭い。早めに脱出しなければ全身からキノコが生えてしまう。

「ベッドは上にある古いソファを使うといい。残りの必要なものは悪いが自分で揃《そろ》えてくれ。とりあえずロウソクは貸してあげるよ」

「あの、近くに魚屋はありませんか」

「ああ、そうか。オックスフォード君の餌がいるんだな」

「それもですが水が必要なんです」

「水？　それなら洗濯用のが、いくらでも使えるよ」

「いえ、海水なんです」


パリは古い街だ。そのパリでもモンマルトルは朝市が発祥した最古参の区画である。歴史ある教会や小さな公園を裏道や細道、坂と階段が結び、結んだ先で庶民の胃袋を支える朝市がテントを立てている。高いところにある下町、それがモンマルトルだ。

ジルドレに教わったマルシェはアパルトマンから歩いて少しだった。テントではなく屋根がある常設の店舗だ。パン、野菜、果物を店先に並べた奥に数軒の魚屋があった。ピップはオックスフォードの樽を抱えて店を品定めした。

安くて親切そうな店を選び、パリにきたお祝いの魚介類をオックスフォードのために買う。同時に海水を分けてもらうのだ。海水は月に数度、交換してやる必要がある。問題は内陸のパリでどうやって手に入れるかだ。

ピップは三十代らしい店員が一人で切り盛りする一番奥の店に目を付けた。気っ風《きぷ》がよくて、サービスを忘れない。店員は筋肉質の体軀、剛毛がランニングからはみだし、いかにも市場のお兄《あに》さんといった風情だ。

「そこの小エビはいくらですか？　近くに引っ越してきたばかりで物入りなんです。安くしてください」

「へへえ、牧童のお客さんがパリにお出ましだ。一盛り百サンチームだが引っ越し祝いに八十にしてやろう。ブルート様の店はどの魚も海から届いたばかりだぜ」

男は店主でブルートというらしい。小エビをザルですくうと古新聞に包み込んだ。

「それと馴染みになりますから、お願いを聞いてもらえますか」

「なんだい？　こっちは魚屋だ。できることしかできないが、ワイン樽を抱えてるってことは小エビのつまみの作り方でも知りたいのか」

「いえ、この中身はワインじゃなくて相棒です。俺は芸人でこの相棒には海水が必要なんです。魚を運ぶパレットに溜まってると思うんですが、自分で集めますから、分けてもらえませんか」

ピップの狙いは港に陸揚げされた魚を輸送する容器だった。新鮮さを保つために漁師は木箱やプラスチックのパレットにざぶんと海水をかけて氷を詰める。その溜まりを集めればと考えていたのだ。

「あんたその若さで芸人かい。するってえと戦時下だけに広場か公園で辻《つじ》商売を始めるって寸法だな。それで相棒に海水が必要ときた。水で金を取るわけにはいかないや。それじゃ、ほんとの水商売だ。裏にあるから持ってきな」

「月に数度、お願いしていいですか」

「ああ、馴染みになってくれるってことなら、おやすい御用だ。だが相棒に海水が必要って事情がよく分からんが」

「見ますか。オックスフォード、出ておいで」

　ピップは樽の蓋を開けるとオックスフォードを呼び出し、指で指示を出した。樽から頭を出したオックスフォードは足を一本、胸に回すと深々とお辞儀をした。魚屋のブルートは口をあんぐり開けると、しばらくなにもいえないようだった。


　古いソファを地下室に運び込み、荷物を整理して木箱を椅子代わりに座った。借りたロウソクが小さな火を灯《とも》している。樽から頭を出しているオックスフォードは小エビをたっぷりもらって満足げだ。ピップもジルドレの台所を借り、持参した鍋でエビを焼いて夕食を済ませていた。

　マネージャーも寝場所も、オックスフォードの餌や海水も、トントン拍子に手配できた。ただもっとも大切なペトマーヌとしての仕事がない。魚屋のブルートがいったように辻芸人として街角に立つか。

むろん街の要所にドイツ兵が警備のために立っているのは目に留まっていた。だが見とがめられたり、危なくなったら逃げの一手があるだろう。試してみる価値はある。人気を呼べば話が進むかもしれない。

逃走路としてモンマルトルの広場や公園、小道や裏道に精通するよう、土地勘を鍛えよう。そうと決まればさっそく明日から探索だ。ピップはロウソクを吹き消すと持参した毛布にくるまり、ソファに横になった。旅の疲れと緊張で、あっという間に夢の国に落ちていった。

眠りの国では心地よい波が寄せては返している。その中に音が混じっていた。囁きだろうか。唄にも聞こえる。とにかく小さなかぼそい、虫が鳴くような音だ。なにをいってるのか。なにを伝えようとしているのだろう。

不意にピップは目覚めていた。眠りから引き戻されてソファに横になっていることが自覚できた。音は夢ではなかった。地下室の暗闇に、まさに虫が鳴くように耳に届いている。ただよく耳を澄ますと、それは虫の音《ね》ではなく、人間の声らしかった。

どのくらい眠ったのか、外の静けさから深夜であることは確かだった。ピップは耳を澄まし、囁きのような声の出所を探った。地下室の壁際らしい。ロウソクを点《つ》け直すとピップはソファを出てそちらに寄った。音は床から漏れている。煉瓦《れんが》に漆喰《しっくい》を塗った古びた床は、ところどころにひびが入り、隙間ができている。そこから漏れているのだ。

なんだろうか。この下に誰かいる。そしてなにか声を上げている。ピップはその声に魅了されていた。声の中になにかがいて、それが心を捉えて離さない気がした。

ピップは木箱に戻ると中にあった牧童用のナイフを取り出した。壁際に戻るとナイフを振り上げ、床のひびに突き刺した。すぐに漆喰が剝《は》がれ、さらに続けると煉瓦が少しずつ剝き出しになった。

まだ声は届いている。煉瓦のひとつに手をかけると腐った虫歯のように簡単に抜けた。それからは次々と煉瓦が外れ、ロウソクを照らすと地下室の下に階段が続いていた。ピップはしばらく考え、階段へと下りてみることにした。

ロウソクで前を照らすと階段は寸詰まりで目の前に戸棚ほどの木製の扉がある。とても古い物で鍵はない。ピップはそれを開いた。すると目の前に地下道が現れた。土と岩で固めた暗渠《あんきょ》になっていて長々と続いている。

耳を澄ましてみた。声は地下道の先から漏れてくるようだった。ピップはその声をたどった。数メートル進むと片側の土壁が崩れて剝き出しの穴が開いていた。位置からすると到着時に見たアパルトマンの裏にある教会に通じているのだろうか。まるで忘れられた抜け道だ。

さらに進むと暗渠は曲がり角になり、その先は近代的な下水道が広がっていた。誰かがいるのか、録音や放送か、理由は分からないが声は下水道からピップの地下室まで暗渠づたいに届いたらしい。

しかし下水道まで出てみると声はぱったりと止んで、しばらく待っても聞こえることはなかった。だがピップはその声がどうやらメロディであると理解できていた。

「さあて、お次はヘリコプター、敵機を狙って高射砲のお見舞いだ」

ピップが口上とともにプルプル、プルルとヘリコプターの物真似をする。続いてポンポンと砲撃を臀部でお見舞いしてみせた。公園で周りを囲む立ち見客は大笑いだ。あっという間に数週間が過ぎていた。その間にピップはモンマルトルの土地勘を養った。目当てを付けた場所の住所表示を見たままで紙に書き写し、後でジルドレの持つ地図と照らし合わせて名前を教えてもらった。

広場で辻芸人として稼ぎたいとジルドレに相談すると二つ返事で了承され、さっそくチラシを用意してくれた。とにかくここにペトマーヌがいて名前を知ってもらうのが先決だとの話だ。

『かの当代一のペトマーヌを襲名し、ジョルジュ・ピジョール二世がパリに登場。宴会から結婚式までご用命は下記電話番号のジルドレ興行事務所に』

謳い文句とともに色刷りで衣装姿のピップの絵が刷り込まれている。ピップが発見したチラシはかつてジルドレが作製したものでデザインがそっくりだった。ピップはあちこちの広場に立つと芸を披露し、チラシを配った。

「最後はとっておき、相棒と踊るスケーターズワルツでございい」

目の前に即席の板台がある。とりのネタとして樽からオックスフォードを呼び出し、挨拶させると板の上でダンスを披露する。ピップの放屁がしっかりとメロディを刻み、それにあわせて二本足でオックスフォードがスケートそっくりに踊ってみせる。周りから拍手と喝采が飛び、前に置いた鉄鍋にコインの音が続いた。

いつの間にか馴染み客もできていた。近くの公園ではベンチで一日の大半を過ごしているらしい老婆。夕方はコインの代わりにクロワッサンを入れていくパン屋。ときおり見かけるのは鷲鼻《わしばな》がしっかりしたドイツ人中年男性。

制服でないところは軍に関係した商売人かもしれない。一度、ドイツ兵がピップに注意を促そうとしたことがあったが、そのドイツ人がなにかを説明して、事なきを得た。以来、揉め事は起こっていない。ペドロ牧師がいったように「本当はみんな好き」なのだ。

三十分ほどの芸で広場をいくつも回って一日の儲けは数フラン。どこかに部屋を借りて暮らしていくにはほど遠いが、それでもペトマーヌとして客を満足させることができるのだ。その手応えがピップには芽生えていた。

すでに夕闇が迫っていた。今日最後の板場はモンマルトル墓地の近くの公園だった。ピップは道具を片づけると背中に背負った。墓地のすぐ近くに街区の目抜き通りとなるクリシー大通りがある。ピップはそこを回って帰ることにした。

ルノーやドイツ軍のトラックが行き交う大通りには赤い風車が目印の演芸場「赤風

車」がある。不定期ながらステージを催しているようで、ここのところ看板に大文字で出演者の名が綴《つづ》られている。だが誰なのかは読み取ることはできなかった。

「小雀《ラ・モーム》ピアフだよ。シャンソン歌手の」

魚屋のブルートに尋ねるとそう教えてくれた。ピップは機会があるごとにその看板を眺めながら帰途に就くようにした。いつかは自分もと心に刻むために。

気が付くと春が過ぎていた。ピップはジルドレに頼んでペドロ牧師宛に無事で暮らしているとハガキを送ってもらった。今後も暇を見て連絡を付けるつもりだ。

馴染んでみると貧しいながらパリでの暮らしはそれなりに充実していた。朝、目覚めるとオックスフォードとささやかな朝食。地下室の前にジルドレの洗濯物が出ていれば自分の衣類とともに洗うと地上に運ぶ。

アパルトマンの裏は小さな教会の墓地に接していて住人は皆、晴れていればロープを張ってそこに洗濯物を干すのだ。洗濯一回が十サンチームの小遣い。事務所の掃除も同様。一日の食事は辻芸の儲けとそんな小遣いからなんとかする。

そして朝食を済ますと飼っているウサギを斜面に放し、オックスフォードと一緒に稼ぎに出る。儲けたり儲からなかったりの繰り返しだが途中、必要ならブルートの店で海水を交換し、餌を買う。

ブルートはエビやカニを安く分けてくれると、樽に白墨で次の目安となる日付と、ときにはなにか洒落た一言を書き添えてくれる。聞くと聖人の名前で「ご加護を」とか、「幸運あれ」とからしい。そうして夕方まで演芸に励み、帰り道にウサギと洗濯物を取り込み、一日が終わる。

夜中には地下室から暗渠に出て例の声を追うこともあった。ソファで眠りに入ると、ときおりあの歌声が漏れてくるのだ。ピップは声に気付くと最初のときのようにロウソクを頼りに出所を追った。地下道への入口は煉瓦を元に戻して、ジルドレには分からないように工作してある。夜の追跡行はピップだけの秘め事なのだ。

ピップは知らなかったがパリは古い街であるために地下迷宮都市でもあった。地震のないパリでは街が始まった頃の建築の土台を基礎として、次の時代の建築が上へと重ねられ、蟻《あり》の巣のようになってる。

ピップに与えられた地下室もそんな巣穴のひとつで、声を追って歩くと地下墓地や商店の貯蔵庫に突き当たったりした。遠出をしてみたときには、いつの時代かさえ分からない古い納骨堂に遭遇したこともあった。と思うとその先が不意に上へと坂になり、気が付くと地下鉄らしき音が聞こえたりする。

そうこうする内にピップはモンマルトルの地下にすっかり精通するようになった。だから夕立に見舞われた辻芸の帰りなどはマンホールや地下鉄の閉鎖通路を入口に家まで帰ることもあった。そして自分がどこをどう歩いているか手に取るようになったある夜、とうとう声の現場に達することができたのだった。

そこは自身の地下室から十分ほど歩いた先の下水道だった。アベス広場から北に当たり、比較的裕福な人々が暮らす地域になるはずだった。なぜ、歌声なのかは分からない。太い声で男女の区別も付かない。ただ声がする理由は分かった。声の主が暮らす建物の排水管を通じて聞こえるのだ。

だが声を伝えているのが、商業施設かアパルトマンか、どんな建物のどの部屋の排水管なのか、そこに誰が暮らしているのかは判然としない。土地勘を頼りに一度近くまで立ち寄ったが、高級地区だけに、どの建物も門番が構えていてピップのような牧童姿の人間を受け付けてくれる様子ではなかった。

「あなたの燃える手で私を抱きしめて」

小さな囁きのようにメロディが耳に届く。しかし唄はそこまでの小節で続きはない。どうやら自作の曲を考えているらしい。次に聞こえてくるのは途切れ途切れの詞だ。

「愛のためなら宝石《フォルテュヌ》も盗む、国や友を見捨てよう、愛のためなら」

ピップはその歌声と歌詞に魅せられた。相手は飽くことなく、続きを試みようとしている。ピップは声を聞くために現場に何度も通った。その内にふと思い立って下水道で続きのメロディを自作して放屁で試してみた。すると聞こえていた歌詞が止まった。ピップの放屁が聞こえたらしい。しばらくの沈黙があってピップのメロディで続きの歌詞が唄われた。

真夜中の下水道の放屁と囁きの秘め事。おかしなやりとりだった。ランデブーとも睦《むつ》言《ごと》ともいえない。どちらにしても相手が誰か、まるで分からない上での行為、いってみれば歌合戦なのだ。だが相手も楽しんでいるのか声が止むことはなかった。そして二ヶ月ほどそんな歌詞と放屁のやりとりが続き、とうとう曲が荒削りながら仕上がった。

むろんイントロも間奏もない。相手が音楽関係者だとしても、ちゃんとしたアレンジを経た曲になるかどうかも分からない。しかしピップはその曲が気に入った。だからいずれレパートリーとして披露するつもりになった。そして二人のやりとりはその曲が完成したときに終わり、地下道で声がすることは二度となかった。

「さてお立ち会い。この樽から呼び出しまするは愉快な相棒、オックスフォード博士。皆様、拍手でお迎えください」

パリに初夏がきていた。ピップは相変わらず辻芸人として街角に立っていた。その日は少し遠出してサクレクール寺院下の大きな公園だ。客もけっこう集まっている。ピップは板台でオックスフォードとの芸を披露し始めた。

「それではまずは簡単な計算ですよ。いいですか、オックスフォード博士。1＋2は？」

台の上で腕を組んでいたオックスフォードが額に手をやると頭をひねる。そしておもむろに一本、二本、三本と足を上げた。

「ご名答。君は賢いね。これじゃ、餌の数をごまかせないな。それじゃ、少し難しくなるよ。1＋2＋3は？」

オックスフォードは再び額に手をやって頭をひねると足を六本、上に上げた。

「またまた正解。凄《すご》いね、天才だ。それじゃ、最後だよ。1＋2＋3＋4は？」

蛸の足は八本。答の数には足りない。と思うとオックスフォードは一本の腕を真っ直ぐ突き上げ、二本の腕で◯を作ってみせた。10を形で見せたのだ。

オックスフォードの答に周りがどっと沸いた。その刹那《せつな》、取り巻き客の背後から別の大声があった。何人もの集団が走りながら公園を抜けていく。会社員や若い女性、作業着姿の労働者たち。先頭にいた大学生らしい若者が叫んだ。

「撃たれたぞ！　地下鉄駅でドイツ兵が撃ち殺された！」

「レジスタンスの仕業だな！　どこの駅だ！」

「隣駅のバルベス・ロシュシュアールだ！　ゲシュタポが血眼《ちまなこ》だ！　巻き添えを食うぞ！　とにかく逃げろ！」

声に呼応するやりとりがある。集まっていた客は蜘蛛《くも》の子を散らすように逃げていった。バルベス・ロシュシュアールは今、ピップがいる公園からほど近い。確かに風に乗って争乱が聞こえた。ドイツ軍の車がいくつもサイレンを鳴らし、こちらにも近づいてくるようだ。拡声器の割れた声が威圧的な命令を下している。

つい先日も学生や市民によるデモ行進をゲシュタポに取り締まられ、逮捕者が出た。ピップが辻芸で行き帰りする裏路地の壁には抵抗を示すVの字の落書きが残されたりしている。初めてきた頃にくらべるとパリは徐々にきな臭くなってきた。

ピップは荷物をまとめると、あっという間に人っ子一人いなくなった一画から帰路に就いた。アパルトマンに帰り、階段を下りていくと地下室のドアに白墨でなにか書かれている。上向きの↑とGの一文字だ。

　文字が読めないピップにジルドレが取り決めていた「上にこい」という合図だ。ピップは荷物を地下室に置くとオックスフォードの樽を抱えて階段を上った。事務所に入るとジルドレと一緒に市場のブルートがいた。ピップは二人に告げた。

「あのさ、ジルドレ、ブルート。今さっき、大変だったんだよ。レジスタンスが事件を起こしたんだ。ドイツ兵を撃ったんだって。おかげで客から寺銭をとりそこなったよ」

「銃撃とは行きすぎだな。ピップ君、パリにはレジスタンス組織がいくつもあるが、それぞれが独自の路線で活動してるんだよ。地下鉄でずどんと一発なんてのは単独行為だ。そろそろ一致団結して戦った方が賢いんじゃないのかねえ。話し合えばいいのに」

　ピップの愚痴にジルドレが苦々しく答えた。二人の会話を追いかけるようにブルートが口を開いた。

「ははあ、ピップ。ということは今日の景気は泣けてくるわけだな。そんなピップにブルート様が儲け話をもってきてやったぜ」

「そうなんだ、ピップ。ブルートさんがね、ステージを頼みたいそうだよ。なんでも毎年、九月最初の祝日に市場の関係者が集まる謝恩会があるそうだ。それで今年はブルートさんが幹事だそうで、どこかのホールを借り切ってピップの芸を楽しみながら呑んで喰って憂さ晴らししたいそうだ」

「へへへ、もちろんオックスフォードは喰わねえぜ。それでだ。どうせなら市場の奴らだけじゃなくて一般客も取り込んで盛り上げないか。話に聞くとピップも結構な人気らしいじゃないか。公園に立つと人だかりなんだって？」

「つまりブルートさんはこの際、ピップ君のファーストコンサートにしたらどうかってことなんだよ。後援を市場商店街ってことにして」

「へへへ。実のところ、お客さんがたくさんくりゃ、関係者はただで呑み喰いできるって寸法だろ？　いつもの会は俺たち市場の人間と家族で五百人ぐらいだ」

「するともう五百人集めてロハ。儲けるには客は千五百人は欲しい。前売りが十フラン、当日十二フランとして儲けは五千フランほどか。ギャラは折半で二千五百」

　ジルドレはあっという間に算盤をはじいた。今の話なら二千五百フランの出演料だ。辻芸で手にする金は月に百フランいけばいいところだ。桁《けた》が違う。うまくすればしばらく贅沢ができるとピップは色めき立った。

「飲み物はいつもワインなんだ。つまみは魚。仕入れ値だからお手頃だぜ」

「なるほどだよ。ワインに関しちゃ、私にはいくらでも伝手《つて》がある。商売上、盛り場とは懇意にしてるからね。ボジョレーの蔵元に話をつけてもらおう。だが問題は小屋をどこにするかだ」

「そこなんだよな。それで相談にきたんだ。客の呼び込みやあしらいに関しちゃ、魚屋にも手が出るが、演芸場なんかの容れ物についちゃ、素人《しろうと》なんだよ。なにかいい知恵はないかい」

「ううむ。千五百人となるとキャバレーや小劇場じゃ収容できないぞ。それにドイツ軍の検閲もうるさいしな。はてさて、どうするか」

「難しいかい？　九月の初めは魚に脂がのって、どれも味がひとしおなんだがな」

「へええ、特になにがうまいんだね」

「そりゃ、カキだな。初物《はつもの》のカキが出回るシーズンだ」

「いいね。ワインでカキとくればパリ風物だ。それでもって風流なペトマーヌ。こいつは受けること間違いなしだ。どこかにいい小屋は……待てよ」

考え込んだジルドレの指が鳴った。作戦を練るように額に手を当てる。

「忘れてた。演芸場だと考えるから見落とすんだ。そういえば裏の教会の司祭はカキに目がなかったな。シーズンになると毎週、箱で買い込んでるほどだ。教会の聖堂なら音がよく響く。顔なじみだからお布施でと話せば安く済む。カキのおまけも付いてくるしな。なによりイエス様のお膝元ならドイツの奴らも手出しが難しいぞ。こいつは一石二鳥以上じゃないか」

ジルドレが顔を輝かせた。ブルートも膝を打った。

「さすがは芸能マネージャーだな。なんとかやり口をひねり出すもんだぜ。そうと決まればポスターをばんばん貼《は》って。チラシをあちこち配って。どどんといこうぜ。なにしろ湿っぽい話ばかりだからな」

「そうだね。この頃は戦争のせいでパリも淋しいばかりだ。パリばかりじゃなくてヨーロッパ中だが。ピップが街で受けるのは、みんなが元気になるなにかを求めてるからだと思うよ」

ピップが口をはさむ暇もなく、初めてのステージはジルドレとブルートで話がまとまった。むろんピップには否《いな》という思いなどない。むしろ初ステージへの思いで胸は高鳴るばかりだった。とうとうペトマーヌとしての正式な第一歩が始まるのだ。


九月最初の祝日、夜六時。アパルトマン裏の聖堂は老若男女でごった返していた。三十分後にはピップの初めてのステージが幕を開ける。

楽屋代わりになっているのは聖堂の地下にある小部屋だった。雑納庫らしく掃除道具や祭事に使う小物などが並んでいる。そこでピップは本番に向けて余念がなかった。

ステージは聖堂の祭壇を使う。雑納庫を出た廊下の脇にある小階段が祭壇の袖に通じている。必要な小道具はすべて袖に運び終え、ジルドレが司会進行と助手をつとめてくれる段取りだった。

ピップは強く息を吐くとテーブルの樽を見つめた。樽には「ミューズのご加護と成功を」と白墨のメッセージが走り書きされている。今朝、ブルートが書いてくれたものだ。樽の蓋を開くと中からオックスフォードが頭を出した。ピップを見ると足をあげる。オックスフォードの出番はとりになるが、その前にワインを少しなめさせてやろう。景気付けだ。

ピップの緊張とは裏腹にオックスフォードは悠然として楽しそうだ。ワインも小エビも頂戴できると理解しているらしい。樽の中はブルートがもってきてくれた新鮮な海水と交換してあり、快適そのものなのだろう。

そのブルートはピップらがいる小部屋の隣に陣取っている。市場の幹部らが控える専用室だ。今では宴会がメインになっているが謝恩会の本来の主旨は市場の運営に関する相談らしい。先ほどまで話し声が聞こえていたが仕事の打ち合わせがあったのだろう。

チケットはありがたいことに完売。満員御礼の札が教会の門に張り出されている。聖堂内は老人のために礼拝用の椅子が何列か並んでいるが、後は取り払って客は立ち見だ。飲み食いの品は壁際のテーブルから勝手に取る。

地下室の天井から聖堂のざわめきがピップを呼んでいた。笑い、手を打ち、話し声と靴音。グラスが鳴り、ときには誰かが取り落として割れ、そのたびに小さな叫びと驚き。さざめく声がピップを包んでくすぐってくる。

この昂揚《こうよう》と快感こそ、遠い昔から芸人を甘く痺《しび》れさせてきたものなのだろう。パリにきて六ヶ月、街角で辻芸を続けてきたピップにはそれが肌で理解できた。

第一ベル代わりの鈴が長く鳴った。表に出ている客を呼び戻す合図だ。ピップは壁際にぶら下げていた鏡で蝶《ちょう》ネクタイを直した。自然とその場でタップダンスのステップを踏んでいた。漆喰を塗った床が思ったよりも高い音で響いた。床材は煉瓦だろうが自身の地下室と同じように古くて緩んでいるのだ。

だがステップは調子がいい。リズムもいつも通りだ。ピップはひとつうなずいた。そしてオックスフォードの樽を抱えて部屋を出た。シルクハットに杖《つえ》、ニッカボッカのズボン。師匠譲りの衣装で第二ベルを合図に開幕だ。

階段を上がり、袖に出るとジルドレが微笑んできた。いつものバスローブとはうって変わって蝶ネクタイにタキシード姿だ。それが板に付いていて、演芸の道のプロを思わせる貫禄がうかがえた。

本番はぶっ通しの一時間。ジョルジュ師匠が語っていたように物真似と唄、ジョークで観客を温めていってオックスフォードとのコンビでフィナーレだ。通し稽古はもう何度も繰り返している。

「よおし、ぶちかませよ」

横にいたジルドレが小声で告げると第二ベルの鈴を長目に鳴らした。そして横手に立てた長いポールに寄った。ポールの先にはスポットライトが設置され、スイッチが入って祭壇が照らされた。聖堂に期待を込めた沈黙が始まり、ジルドレがひとつうなずいてステージへ歩み出ていった。どっと拍手と歓声が上がった。

「やあ、やあ、やあ。皆様、すがすがしい秋の夕べ、楽しいひとときへ、ようこそ。ワインとカキはいかがですか。司祭の顔が赤いところを見ると堪能していただけてますな。

さて、さて、さて。本日は司祭のご厚意でこの聖堂をステージに常設市場の後援によるパリ随一のペトマーヌをご紹介できます。相棒をつとめるのは天才オックスフォード博士。のちほど出てきますが正体にびっくりしますよ。よし、よし、よし。長い前振りはここまで。皆さんが痺れを切らす前に、さっそくご登場願いましょう。唄って笑って踊ればパリは天国。ジルドレ興行事務所が送り出す期待のホープ、ジョルジュ・ピジョール二世です。皆さん、足を踏みならして大きな拍手を」

ピップが袖から覗《のぞ》き見ると手近に教会の司祭がいた。確かに赤ら顔でワイングラスを片手にカキの殻をいくつも小皿に乗せている。馴染み客の顔も見受けられる。公園の老婆。クロワッサンをくれるパン屋。例のドイツ人。かなり後方にはアパルトマンの住人、ブルートと一緒にいるのは市場の関係者らしい見知った顔だ。

横手には若者の姿も多い。あれはどこかで見たとピップが確かめ直したのは、公園で地下鉄の事件を叫んでいた大学生だ。客たちの顔は把握できた。思ったよりも落ち着いていると安堵してピップは戻ってきたジルドレに樽を預けた。そして祭壇に踏み出した。

まずは出だしで客を摑む。そのために口上なしに登場の曲だ。選んだのは「世界は夜明けを待っている」。ピップは袖からシルクハットと杖を振りながら行進していった。祭壇をにこやかに笑いながら放屁の演奏に合わせて数度往復した。どっと聖堂に拍手と口笛と歓声が湧いた。ピップは客を摑んだ感触を得て、即座に口上に入った。

「ようこそ、ようこそ、ようこそ。さあて、お立ち会い。私はジョルジュ・ピジョール二世。先代仕込みのペトマーヌでございますれば、皆様があっと驚く、抱腹絶倒のステージをご披露いたしましょう。背《せい》はチビでもお尻の音は世界一。こんな曲はいかがかな。皆様ご存知の「私の青空」。よろしければご一緒に唄ってください」

　スポットライトの中、ピップは全身がよく見えるようにつま先立つと口上を述べて一気に放屁の演奏に入った。観客にくるりと背を向けると振り返り、高らかなソプラノを鳴り響かせる。観客は手を打って喜んでいる。

　ピップはメロディに合わせて腰を振った。手拍子が始まり、一緒に口ずさむ声が続き、曲が終わる頃には全員の合唱になった。エンディングでまた大歓声。ピップは客たちが落ち着くのを待って、次のネタへつないだ。

「唄ばかり続きましたので、ちょっと箸休《はしやす》めに物真似をお届けしましょう。私はそもそも牧童で山育ち。それはもう人間より山羊や羊の方が数が多いぐらいの田舎でして、なにより鳥は朝から晩まで鳴き放題でした。たとえば森の賢人、フクロウ」

　師匠直伝《じきでん》の鳥の物真似に入った。さらに独自に編み出した乗り物シリーズ。ヘリコプターや船、機関車、自転車、戦車、三輪車。わざとかすかな音にしたのは一輪車。聖堂に観客の歓声がはじける。すかさずピップは大ネタのひとつ、〝ハイウェイをぶっとばせ〟に移った。

　さすがに客の反応が抜群だった。どかんどかんと屋根と床を揺るがすほどの笑いが響く。拍手と指笛、歓声にヤジの合いの手。ピップの放屁の音が聞こえなくなるほどの大受けが続いた。ここで客を醒《さ》めさせては、せっかくの熱が台無しだ。ピップは次を期待する観客を少しじらすと一声叫んだ。

「ヤッホー」

叫んだ一声が放屁に変わると聖堂にこだました。即座にピップはユールレイ、ヒイイイと裏声でヨーデルを放った。「おお、ブレネリ」が始まった。曲の最後はヤッホー、ホトラララ、ヤッホ、ホートラララ、ヤッホホ。観客の笑いは叫びと悲鳴に近く、グラスを落とす音や足を踏みならす響き、声にならないうめきが巻き起こった。

「さて、さて、さて。ここでお待たせの私の相棒を呼びたいと思います。天才ダンサー、オックスフォード博士。拍手でお迎えください」

客がなんとか息を整えて次の展開を待っているのが分かった。ジルドレが樽を抱えてきた。それをピップに渡すと、うやうやしく袖から板台を運んでくる。ピップは目の前の台に樽を置くと蓋を開いた。

「オックスフォード博士、出てきて、皆さんに挨拶してくださいよ」

ステッキで床を叩くのを合図に樽の口から腕が伸び、オックスフォードが頭を出すと板台に全身を現した。そして腕を回すと深々とお辞儀した。ステージ衣装を身に纏《まと》った蛸。まさか相棒が蛸とは思っていなかった観客がどよめいた。

「さあて、天才ダンサー、オックスフォード博士。まずは一曲、皆さんに披露していただけますか。なになに、はいはい、「スケーターズワルツ」ですね。それではいってみましょう」

オックスフォードと会話したように曲の紹介をしてピップは演奏に入った。再び聖堂でどよめきが起こる。まさにスケートをするように八本の足でなめらかにダンスするオックスフォード。放屁の音にぴったり調子を合わせた演技は、やがてどよめきから歓声と拍手に変わっていった。

すかさずピップはオックスフォード博士の計算芸で笑いを取った。客との距離をもっと縮めるためだ。感心から芸人としてオックスフォードを受け入れさせるためでもある。もはやピップもオックスフォードも観客も、時間を忘れて一体となっている。

しっとりとしたムードを「リリー・マルレーン」でかもしだす。一転、新曲の「コーヒールンバ」でピップとオックスフォードが男女のように情熱的なステップで踊ってみせる。観客も踊り出した。

ピップの放屁に合わせて誰もが「昔、アラブのお坊さんが」と唄う。あっという間にステージは終盤になった。アンコールの時間を考えて、ピップはここでラストの曲と客にふってみせた。

「いや、いや、いや。楽しい夕べもそろそろお別れのお時間です。まずはステージをお貸しいただいた司祭、後援の市場の皆さんに拍手をお願いします」

ピップは忘れずに感謝の一言を添えた。観客からも惜しみなく手が打たれる。同時にラストを理解したブーイングもあちこちで起こっている。

「いや、いや、いや。時は移ろうもの。そして夜は更けるもの。皆の奥さん、旦那さん、恋人が待っています。今晩はそろそろ帰りましょう。唄って笑って踊ればパリは天国。ペトマーヌのジョルジュ・ピジョール二世をこれからもご贔屓《ひいき》に。またお会いする日を楽しみにしています。それでは最後の曲「リンゴの木の下で」。さあ、ご一緒に」

静かなイントロの放屁で曲を始める。オックスフォードが腕を広げて肩を揺らす。その腕を指先に摑むとピップも一緒になって肩を組むように揺らした。聖堂で唄が始まった。やがて力強い放屁の響き、それに合わせた大合唱。

「リンゴの木の下で、明日また合いましょう、黄昏《たそがれ》、赤い夕日、西に沈む頃に」

気が付くと観客らは互いに肩を組み、一体となっている。そして曲が終わった。しばらく静かな間があった。思い出したように観客たちが激しい拍手と歓声をピップに送ってきた。ピップは深々とお辞儀をするとオックスフォードを樽に戻して袖に向かった。ジルドレがウィンクすると握手を求めてくる。ピップは強く握り返した。

アンコールのリクエストが鳴りやまない。もちろんピップも計算に入れている。ステージに戻ろうとするとジルドレが肩を押さえた。まだだ。まだまだ。じらして、じらして。それいけ。とばかりにピップのお尻を叩いてアンコールに送り出した。

「ありがとうございます。唄って笑って踊ればパリは天国。ペトマーヌのジョルジュ・ピジョール二世と相棒のオックスフォード博士でした。それではアンコールにお応えして我らが国歌」

板台はそのままだ。深々とお辞儀したピップはオックスフォードを呼び出すとフランス国歌の「ラ・マルセイエーズ」を高らかに放った。オックスフォードは背をしっかりと伸ばすと二本足で台を行進し、残りの手で握った国旗を振っている。

ピップもそれに合わせて行進してみせる。そしてラストに二人でとんぼ返りを打った。二人に合わせて国歌をがなっている観衆は歓声と拍手と手拍子で聖堂を振るわせるほどの熱狂を見せている。むろん次のアンコールを繰り返して観客は祭壇へと詰めかけた。

ピップは袖を振り返った。ジルドレがいけいけと手で合図している。アンコールが続くことはピップも一応、考えに入れていた。さてどの曲にするか。体はぶっ通しのステージでへとへとだが胸の興奮は続いている。それではと曲を口にしようとしたとき、祭壇に詰め寄っていた観客の中から一人の女性がピップの目の前に歩み出た。

「あの曲にしましょうよ。二人で作ったシャンソン。地下道と私の部屋で歌合戦した」

ピップと変わらない背丈の女性は黒いロングスカートで胸にブローチをつけていた。そして祭壇のピップに腕を伸ばしてきた。相手が誰であるか、かけてきた言葉で理解したピップは伸ばしている腕を掴むと女性を祭壇に引き揚げた。

「ピアフだ。シャンソン歌手の小雀ピアフだぞ」

観客の誰かが一声叫んだ。不意に聖堂が静かになった。客は登場したのが誰か、即座に理解したらしい。ピップも声に驚いていた。今やっと知ったが、あの深夜の歌合戦の相手は赤風車の看板歌手ピアフだったのだ。答えるようにピアフは客にお辞儀をすると口を開いた。

「楽しいステージでした。ジョルジュ・ピジョール二世のチラシを見て覗きにきたけどペトマーヌってなんて愉快なの。実はちょっとした縁があって二人の新曲があるんです。それを最後の曲にお届けするわ。一、二の三」

ピアフは堂々とした口上でピップにウィンクした。そして手で拍子を取ると大きく振って始まりの合図を送ってきた。まさかあの曲をピアフと演奏するとは思ってもみなかったがピップは、うなずくと放屁で高らかにメロディを放った。

「あなたの燃える手で、私を抱きしめて　愛のためなら宝石も盗む　国や友を見捨てよう、愛のためなら」

観客はピップの演奏とピアフの歌声に聴き惚《ほ》れている。驚くべき声量だった。ピップと変わらない小柄な体の、どこに秘められているのか、聖堂を震えさせ、揺るがすほどの歌声だった。切なく、熱く、焦がれるようにピアフとピップは歌い続け、鳴らし続けた。そして曲が終わった。

静まりかえった聖堂で観客は奇蹟《きせき》を見たように茫然《ぼうぜん》としていた。ピアフはお辞儀をするとピップの腕を取って祭壇の袖へと向かっていく。慌ててオックスフォードを樽に戻すとピップは腕を引かれながら続いた。途端に聖堂が割れんばかりの歓声と拍手と指笛、叫びと足踏みとあらゆる音に包まれた。

「あれはピアフさんだったのですか」

「それはこっちのセリフよ。チラシを見てあなただったんだと気が付いたの」

ジルドレも目を丸くしている。アンコールの声が続いているが、さすがに体力の限界だった。それをジルドレに告げて樽を一旦預けるとピップはピアフに向き合った。というのも、ふと気が付いたことがあったのだ。

「あのそれはピレネー青アザミじゃないですか」

「ああ、このブローチ？　これ、ピレネー青アザミっていうの？　ただのアザミじゃなかったんだ。私、誕生日が春なの。ペトマーヌをしてるなんて、あなたもそうでしょうけど私も貧しい生まれでね。お祖母《ばあ》さんに育てられたんだけど、誕生日祝いはいつも野生のアザミだった。でも大好きよ、アザミは。お祖母さんを思い出すわ。アザミの花言葉を知ってる？　お祖母さんから教えてもらったんだけど革命よ。アザミはどん底から這《は》い上がるために闘えっていってるのね。きっとファンの人も私のアザミ好きを知ってるのね。毎年、匿名で送ってくれる人がいるのよ。これは今年、送ってくれたのをブローチに仕上げてみたの」

ピアフが胸にしていたブローチは確かにピレネー青アザミだった。もしもお祖母さんの名前がフランソワなら、送り主が誰かは決定的だ。ピップはそれを確かめようと口を開きかけた。

しかし言葉にはしなかった。すべきではないと思い至っていた。ジョルジュ師匠は孫娘のことを知っていて、わざといまわの際にも秘密にしたままだった。そして懺悔した。

この青アザミの秘密は師匠の切なる思いなのだ。

「よくお似合いですよ。本当に」

ピップはやっとそれだけを告げることができた。観客のアンコールの歓声はまだ続いている。いつ止むのだろう。しかし大成功だ。ペトマーヌの第一歩が確かに始まったのだ。ピップは笑えなかった。頰に涙が伝わるのが理解できた。

もう一度、挨拶だけでもしようか。ピップがそう考えたとき、教会の外に激しいサイレンが近づくと車両のエンジン音と急ブレーキのきしみがあった。聖堂が突然の出来事に静まると同時に床を踏み鳴らして駆け込んでくる集団があった。聖堂になだれ込んできたのはドイツ軍の制服に身を包んだ一隊だった。

公演の許可は司祭を通じて得ているはずだ。なのにどうしたというのか。ピップの困惑をよそに十人ほどのゲシュタポの兵士は手に機関銃を構えて聖堂の入口を制圧し、観客を奥に集め始めた。兵士の中から前に出たのは将校らしい。大声で告げた。

「動くな。この集会に先日の地下鉄駅の襲撃犯と仲間がいる。そのレジスタンスの幹部たちが次の計画の打ち合わせをしていると通報があった。ただちに連行する。動くな」

聖堂の隅に集められた観客が怯《おび》えた叫びを上げた。そちらへきびすを返した将校に馴染み客のドイツ人の男性が寄り添っている。ピップは理解した。通報者は彼だったのだ。ピップのファンではなく、市中を巡ってレジスタンスの動きを探るスパイだったのだ。

だがなぜ自分なのか。あの男はなにを根拠に自分に目を付けたのか。ピップには男が自身の辻芸に目を光らせていた理由が理解できなかった。

「全員、手を出すんだ。ぬぐうな。痕跡を調べる」

将校が指示を出すと観客が順にドイツ兵にチェックされていく。ピアフとジルドレは祭壇の袖で硬直している。そのときだった。観客の中から走り出した人影があった。

それはブルートと例の大学生らしい若者だった。二人は脱兎《だっと》の如く走った。しかし扉はドイツ兵に固められている。逃げ場を求めた二人は祭壇に駆け上がると袖へ走った。

「ブルート！」

横をすり抜けた二人に叫ぶとピップの足は勝手に動いていた。事の次第はまだ整理できていないが、とにかく自分とレジスタンスが関係づけられてナチスに踏み込まれたのだ。つまり疑いの目は自分にも向けられている。

二人を追いかけてピップは袖に向かった。ブルートは袖にある階段が地下へ続くのを理解していたらしい。あっという間に駆け下りていく。

その背中が消えない内にピップも続いた。背後でドイツ兵の大声が迫っていた。三人は地下の細い通路に降り立つと次の逃げ場を求めて立ち止まった。

「ブルート、こっちだ」

ピップは先に立つと自身の楽屋代わりだった雑納庫に駆け込んだ。そして二人が続いたのを理解するとドアを閉めてドイツ兵の侵入を防ぐために机や椅子をバリケード代わりに積んだ。即座に理解してブルートと青年も加勢する。

「すまん、ピップ。実は樽の落書きでレジスタンスの仲間へ連絡してたんだ。今日のもそうだが、集合や作戦を決行するときは聖人の名とメッセージを添えるんだ」

雑具を手にしながらブルートが詫《わ》びを入れ、次第を説明する。若者が言葉を重ねた。

「きっと奴ら、樽に白墨の伝言があるたびにレジスタンスの運動があることを察したんだ。まずいぜ。ブルート、ドアを破られるのは時間の問題だ。どうする？」

ピップは必死だった。ここまでうまくステージが運んだというのに、レジスタンスの仲間として検挙される可能性は大だ。とにかくここから逃げなければ。今後の身の振り方は逃げおおせてからだ。

ピップはどこかに隠れることでもできないかと雑納庫を見回した。そのとき、壁際にぶらさがった鏡が目に入った。

「鏡の下の床を壊そう。きっと穴がある。地下道へ続く通路になってるはずだ」

ピップは壁際に走ると雑具の中にあったスコップを振り上げた。ブルートと青年も言葉よりも先に体が動いている。モップの柄や鉄の祭事道具で床を叩き始めた。三人がかりの作業で漆喰と下の煉瓦が崩れ、考えた通り、暗い口が開いて階段が続いていた。

雑納庫のバリケードは破られる寸前らしく、がたがたと揺れている。三人は次々に穴に飛び込むと階段を駆け下りた。先頭はブルート、次にピップ、最後が青年。寸詰まりの階段はすぐに終わり、崩れた土壁の向こうに地下の暗渠が続いている。三人はそこへ飛び出した。

「こっちだ」

ピップは先頭に立つと走った。とにかく離れなければならない。聖堂の下から遠くへ。ドイツ兵の足音が背後に聞こえた。三人は暗渠を駆けながら右へ曲がり、左へ曲がり、下水道へ達する。しかし背中にドイツ兵の怒声が続き、足音が止むことはない。

「止まれ」

たった一言が背に浴びせられると銃声が地下道に連続した。壁に銃弾が立て続けに音を立てた。思わず三人は身をかがめた。しかしそれでも走るのを止めなかった。とにかくなんとか逃げおおすことしかピップの頭になかった。

必死の思いが脳裏の思考をめまぐるしく回転させた。そして思い出した。続く先に古い納骨堂があったはずだ。そこから上へなんとか上がることができれば、地下鉄の閉鎖通路につながっていたはずだ。

ピップはとにかく走った。二人も続いた。息が切れる。すでに十分近くの逃走と追跡が続いている。それでもピップは目的の納骨堂に達することができた。背後で再び銃撃があった。暗渠の壁には黄色く変色した頭蓋骨や大腿骨《だいたいこつ》が積み上げられている。それが銃弾で音を立てた。数メートルほど進み、そこでピップは立ち止まった。

「この先が地下鉄の閉鎖通路だ。そっちへ逃げてくれ。俺が追っ手をくい止める」

それだけ叫ぶとピップは背後に迫るドイツ兵に対して尻を向けた。そして満身の力を下腹部に込めると大音響の放屁を放った。遠い昔に作られたらしい納骨堂は狭く、天井が低い。そして壁という壁が骨だらけだ。そこへピップが師匠直伝の爆裂機関砲を立て続けに放ったのだ。

ヒグマさえ、追い散らす大音響に納骨堂はどかんと揺れると地震を思わす激しさでビリビリと震え、津波が襲ったように壁から骨が崩れていった。土と埃が舞い上がり、納骨堂に煙のように充満する。それを理解しながらピップは爆弾並みの放屁を放ち続けた。

合計十五発以上に達したはずだ。数えられたのはそこまででピップの意識が朦朧《もうろう》としてきた。体から力が抜けていく。ピップはその場にくずおれた。だが放屁とは別になだれ落ちる音が耳に届いた。納骨堂に骸骨の残骸が壁として築かれたのだ。ここへの通路は埋まったはずだ。ピップは薄れる意識で理解できた。しかしそこまでだった。

師匠に釘《くぎ》を刺されていた命取りの技を使ってしまったのだ。そして師匠の言葉通りに体が動かなくなっている。股間が熱い。なにかが太腿まで垂れている。おそらく腹の器官のなにかがやられたのだ。股間から太腿へと流れているのは血だろう。

背後でドイツ兵の激しい声と銃撃が続いている。だがピップの意識は薄れ、そこまで理解して自身の死が間近だと悟った。仕方ない。一人前になろうとしたが、たった一度のステージで終わった。でもいいじゃないか。一度だけでも俺は本当のペトマーヌになったのだから。ピップは震える瞼《まぶた》を閉じた。天国が見えた。

生温かく、ねっとりとした感触が頬に伝わった。天国だ。天使だ。死んでから触れ合うのだから、そうに決まっている。だがどうも粘つく手をしているな。祝福するなら手を洗ってからにしてくれ。ピップは天国で思わず悪態を吐いた。そして目を開いた。

天国ではなかった。真っ白い空間にピップはいたが、ベッドの感触が背中にあって、目を動かすと部屋にいると理解できた。部屋といっても正しくは病室らしい。そして頬の粘る感触はオックスフォードが撫でていたからだった。

「さて、さて、さて。気が付いたか。なんとか生き延びられたわけだ。出血がひどかったが一命は取り留めた。ドクターに感謝しないとな。それとも牧童の体が頑丈なのに驚くべきかな。一晩で意識が戻ったんだからな」

ベッドサイドにジルドレが立っていた。言葉の通り、自身が生きているとピップは理解に及んでいた。視線をやると病室の窓から光が射し込んでいる。

「ブルートたちは？」

「二人は倒れたお前を担いで納骨堂から地下鉄へと運び込んでくれた。それからレジスタンスの仲間が手を貸してくれて、お前はここに到着したってわけなんだよ。二人はお前の無事を確認して地下に潜伏した。納骨堂は骨に埋もれてなくなった」

そこでジルドレは手近にあった椅子に座ると話を続けた。

「しゃべるな。まだ安静が必要だ。お前が聞きたいことは分かってる。ここはレジスタンスの息がかかった施設だ。だからドイツ軍の手は伸びてこない。ここで動けるようになるまでお前は療養する。オックスフォードに関しては私が面倒を見ておく」

粘る腕がまた頬を静かに撫でてくる。視線をやると赤い顔をしたオックスフォードが満足げにピップを見つめていた。

「だがな。動けるようになったとしても、お前はレジスタンスの片割れとしてマークされちまったみたいだ。お前の地下室を家捜ししにゲシュタポが昨夜、やってきた。だからパリでペトマーヌとして活動するのは無理だ。だけど戦争が終わったらどうかとお前は今、考えただろ？」

ジルドレはさすがにベテランの演芸マネージャーだ。芸人の胸の内は手に取るように分かるらしい。確かにゲシュタポにマークされている以上、パリでの芸人生活は無理だろう。だが昨夜のコンサートの大成功はジルドレも分かっているはずだ。

「ドクターの言葉を偽りなく伝えておくぞ。お前は相当に無理な放屁を放ったんじゃないか？　お前の臀部の出血はおびただしいもので本当ならあの世行きだったんだ。だがドクターの懸命な外科処置とお前の頑強さで命がつながった。ただし駄目なんだ。ペトマーヌとしては。お前の臀部、正確には肛門と括約筋はひどい損傷で日常生活はなんとかなるが放屁で芸をするような真似はとても不可能になったんだ」

ピップは自身の臀部の感触を脳裏で確かめてみた。だが感覚がなかった。痺れが下腹部を覆い、ことに肛門周辺はどこかになくなったと思えるほど、なにも感じなかった。

「分かってる。愚痴も悪態も元気になってから、たっぷりしろ。今は静かに体を休めるんだ。そして動けるようになったら、どうするか身の振り方を考えるんだ。またここにオックスフォードを連れてくるから俺についていろと合図してくれ」

ジルドレはそこまで告げると椅子から立ち上がった。そしてテーブルにあった樽を取り上げた。ピップは指先でオックスフォードに合図した。応えたオックスフォードは腕で別れを告げると中に入った。

「こいつは本当に天才だな。お前の無事を理解し、すぐに会えることも分かってる。少なくともナチスより賢いな。それじゃ、また顔を出す。ドクターから短い時間しか面会を許されてなくてな。それと昨夜のギャラは折半だ。テーブルにある布袋に入ってる。まったく残念だ。パリ一番のペトマーヌなのに」

話を手短に終えるとジルドレは樽を抱えて部屋を出ていった。段取りが早いのはジルドレらしい。ピップはため息を吐くとベッドに体を伸ばして楽になる姿勢を探した。ブルートを恨んでも仕方ないだろう。レジスタンスの活動を別にすれば、知ってる中では一番の親切な人間だったではないか。

ブルートはブルートなりの考えで行動したのだ。ドイツと戦うことを選んだのだ。それは彼なりに一人前を貫こうとした結果なのだろう。ピップには分かっていた。一人前かどうかなんて自分にしか分からないものなのだ。ブルートがそうではないか。ジルドレも。鉄道事件の犯人らしき大学生の若者も。そして自分もだ。

パリにきて七ヶ月。気が付くとステージに立って客を熱狂させるまでになれた。我が尻は高らかに謳ってくれたではないか。それは一人前の第一歩だったではないか。どうするかなんて決まってる。次の目標を探すのだ。一人前は完成しないんだ。師匠がいっていたように。

　しばらく生活する金はある。動けるようになったらドイツの手が届かないところへいこう。そこで次の人生の目標を探そう。むろんオックスフォードと一緒だ。なにをするか。なにになりたいか。なりたいと考えればできるはずだ。だって一人前になるにはどうやればいいか、今回の経験で身に付いているから。

　ピップはため息をついた。それは満足を示すため息だった。窓から光が射し込んでいる。秋の一日が外で続いているのだ。そして自身の人生も。ピップは目を閉じた。頬にオックスフォードの腕の粘りが感じられる。

　そうだ。ピップは思いついた。イギリスだ。オックスフォード。レジスタンスの力を借りれば海を渡れるだろう。いや、なんとしても渡るのだ。そして金がある間に文字を憶え、学校にいき、とにかく勉強する。十歳の誕生日に父親が尋ねたように、たくさん学んで一人前になるのだ。オックスフォードへいく。オックスフォードと一緒に。

　だが待てよ。あいつは天才だ。もしかすると俺より学問ができるようになって先に卒業してしまうとか。本当に博士になるとか。もしかすると、もしかする。分からないぞ。こりゃ、まずい。猛勉強しないと。ピップは思わず声に出して笑った。途端になくなったと思っていた肛門がひどく痛んだ。ここに自分がいると示すように。

第二章　最後のドラゴン

お菓子の歴史を振り返ると、いくつかのエポックメイキングが起こっている。たとえば貴重だった砂糖やカカオが安価に普及したことで、手軽な三時になったケーキやチョコレート。乳製品では十九世紀半ば、冷蔵庫が実用化され、大量に出回るようになったプリンやシュウクリームもそうだ。

だが近代には珍しい革命もある。チュウイングガムだ。二十世紀の後半に開発された板ゴムに砂糖と各種のフレーバーを染み込ませた噛《か》むだけの甘い愉《たの》しみ。こんな奇妙な食品を誰が考えたのだろう。しかし子供の頃に口に入れると慣れ親しんでしまい、その後は不思議でもなんでもなくなってしまう。

ガムが当たり前に普及した現代では当然の感覚だが、未体験の存在には不可思議な食べ物だろう。たとえば遠い過去からタイムトラベルしてきた原始人は初めてガムに接して美味《うま》いと思うだろうか。

一九一九年、ヴェルサイユ条約が締結され、第一次大戦が終わり、ヨーロッパに束の間の平和が数年ほど訪れていた。ことにここ、ドイツの黒い森の奥では静かに川が流れ、鱒《ます》が岩の底に潜んで、ときおり水面で虫をはんでいた。

だが遠い昔と随分に違う。この地はかつては三日三晩、馬で歩んでも樹海が絶えない大森林地帯だったが、いつの間にか木が切り出され、道が造られ、人間が住まい、森は裸ん坊どころか脂肪も肉もない骸骨同然となった。

森を支配するドイツは先の大戦で莫大な借金を背負い、この時代、大変な貧困にあえいでいた。同年には労働者党が結成されたほどだった。それがまたドイツを悪い方向に進めるのだがここでは別の話。

とにかく、かつて黒い森と呼ばれた森林の奥地のこの辺りも貧しさは同様で半径十五キロほどの盆地に寒村がなんとか営みを続けていた。

束の間の平和はぬるま湯のようでありがたい。しかし飢えは泥のように人々に蓄積していった。村では小麦を育て、豚や牛、山羊《やぎ》を飼う、半農と半牧畜が稼業だ。そして出来上がった肉や穀物を街に売りにいくことで糊口《ここう》をしのいでいた。

もっとも近い街は北にあるシュツットガルト。距離にすると数十キロほどなので馬に乗れば一日でいって帰れるだろう。

だが実際には二日を要する路程だ。というのも村と街をつなぐ道が北の絶壁で阻まれていたからだ。頑固な関所といえるこの絶壁には、あばたのような小さな洞窟があった。苔《こけ》むし、入口に腐蝕《ふしょく》した花崗岩《かこうがん》がこぼれる様子は一見、獣が見捨てた住処《すみか》に思えた。

しかしここに動物が棲《す》んだことはない。むろん人もだ。ただぽつりとおちょぼ口のように暗くうがたれた洞窟が、いつからあるのかと村の子供が尋ねると大人たちは首をひねる。自身も子供の頃に同じことを父母や祖父母に尋ね、彼らもまた首をひねっていたからだ。つまり今となっては、この穴がいつの時代のどんな洞窟か誰も知らないのだ。だから洞窟は時代の搾取を逃れた奇蹟《きせき》といえた。そして祖父母の以前から、この洞窟は土地の人間に「龍の穴」と呼ばれて畏怖されていた。伝説ではここにドラゴンが眠っていて、いつか目覚めて災いをもたらすというのだ。

それは正しかった。子供が這《は》ってなんとか進める洞窟は奥で岩が崩れて行き止まりになっている。しかしその向こうに、時と隔絶されてしまってはいるが、まだ洞窟が続いていたのだ。

そここそがかつて外へと通じていた本当の龍の穴であり、岩に遮断された奥、いわば奇蹟の密室といえるスペースで確かにドラゴンは眠っているのだ。

ドラゴンは全身が銀色でことに背中が鏡のように輝いていた。蛇足になるがドラゴンには銀色、緑色、赤銅色などがあり、我らこそが純血種であると互いに胸を張り合ったものらしい。だがそれも昔日のことで、今となっては角つき合わす相手も消え、とうとう眠っている彼こそが地上最後の一匹になってしまっていた。

ここで彼と称したのは最後のドラゴンが雄だったからだ。地上の生態系の頂点に君臨しているといってよいドラゴンだが、彼らとて生物の一種である。当然、交尾をおこなうことで繁殖していく。

生物は生態系の上にいくに従い、個体数が減るのだからドラゴンは全盛期でも数十匹しかいなかった。だがそれでもドラゴンの種族は保てていた。なのにいつの間にか尻つぼみに姿が消えていった。

ある一匹は聖ジョージに退治された。また別の一匹は善なる魔法使いと戦い、敗れ去った。しかしそれは当然の摂理からくる話でドラゴンがドラゴンである存在証明ともいえた。英雄との対峙《たいじ》こそがドラゴンの役割。ドラゴンがいるからこそ英雄たりえるのだ。

鋭い爪は象の皮膚を一撃で切り裂き、力強い尾は一振りで城壁を叩《たた》き割る。伝説の金属オリハルコンを思わす硬い鱗《うろこ》はどんな槍《やり》でも貫くことができない。

そしてなにより口から轟音《ごうおん》とともに放たれる炎。鉄を一瞬で溶かし、湖をあっという間に蒸発させる彼らの火炎は地獄の業火ともいえ、何人《なんぴと》もどんな物質も敵《かな》わなかった。

ドラゴンらは牛や馬は当然、人間も丸呑《まるの》みするほど貪欲だった。目に付くものならなんでも食べた。癪《しゃく》に障《さわ》る物はなんでも壊した。

野卑であり、冷酷無比の存在、それがドラゴンだった。しかし一方で人間が知らない一面もあった。ドラゴンは実はとても聡明なのだ。人間がいうところの学問のことではない。世界を見つめ、なにがどうなっているのか、真実を見抜く知恵。それがドラゴンには備わっていた。

さて目下の問題である最後の銀背のドラゴンは眠っていた。だがときおり小さく唸《うな》ると、洟提灯《はなぢょうちん》よろしく、ちろちろ鼻腔から炎をちらつかせた。彼の眠りは爬虫類《はちゅうるい》の冬眠と同じであったが、宿命ともいえた。ドラゴンの最後の一匹となる定めから彼は一族の終わりを見ずに眠った。

だが、彼は熟睡していたのではなかった。まどろんでいただけだった。というのも彼は夢を見ていたのである。夢の中で彼は一族の伝説にひたっていた。

大空を羽ばたく遠い先祖の一匹に地上から狂乱と驚愕《きょうがく》の声をあげる人間たち。低空飛行で草原の軍兵を烈風でなぎ倒していく祖先の一匹。月明かりの中、高い尖塔《せんとう》にいる一匹は地上の王とにらみ合っている。

いずれも彼が知る一族の伝説と歴史であった。彼は夢の中で先祖らを誇りに思い、彼らの行動に鼓舞されていた。そして彼の一族が桃源郷とする草原で、舞い降りた彼を迎えるように音を立てて群れる蜜蜂にうっとりした。それは彼にとって至福の光景だった。だが夢の最後の方になると世界は曖昧《あいまい》になった。辺りで雷が鳴り響き、あまたの石や岩が彼の夢の中で渦を描いて飛び狂っていた。そこはただ暗く、悲しく、誰もいない。

彼はどことなく怯《おび》えを覚えた。しかしどこかから最後の希望とも呼べるように一筋の光がさしてくる。彼にはそれが救いだった。光は甘酸っぱい色合いであった。

彼は悲しく、しかしうっすらと胸をときめかせて、その夢にうなされていた。やがて彼の寝息は少しずつ整っていった。正常な呼吸に向けてしっかりしていった。

つまり銀背のドラゴンは覚醒を迎えようとしていたのだ。目覚めの時は近いと思われた。ときおり大きなクシャミが漏れて炎が洞窟を黒こげにする。ドラゴンは自ら吐いた炎により、熱がこもった洞窟で汗をかき始めた。

彼が目覚めるのは間近。ほんの一両日。それからどうなるかは夢を見ている彼には分からなかった。しかし彼が目覚めるのは定めといえた。


「ジャン、朝だよ。起きとくれ。すまないが、牛と馬と豚に水と餌《えさ》をやる時間だよ」

屋根裏部屋に母親の声が届いた。ジャンはまどろみから現実へと引き戻された。寝返りを打って半身を起こす。頭が鈍く重い。まるで寝不足のように後頭部が痛んだ。

ジャンはこの寒村で両親と暮らす十五歳の少年だ。身長は百七十センチ。背丈はあるがやせっぽち。おまけに一人っ子。それでも元気で負けん気の強さも人一倍だった。

若さは貧しさを跳ね返すのが常だ。ジャンのような少年はことにだ。彼は目をしばたたかせて痛む後頭部を叩くと自身を鼓舞するように、なんとか目を醒《さ》まさせた。

春盛りの五月。ガラス窓から射し込む光はまだ朝ぼらけだが暖かだ。その陽に屋根裏部屋の粗末なテーブルが照らされる。天板にカードが小山になって崩れていた。表を向いた二枚のカードがジャンの目に付いた。

一枚は雷が鳴り響き、炎に崩壊する「塔」のカード。もう一枚は騎士がスフィンクスの象眼がある石の椅子《いす》に座る「戦車」。戦いやら破壊を思わす二枚は、どちらもどことなくおどろおどろしい。

『そういえば夕べ、眠る前に遊びでタロット占いをしたんだっけ』

カードを目にしながらジャンは回想した。

『ちくしょう。あの二枚のせいで夢にうなされたんだな』

ジャンは後頭部の鈍さの理由を理解して階下へ下りていくことにした。床にある跳ね上げ式の出入口を開くと梯子《はしご》に足をかける。ゆっくり下へと下りながらジャンは首を回して自身の部屋を確認した。

『なにも問題はない。特に倉庫は。へいちゃらほいときたもんだ』

ジャンの視線が自身の部屋の壁際に注がれた。壁の裏には秘密の倉庫が設けられている。誰にもばれないように一人で壁の内側に細工してあるのだ。

そこは戸板を外すとちょっとしたスペースになっていて、硬い段ボール箱がかなりの数で積まれている。彼の大切な備蓄食糧だった。そしてジャンの確認通り、壁に手が触れられたような形跡はなかった。

梯子を下りると一階は台所になっている。ジャンの家はここいらの家と同じく粗末なものだ。平屋の木造の造りで一階には台所以外には両親の寝室があるだけだ。

だが雨露をしのぐ屋根はさすがにある。だから天上の棟木《むなぎ》に渡した粗い板によって屋根裏ができていた。そこがジャンの部屋代わりだった。

「それじゃ、朝ご飯にしましょうかね」

ジャンが日課となっている家畜の世話を終えて台所に戻ってくると母親が告げた。

「父さんは？」

「とっくに畑だよ。あの人は本当に働き者だ。だから朝ご飯が食べられる。あんたも感謝しないとね」

母親は受け答えしながら暖炉に掛けられた鉄鍋《てつなべ》からスープを木の椀《わん》によそうとテーブルに置いた。天板には母親が焼いた自家製のパンがある。

「うしし。いただきます。朝からカイザーホテル並み、テーブルに天使が舞ってらあ」

母親はジャンの冗談に軽く噴き出した。ジャンはコップの水を一口飲むと、まずパンにかぶりついた。パンは日持ちするように水分が抜かれていて、とても硬い。しかし靴底でも噛むようにじっくりと咀嚼《そしゃく》していると、やがて小麦の甘さが口に広がる。

「ジャン、夕べはどうしたい？　うなされてたんじゃないのかい？」

どうやらうめき声や寝返りやらが階下に届いていたらしい。

「うん。そうなんだ。どうも数学のお化けが出てきたみたいだ」

ジャンの言葉に母親がまた噴き出した。

「数学のお化けだって？　そりゃ一体、どんなのだい？」

「まったくの数字だよ。後は記号。ただ、ぞろぞろぞろぞろいつまでも続くんだよな。ま、数字は永遠だから当然だけどさ」

「そいつでうなされた？　ジャン、あんた勉強のしすぎじゃないかい？　たまには息抜きしないと体に毒だよ」

ジャンは母親と話しながら木のスプーンを握るとスープの椀を手元に引き寄せた。いつものように鶏ガラで煮た庭の野菜クズのごった煮だ。だがそこにゆで卵がひとつ浮かんでいる。うなされたと理解した母親の心づくしらしい。

「うひょお。ごちそうだ」

ジャンは素直に喜びを口にした。母親は椅子に腰かけながら微笑《ほほえ》んだ。だがどこか淋《さび》しそうだ。というのも母親が勉強のしすぎと口にしたようにジャンは来年にはドイツの高等部に当たるギムナジウムに進む。

今、ジャンが通っているのは村の実科学校だったが彼は特別にギムナジウムの編入試験に合格した。将来、エンジニアになることを目指していたのだ。編入する高等部は都会にしかないので彼は来秋から有名校の寮に入る予定だったのだ。

ジャンが寒村の農家の息子だというのにギムナジウムに進むのにはわけがあった。ジャンは大変聡明で学校ではずっと首席だった。鄙《ひな》には珍しい天才少年というのがジャンの触れ込みだ。そのため教師も熱心に進学を勧め、大学までいくべきと親をさとした。ジャンの評判は両親も誇らしい。そして親というものはたとえどんなに貧しくとも子供が賢ければ学問を続けさせてやりたいと思うものである。ただそうなると息子を都会で一人暮らしさせるわけで母親の心配はひとしおらしい。

だがジャンはひくわけにはいかなかった。彼には誰にも知られてはならない秘密があった。人にばれると嘲笑のたぐいにされるトップシークレット。それが明かされる前にジャンは偉くならなければならない。誰にも馬鹿にされないように猛勉強して出世する必要があるのだ。

「あ、そうそう。今日は月に一度の買い物だったね。お金は足りるかしら」

母親は腰を浮かせると買い物袋を覗《のぞ》き込み、さも困った風につぶやいた。なにしろドイツのインフレはひどいものでパン一個が一兆マルクという天文学的な値段なのだ。

「お袋、なにを買うんだ？」

「砂糖と塩を大袋で。それと胡椒《こしょう》と油」

「分かった。今、取ってくるよ」

ジャンは朝食を中座すると屋根裏部屋からコインを取ってきた。

「あら、戦前の本物の銀貨だよ。これならすっかり欲しいものが手に入る。いつも済まないね。しかし、ジャン。どうしてお前はお金が足りないときにすっと出せるのかね。魔法みたいだよ」

「小さいときからの小遣いをこつこつ貯めてきただけさ。だからさ、街の高等部にいったって平ちゃらだよ。俺は自分の身の回りの世話は自分でできる歳さ」

ジャンは母親をさとしながら紙片をポケットから取り出す。

「返済はいつものように月末だね。絶対に返してよ。はい。借用書にサイン」

「あいよ。代わりにこれがお昼」

母親は借用書に名前と金額を書きながら弁当である紙包みをジャンの前に置いた。

「へへへ、ありがてえや。朝は腹いっぱいでごちそうさま。昼もちゃんと弁当。栄養が回れば頭もフル回転するってもんだぜ。それではお袋様。天才ジャンは学校をやっつけにいってきますぜ」

ジャンは母親の悲喜こもごもの様子に冗談交じりの声をかけると部屋からみすぼらしい鞄《かばん》を持ってきて弁当を入れた。そして家を飛び出した。

学校まではたいして遠くない。歩いて二十分ほど。牧草と泥にまみれた畦道《あぜみち》をジャンはぶらぶらと進んだ。鞄は母親が芋の蔓《つる》を叩いて編んだ粗い布でできている。

中には弁当以外に学校で使う数冊の教科書とノート。一本だけの鉛筆。教科書はどれもすでに真っ黒に書き込みがあり、すっかり勉強されていることが理解できる。

『今日の授業も予習した通りなんだろうな。つまんねえ。はやく来年にならねえかな』

ジャンの予測通り、午前中の授業はまず数学で幾何と代数。それから社会科は法律で所有権について。いずれもすでにジャンが理解できている内容だった。

『俺だけ先に進んじゃえ』

勝手に先のページをめくる内に昼になった。ジャンは鞄から弁当を出すといつもの場所、図書室に向かうことにした。そこが彼のエデンの園なのだ。

さすがに寒村とはいえ学校のことだ。校舎の三階に図書室があり、村で唯一、新聞が備わっている。それが昼の休憩時間のジャンの目当てだった。

村人は休みの日でも滅多に図書室にこない。ほとんどの者が文盲だ。従って新聞はジャンと唯一の知識人、ネロ老人が独占するかたちだった。ネロ老人は学校の元国語教師なのだ。

といっても平素からジャンが熟読する新聞記事は政治欄でも文化欄でもなかった。彼が学校にきて毎日昼休みにつぶさに目を通したのは一面や社会面ではなく、中面だった。そこに見開き二ページの表組みで虫眼鏡でないと分からないような小さな数字が並んでいる。株式欄だ。ジャンが熱心に学んだのは経済だったのだ。

母親が銀貨に首を傾《かし》げたようにジャンは歳に似合わず、ちょっとした資産家だった。父親が新しい牛や豚を飼うために金が必要になると、役場から借金せずにジャンから借りるほどだった。

誰にも秘密だがジャンの金は株式投資で得た利益だった。彼は子供の頃にもらった小遣いや近所の農家で働いた賃金を貯め、それを元手に戦前から少しずつ郵便を使って小切手による株式投資をしていた。

天才ジャンのことだ。まだよちよち歩きといってよい資本主義経済は赤子の手をひねるようなものと見えた。なにより戦争があった。それを事前に察知したジャンは鉄鋼と医療に集中投資して一儲《ひともう》けした。

その儲けをさらに投資に回して今は順調に利益を上げている。投資先は消費と生産の権化《ごんげ》、アメリカ企業だ。むろんジャンの口座もスイス銀行のドル建てだった。

戦勝側は豊かだ。英仏米とともにこれでもかと国民総生産が鰻登《うなぎのぼ》り。そしてドルは強い。おかげで街のギムナジウムを卒業するまでの生活費の目処《めど》は立っている。授業料は全額が奨学金だ。

『順風満帆。もう一儲けできる話はないかな。そうなれば両親に里帰りの土産《みやげ》くらい買ってやれるしな』

弁当のふかしたジャガイモを頬ばりながらジャンは株式動向を目で追っていく。投資先は主に重工業メーカーだろう。

「おほほい。えらいこっちゃわい」

静かだった図書室に不意に声が響いた。

「おお、天才少年か。熱心に勉強かい。偉いもんだ。末はノーベル賞だな。一瞬で汚れが落ちる石鹸《せっけん》を発明してくれんかのう」

ジャンは声に新聞から目を上げた。よぼよぼで足どりのおぼつかない老人が立っていた。ネロだ。老爺《ろうや》は泥まみれの顔を濡《ぬ》らしたタオルで拭きながら椅子に腰かけた。

「ネロの爺《じい》さん、その汚れっぷりはどうしたんだい？　なにがえらいことなんだ？」

「家の菜園じゃ。やけに地面が熱くてな。おかげて土が緩くなって長年、邪魔だった大きな木の根がすぽんと抜けた」

「すぽんとね？　爺さんの力で？」

「ああ、変じゃろ。新聞でなにか報道しとらんか」

いわれてジャンは新聞記事を改め直した。

「ないね。天気予報欄も晴れだけで警報はなにも出てないぜ」

「カブラも芋もすぽんすぽんでありがたい。力を入れなくても抜けまくりだ。だがどうもそうなると逆に気後れする。それに畑を野ネズミやウサギがどこかへ避難しているんだわ。面妖だな」

「動物が？」

ネロの爺さんは懐《ふところ》から紙片と鉛筆を取り出すとテーブルに置き、図書室の奥の棚に向かった。ほどなく埃《ほこり》まみれの黄ばんだ私家本を手にして戻ってきた。

どうやら古い郷土の資料らしい。ネロの爺さんは教師を引退してから家の畑の世話をし、かたわら図書室の古い文献を漁《あさ》っては郷土史をまとめているのだ。

「おや、これは」

爺さんがめくっていたページに目を留めた。

「天才ジャンよ、ここに似たような記述があるぞ。土地の古老による千年前からの伝説らしい」

「へへえ、なんだって」

「ドラゴンだ。例の龍の穴について。動物が騒ぎ、地は熱を帯びて緩み、岩も木の根も抜けるとき、ドラゴンが洞窟で目覚めるだと」

ネロ爺さんがそう告げたとき、図書室の床がどすんと地響きで縦に波打った。同時に青空というのに街の方角で雷が鳴り、がらがらと稲妻が落ちていく。

「こりゃ、いかん。伝説は本当かもしれん。わしゃ、家に帰ってじっとしてる。お前も気を付けるんじゃ」

ネロ爺さんは本をそのままに、おぼつかない足をつとめて早めて出ていった。

『ドラゴンだって？　千年前？　そいつが目覚めるんだと？』

少年だが資本家であるジャンは経済を重んじる。いわば科学の徒だ。だから爺さんのように人文科学の領域は半信半疑だ。そもそもドラゴンなど神話の存在ではないか。

今や戦争では大砲がどかん、鉄砲がどんぱちの時代だ。ドラゴンの炎よりダイナマイトの方が強力だ。

科学が優先される現代に百歩譲って、ドラゴンが生き延びていたとして、なにしに現れるのだろう。全世界を破壊して回るのか。だとして強固な現代建築に対して、どれだけのことができるのか。

『どうせ蘇《よみがえ》るなら女神がいいな』

ジャンの脳裏には薄布一枚だけで微笑む絶世の美女が浮かんでいる。

『へへへ。出るところはたっぷりと出っ張り、凹《へこ》むところはぐぐんと凹んで。それで俺にこういうんだ。ジャン様、なんでもお申し付けください』

なんでも。その一言をジャンは脳裏で何度も反芻《はんすう》した。彼も思春期である。そして想像の翼が自由なのは、こんなときのためだ。特に動くものならなんにでも襲いかかる動物的情熱がたぎっている若者には。

　だからジャンはその後に続いた出来事をすぐには把握できなかった。暫時、脳裏で女神とプロレスごっこを戯れ、ドイツ式野球拳で着物を脱がせるのに忙しかった。

　だが簡単に現実に戻された。突然、轟音が辺りに轟《とどろ》き、図書室のガラス窓をビリビリと震わせたからだ。さすがにジャンの脳裏からは見目麗しい女神は消えていた。

「ちぇっ」

　ジャンはひとつ毒づいた。そして何が起こっているのか、窓から外を確かめた。するとジャンの舌打ちに呼応するように絶壁の洞窟が火を噴いた。

　岩が炎とともに燃えて飛び出すと、どすんごろごろ。どすんごろごろ。どっすんこと絶壁の下へ落下して音を立てる。

　出るぞ出るぞといわんばかりの調子は怪獣映画の始まりのようでどこか滑稽だ。そこへ長年の便秘を払拭するように一際《ひときわ》、大きな音が響くと岩壁が砕け散った。

　中から飛び出してきたのは尾籠《びろう》なものではない。美しい銀色の閃光《せんこう》だった。〝それ〟はぎらぎらとした昼の陽を浴びて輝く長い体を空に浮かべると絶壁のてっぺんに浮上し、次にふんぞり返るように座った。

　ドラゴンだ。銀色の背は鏡のように輝き、鋭い爪に長い尾。銀の鱗に覆われた姿は伝説通りの姿だった。

　ドラゴンは絶壁のてっぺんで頭を振ると右へ左へと一度ずつ炎を噴いてみせた。どうだといわんばかりの様子は、まるで映画の配給会社のライオンだ。

「おおっ」

絶壁の下に広がる畑にいた人間は当然、度肝《どぎも》を抜かれたが続くドラゴンの芝居がかった様子に戸惑ってしまった。だが一応、喝采と拍手を送ることにした。なにごとも穏便に済ませるに越したことはないからだ。

『ふふん』

鼻先で笑ったのかどうか、ドラゴンはちろりと火を噴くとさっと絶壁から滑空してきた。そして野原で草をはんでいた牛、馬、豚をあっという間に呑み込んだ。合計十四。それが済むとドラゴンは少し空へ昇り、また左右に炎を噴く。どうだといわんばかりに。

「あら」

人々はあっという間に乏しい財産であった家畜を奪われて声を上げた。なんという狼《ろう》藉《ぜき》か。このままでは辺りの牛、馬、豚はいずれ、あいつの胃袋におさまり、こちらは飢え死にしてしまうではないか。待て待て、動物だけなのだろうか。いやいや、まさか、この科学の時代にドラゴンの襲撃だと？

ドラゴンは眼下の混乱を理解しているらしい。さらに続く獲物を探した。獲物はすぐに見つかった。おぼつかない足どりでジャガイモを積んだ手押し車を進めながら畦道を急ぐネロの爺さん。

ドラゴンは組みしやすい相手と踏んだのか、するりと低く飛び、手押し車ごと、ごくりと爺さんを丸呑みにした。

「うわわっ」

はじめて畑から本当の恐怖の声が上がり、科学を捨て、人々は散り散りに逃げ出した。爺さんが丸呑みにされたのなら、いつ自分が食べられるか分かったものではないからだ。

『ふんふん』

鼻音が聞こえた気がした。ドラゴンは絶壁のてっぺんに戻り、何に満足したのか、ちろちろと鼻の穴から炎を出して逃げまどう人間を眺めている。

その首がぐるりと眼下に巡らされた。次にドラゴンは素早く滑空してくると村の家々と人間を確かめるように炎を吐きながら低空を飛ぶ。

火の粉が飛び散り、あちこちの屋根からかすかに煙が上がった。ドラゴンは家々の隙間や屋根を縫っている。ときおり左右に首を振り、牧草を焼き、わずかな雑木林を焦がして回る。

ことにレンゲ畑の上を熱心にいったりきたりしている。その様子はどこかせわしなく、登場時とはうって変わって、いらだたしげだった。何度も空中で止まり、畑や森を出たり入ったりする。

なにかを捜しているのではとジャンには思えた。しかしドラゴンはとうとうあきらめたらしい。天空に昇ると頭にきたように激しく炎を吐きだした。

『ちくしょうめ』

そんな悪態が聞こえた気がした。だがその炎の一発でふんぎりがついたのか、ドラゴンはぶるると犬のように全身を振るわせた。すると不意に気が付いたらしい。鋭い爪のある前足二つをぽんと打った。

ドラゴンは全速力になると学校へと飛翔《ひしょう》してきた。そして校舎の周りをぐるぐると回った。地べたを這うように低く一階。続いてふわりと二階。そのたびに校舎の中から生徒の悲鳴が漏れた。そしてとうとう図書室のある三階へ。

一人で図書室にいたジャンにはドラゴンがガラス越しに見えた。その頭が通り過ぎると長い銀色の胴体が続く。だがそこでドラゴンの姿勢が奇妙に曲がった。

腹筋でもするように体軀《たいく》をくの字に折るととんぼ返りになった。続いて牙とヒゲと鱗に覆われた頭を図書室の窓ガラスに近づけた。そして鼻がくっつくほど顔を寄せて中を覗《のぞ》いてくる。

ドラゴンはホバリングできるらしい。窓の向こうで空中停止している。ジャンは覗き込んでくるドラゴンの顔が把握できた。いや、顔が分かっただけではない。ぎろりとした眼が理解できた。

ジャンの拳《こぶし》ほどの眼球が瞬《まばた》きせずに図書室を覗き込んでいる。それはやけに透き通り、水晶の中に黒目が結晶しているようだった。思わずジャンはその眼と対峙していた。

ドラゴンの視線は射るようにジャンに注がれている。それを肌で感じ取ったジャンの背中に電気が走った。電気は背骨を貫き、ジャンの脳髄に達すると白くスパークした。

不思議な感覚だった。

鼓膜が詰まると辺りが真っ白になり、景色がジャンを中心に回転している。どこかの森や岩山や海が高速で映し出されては消え、いながらにして長い旅をしている気がする。やがて旅の終わりに近づいたらしい。そこがどこかはジャンには分からなかった。ただ雪をかぶった山肌に黒々と穴を開けているのが洞窟群らしいとは理解できた。

その景色を見て、ジャンの体の奥から原始的なエネルギーが湧いた。思わずジャンは動物的な雄叫《おたけ》びをあげそうになった。だがそのとき再び脳髄がスパークすると現実に引き戻された。

ジャンは頭を振って辺りを確かめた。先ほどまでいた図書室だ。今の体験はほんの数秒程度のことらしい。そこまで理解してドラゴンはどうしたかとジャンは窓の外を見た。ドラゴンはまだ窓の外にいた。だがジャンが気付いたと分かったらしい。不意にふんぎりがついたように窓から消えた。そして上空へ高く飛翔すると絶壁を越えて北へ向かっていく。

『こりゃ、駄目だな』

ジャンは続く展開が理解できた。その通りだった。すぐにシュッットガルトの街の方からおびただしい炎が上がり、火事を知らせる半鐘が鳴り響きだした。

ドラゴンが街で憂さ晴らししている隙に学校の生徒たちは大慌てで自宅に戻った。ジャンも同じで家に駆け込んだ。母親は台所で大忙しだった。

「父さんは?」

「ああ、無事さ。あんたもなんともないね」

「ああ、ぴんぴんしてる。それで父さんはなにしてるんだ?」

「ドラゴンがいない隙に牛と馬に轡《くつわ》をはめてる。小屋で家畜をロープに従わせたら次は家財道具をまとめて馬車に積み込みだ。荷造りして村を捨てるんだって」

「そうか。父さんのいう通りだな。もうここには住めないものな」

「お前も早く自分の荷物をまとめな。夜の移動はドラゴンの思う壺《つぼ》だろうから明日の日の出を待って出発だよ」

「どっちへ向かうつもりだって?」

「南だとさ。温かくてフランスに近いところ。いざとなったらドイツにでも向こうにでも逃げ込める辺りがいいだろうってさ」

「了解」

母親は鍋釜《どうがま》をまとめてズタ袋に投げ込んでいる。木のコップや椀もだ。両親の部屋の前には乏しいながら畳んだ衣類が紐《ひも》で梱包されていた。

ジャンは大慌てで屋根裏部屋に上がった。そして荷造りに掛かった。まずテーブルの引き出しからスイス銀行の通帳と小切手帳、取り引きしている証券会社の口座の通帳を鞄に入れた。

それを確かに鞄に収めたと何度も確認するとジャンは続いて身の回りの品に取りかかった。わずかな着替えと予備の靴。これは大した量ではなく、あっという間にひとかたまりに紐で結べた。

続いてジャンは本棚に掛かった。学校の教科書や自身で購入した参考書に問題集。本棚にはかなりの書物が並んでいる。すべてを持っていくには重すぎるだろう。必要とするものを選別する必要がある。

ジャンは床に座ると書物を引き出しては二つの山に分けていった。大雑把にさばいた山で必要な方をさらに絞り込んでいくと時間がしばらくかかったが、やがてこれなら許されるくらいの分量にまとまった。

最後の荷物は倉庫の備蓄品だ。これはこのまますべてを持ち出す必要がある。いつまで続く旅になるか分からないのだ。食糧はあればあるほどありがたい。

ジャンは秘密の戸板を外すと中からおびただしい数の段ボール箱を外へと運び出した。両親は家事や畑仕事で忙しく、日中に届く荷物のことは今まで気付きもしなかった。

『とうとう自分の秘密が両親にばれるときがきたが、背に腹はかえられないな。だが犯罪やネコババといった世間に顔向けできない金儲けじゃないんだ。資本主義経済社会の基礎たる公明正大な株式投資なのだ。胸を張っていればいい』

ジャンが秘密の倉庫に食糧を蓄えたのにはちゃんと理由があった。彼の考えでは、先の戦争によるインフレ物価もさることながら、そう遠くない内に再び戦争があり、ドイツは戦禍に巻き込まれると踏んでいた。

株式の動きを追っているとそれが明白に理解できた。問題は戦争を彼が解決できるわけではなく、そうなると今以上のひもじさが襲ってくることだった。

それを乗り切るにはできるだけ現状を維持し、食糧を家族が食べきってしまうのではなく、親を出し抜くかたちでも口に入れるものを備蓄しておく必要があるのだ。いざというときのための食料庫。それがジャンの屋根裏の秘密のスペースだった。

ジャンは段ボール箱を運び出すと床に積み上げた。箱には保存が利く乾パン。ビーフジャーキー。豆の缶詰。そんな主食の物資もあったが、多くは甘味の類《たぐい》だった。

思春期とはいえ、ジャンもまだ子供なのだ。そして先の戦争による疲弊で誰しも甘いものに飢えていた。ただ満腹になるだけなら牛でも豚でも習性としている。人間が人間たりえる常識や安らぎ。それをもたらす薬が糖分といえた。

ジャンの箱はそんな甘味のオンパレードだ。缶詰のコンデンスミルクやハチミツ。各種のジャムに瓶入りのチョコレート。クッキーやビスケット、キャラメル、キャンディ。板チョコレートは陽が当たらない倉庫の奥で溶けないように包んである。

そして先週アメリカから船便で届いたのがリグレイのチュウイングガム。本土のメーカーからジャンが直接、カートンで仕入れた注文品だ。スペアミント味でワンパックが十五枚。それが四百カートン分で六百枚。

これだけの食糧があればたとえ数年、戦争が続くとしても節約すれば食いつなげるだろう。あとはこれを下におろして馬車に積み込むだけだ。改めてジャンは部屋の床で一息吐いた。

念のために通帳類がちゃんとあるか鞄の中を確かめる。ジャンにとっての虎の子はどれもちゃんと入っていた。だが鞄にあったのはそれだけではなかった。

学校の教科書とノートに混じって古びて黄ばんだ私家本が顔を出している。ネロの爺さんが読んでいた郷土資料だった。

図書室でドラゴンにあわてて、意識せずに鞄に突っ込み、家に持ち帰ってきたらしい。ジャンは一息ついでに床でその内容に視線をやった。

『動物が騒ぎ、地は熱を帯びて緩み、岩も木の根も抜けるとき、ドラゴンが洞窟で目覚める』ネロの爺さんが読み上げた一文が綴《つづ》られていた。さらに言葉は続いている。『ドラゴンは宝を守る。ダイヤモンドに金銀宝石、伝説の剣に黄金の王冠。この世の宝はあまねくドラゴンの爪と尾と炎の加護にある』

その一文を眼にした途端、図書室でドラゴンと対峙したときのように眩暈《めまい》がジャンを襲った。辺りが真っ白になり、脳髄がスパークする。

全身に不思議なエネルギーが湧いている。心臓が早鐘のように鼓動し、筋肉がバネのように収縮している。まるで自身が勇者になったように思えた。

ジャンは獣のように低く唸った。なんでもできる。望み通りのことが叶えられる。この強くしなやかな四肢が証明しているではないか。

全身に欲望が疼《うず》いていた。それが富に対するものと私家本の記述から分かった。ジャンは疼きをつとめて鎮めた。やがて眩暈はおさまった。だがジャンの脳裏には動物的なエネルギーがみなぎっている。同時に天才ジャンの頭がフル回転を始めた。

『ドラゴンが宝を守っているだって？　宝石ばかりか金銀もか。この世の宝となると一財産どころじゃないぞ。そいつをいただければうちだけじゃなく、この村の全員が王様になれる。といっても経済の王様。ドラゴンの財産を元手になにか産業を興《おこ》したらどうだ。鉄を加工して作る工業製品メーカーなんかを』

ジャンの脳裏にはそこまでの計算が働いていた。だがその先は少し考える必要がありそうだった。まず事実かどうかの問題がある。本当にドラゴンが宝を守っているかどうか。そして宝が事実であると把握できたとしよう。となると余人の物品を横取りするのだ。相手に法廷に引っ張り出されないように用心しなければならない。

『問題は宝の所有権だよな。ドラゴンの宝は奴が掘り出したり、作り上げたものなのかな。あるいは労働の対価として得たのか。奴が会社勤めをするとは思えないが、あの体と力だ。馬力は相当だろうから肉体労働の賃金はかなりになるだろうな』

ジャンは脳裏でドラゴンが数十の荷馬車をひいたり、爪や尾で用水路を掘っている姿を想像してみた。昼飯に牛を一頭丸呑みし、仲間とごろ寝して談笑するドラゴン。

『ありえないな。勤勉なドラゴンなんて。あの凄《すご》さじゃ、労働組合の委員長に祭り上げられかねない。ドラゴンが前足に団結なんて腕章を巻くか』

ジャンは脳裏の妄想を振り払った。

『となると宝は労働の対価じゃない。つまり自身で獲得した所得じゃないわけだ。それじゃ、宝はドラゴンが誰かから受け継いだ遺産なのかな』

ジャンは脳裏で推理した。宝が財産であることは確かだ。問題はそれが誰から誰に受け継がれ、今、あのドラゴンの元にあるのかだ。

『奴らは勤勉な労働者でないはずだ。それなら先祖の誰かが自ら鉱山に入って宝石を掘り出したとは思えないよな。金脈を探し当て王冠を鋳造《ちゅうぞう》したとも思えない。だってあの爪だぜ。手先が器用なはずがない。つまり遺産の可能性は否定できるわけだ。代わりに盗品のケースが考えられる。だってドラゴンだぜ？　闘争はするだろうけど生産はどうだ？　神話や伝説になるような邪悪な存在なんだ。労働より略奪がお似合いだ。女神や妖精と戯れることはあるだろうが、およそ汗水流す行為とは無縁なような気がするな』

ジャンは再び薄物一枚の女神を想像して陶然としたが、欲望を抑えることにした。

『今日、学校で習ったが石炭石油といった地中の天然資源は基本的に国に権利があるんだよな。だから宝石類も同じはずだ。そして国の代表は人民だ。つまりこの辺りの鉱物資源は我がドイツ国家に選ばれし、住民らのものといえないか？　あの洞窟がある辺りは自治体の管轄だ。奴の地所じゃない』

ふふん。ジャンの鼻が鳴った。屁《へ》理屈ながら一応の筋が通り始めたからだ。

『そもそも所有権を含めた法律全般は国家と人民との約束事だ。ドラゴンは神話や伝説の世界の住人だろ？　少なくともこのドイツに戸籍や住民票があるわけじゃない。つまり奴らに所有権を主張するドイツ憲法や民法が適応されるようには思えないな』

ジャンの思考はどことなく都合のよい方向へと傾いていった。たとえドラゴンがどんな存在だろうとジャンの考えが泥棒であることには変わりがないはずなのにだ。

『第一、千年も前の宝物なんだぜ？　まだ本当にあるとすれば一種の埋蔵物といえないか？　いわばドラゴンの洞窟という遺跡に埋もれたお宝なわけだ。ならば』

にんまりとジャンの頬が緩んだ。あきれた結論に達していた。ならば発掘者にはそこその権利があるはずだ。と、いつのまにかドラゴンの宝は埋蔵物になっている。

『問題は洞窟に入るとして、いかにして埋蔵品を回収するかだ』

ジャンはしばらく思案した。だが適当な計画が思い浮かばない。はっきりいってジャンはドラゴンに詳しくない。ジャンばかりでなく、この時代の誰しもが。

はてさて、あの炎を吐く野獣をどんな手でやり過ごすか。我が家の牛か馬の一頭を差し出して洞窟の外へ誘い出すか。あるいは酒を用意し、横笛でセレナーデかなにかを奏で、ぐでんぐでんに酔わせるか。

ジャンの思考はそこで堂々巡りを繰り返した。どれも火炎放射器を備えた暴漢相手の作戦にしては心許《こころもと》なく思えた。なにかヒントはないだろうか。ドラゴンを出し抜くとっかかりとなるものが。あるいはそれを先人が書き残してくれていないか。一縷《いちる》の望みを託して、ジャンは手にしていた私家本に眼を落とした。

『甘きもの、それこそはドラゴンの好物。蜜蜂の野に身を横たえ、おびただしい羽音に迎えられるとき、ドラゴンは陶酔する』

思わぬ一文が眼を射てきた。

『なんだって？　ドラゴンは甘い物好き？』

ジャンはその一文で理解に達していた。ドラゴンがレンゲ畑で何を捜していたかをだ。蜜蜂だ。つまり奴はハチミツを捜していたんだ。牛と馬とネロ爺さんの食事の後のデザートト、甘い物が欲しかったんだ。

確かにあの巨体で空を飛ぶには大変なエネルギーがいる。となると糖分は摂取した動物性蛋白《たんぱく》をエネルギーに転化するのに不可欠だろう。

ジャンの頭はフル回転を始めた。まず今朝見たタロットカードのことが脳裏をよぎる。「塔のカード」は致命的な失敗や衝撃が生じる兆しを示し、「戦車」は相手が逃げ腰で今こそ迅速に行動するべきときの意味だ。あのタロットは自身への不吉なお告げではなかったのだ。相手に対してだったのだ。

となれば腰を上げるべきときだ。ジャンの脳裏には洞窟の奥で鈍く輝き、山と積まれている金の延べ棒、銀の塊が浮かんでいる。周りを彩るのはルビーにサファイヤ、エメラルドにダイヤモンド。

まるで絵本の中の挿絵だな。こんなときは頼りになる相棒が欲しいところだ。たとえば元気で向こう見ずな番犬なんかだ。だが残念ながらうちには犬はいない。ジャンはしばらく考え、苦肉の策をひねり出した。

仕方ない。まったくの無手勝流の行動だ。頼りないが今、浮かんだアイデアでいこう。虎穴にいらずんば虎児を得ず。『ヴエ・ニヒト・ヴェクト・デ・ニヒト・ステヴィント＝冒険せずにはなにも得られない』。

さっきネロ爺さんを食べたようにドラゴンとはいえ生物なのだ。天才ジャンの考えでは「すべての生物はマカロニに過ぎない」ということだった。つまり穴。その考えが正しければ、計画通りに進むはずなのだ。

夜を待つんだ。両親が寝静まるのを待って出かけよう。奴とお近づきになって適当にいいくるめて財産の横取りだ。いや、取り返しだ。秘密兵器はここにある。ジャンは屋根裏の段ボールを見つめた。

そうそう。忘れずに納屋《なや》にある薬をたっぷりと作っておこう。ジャンはあらかたの計画を立てたので私家本を途中までしか読まなかった。それに頭の中は黄金と宝石の光でまばゆかった。だから残りにあった一文は読み落としていた。そこにはこうあった。

『ドラゴンが目覚めるとき、王も目覚める。王は前世でドラゴンであり、ドラゴンは前世で王。二つの体にはひとつの心が宿る』

小さなカンテラが足下を照らしている。ジャンは子豚を入れたほど膨らんでいるズタ袋を背負いながら、夜道を歩いていた。

深夜十二時。月明かりに照らされて彼方に絶壁がそびえている。馬一頭がなんとか登《と》攀《はん》できるかといった急峻《きゅうしゅん》な岩肌。そこに九十九折《つづら》りになった崖道が刻まれている。

こなければよかった。後悔がジャンの胸を責め立てていた。家を抜け出すときは四肢のエネルギーで体がはじけそうだったのに絶壁に近づくにつれてファイトがなえていく。ドラゴンは眠っているだろうか。いや千年の眠りの後だ。さすがに眠気はないだろう。ならば洞窟でじっとしているだろうか。

ふううむ。喰《く》うだけ喰ったろうし、街で憂さ晴らしもしただろう。だがじっとしているとは思えない。やっと千年の時を経て覚醒したのだ。なにか楽しいことをしたいはずだ。とはいえ、音楽を聴いたりメロドラマを楽しむには、あの爪ではラジオのつまみを操作するのは厄介だ。

だったら女神と月夜の散歩をするなり、酒場にビールを飲みにいくのはどうだ？　あるいは夜空をひとっ飛びして、中近東に出かけ、お姫様とアラビアンナイトのような夜を過ごすのも一興だろ？　やりたいことは山ほどあるはずだ。

どこかに出かけてくれていれば好都合なんだが。ジャンは逃げ腰になりながら、やけっぱちの空元気《から》で足を進めていく。やがて岩肌を登りつめたジャンは問題の洞窟の手前までできた。念のためにカンテラの灯を消す。幸い月が明るいために辺りの様子は摑《つか》める。ジャンは近くの岩陰にしゃがむと数分ほど洞窟の動静をうかがった。

静かだ。日頃の習慣で思わずついたしわぶきに自身で驚いたほどだった。ナイチンゲールが鳴くでも獣が草を踏むでもない。ただ静寂が続いている。

ふううむ。いつまでもしゃがんでいるわけにもいかず、ジャンは立ち上がった。背中のズタ袋を背負い直すと恐る恐る入口へ近づいていく。

抜き足、差し足、忍び足。数歩進んで止まり、耳を澄まし、また進む。一メートルが二メートルになり、前へ向かっているのだから洞窟への距離は縮まる。

見えている洞窟はかつて麓から眺めていたときの穴ではない。ちょっと前までは小人でも出入りが難しいような小さな凹みだったが、ドラゴンの出現のせいで今は立派な岩《いわ》室《むろ》だ。アリババと四十人の盗賊のあなぐらか、マンモスを狩っていた時代の原始人の住処を思わす大きな穴が口を開けている。

「はあああ」

ジャンは消え入りそうな息を吐いた。その息が汗とともに空に昇っていく。引き返すなら今の内だ。脳裏で天使の自分が警戒警報とともに告げている。

一方で悪魔の自分が囁《ささや》いた。おいおい、ジャン。ここまできて帰るなんて脳天気のすることだぞ。この洞窟の奥には輝くばかりのお宝がゴロゴロ転がっているんだぜ。

「はあああ」

ジャンは再びため息を吐いた。悪魔の勝ちだった。ジャンは腰が引けた恰好《かっこう》でとうとう洞窟の真ん前に立った。

人生で一度もしたことがなかったほど耳を澄ました。なんの物音もしない。ラジオもセレナーデも鳴っていない。ジャンは試みに入口に転がっていた小石を投げ込んだ。からからと軽快な音を立てて石が転がっていく。そして静まった。数分待つがなんの反応もない。ありがたいのか、困ったのか、判然としないがドラゴンからの反応はないのだ。ジャンは携えてきたカンテラを灯《とも》し直すとズタ袋を背に、仕方なくおっかなびっくり洞窟の入口をくぐった。

中はかなり深いらしい。カンテラの灯が照らす範囲は大岩小岩が黒く焦げて転がるばかりだ。もしも親切な先行者がいたなら「前方注意」「ドラゴンの住処」なんて標識を立てていそうな洞窟だった。

ジャンは全身をアンテナにして、神経を研ぎ澄ましながら数メートル進んだ。まだ奥は続いている。そして静寂。

ふううむ。すでに到着してから十分近くが経過している。その間、音を立てたり、動いたりしているのはジャンだけらしい。

どうしたものか。洞窟を数メートル進んだところでジャンはたたずむと考え込んだ。どうも様子がおかしい。全身の毛を逆立てるほど警戒していたのに洞窟を占拠しているのは沈黙ばかりだ。

「こほん」

ジャンはいつでも逃げ出せるように退路を確かめてから試みに咳払《せきばら》いをしてみた。再び耳を澄ます。反応はまるでない。

ジャンは肩すかしを喰らったように思えた。一大騒動に発展するかと警戒していたのにドラゴンのドの字もマッチの先ほどの炎もうかがえないではないか。

「誰かいますか」

ジャンは大胆になっていた。洞窟の奥に向かって声をかけた。しいいん。返ってきた答は擬音にするとそんな感じだ。つまり静寂。その意味するところは無人。あるいは留守。ジャンは洞窟にたたずみ、やっと現状の感想をまとめた。途端に安堵《あんど》の汗がどっと額から流れ出した。

ドラゴンというのは親から礼儀作法を教わらなかったのかもしれない。「こんにちは」は「いってきます」「ただいま」と同等に挨拶の基本だ。

おまけにここは鳥も通わぬような絶壁の洞窟ではないか。出かけるにしても「外出中」と札を出しておくのがマナーだろう。ドラゴンはまさかの訪問者に対する心遣いなど爪の先ほども持ち合わせていないのだろうか。あるいは手先が不器用なのか。

『そうとなれば話は別だ』

頭の中で天使と悪魔の自分が一致団結してジャンの意見に賛成している。ジャンは今までの総合判断から気を取り直すとズタ袋を背負い直した。

カンテラの灯を一番明るくするとずいずいと洞窟を奥へと歩んだ。五メートル、十メートル。まだまだ洞窟は続いている。二十メートル、三十メートル。おいでおいでといわんばかりに洞窟の先は暗い。

ジャンはカンテラで洞窟のあちこちを照らしながら足を運ぶ。この一歩、次の一歩で輝くような黄金のベッド、あるいは続く数歩でザクザクと山積みになった宝石のプールと出くわす予定なのだ。

歩むたびにジャンの胸は高鳴っていった。どれほどの宝があるのだろう。一生遊んで暮らせるほどだろうか。この村の人間が不況に対抗できる興行資金になるだろうか。

しまったな。持ってきたこの袋で間に合うのだろうか。どうせならもっと数を用意すべきだった。ジャンは期待に胸を膨らませ、米粒ひとつ見逃すまいとカンテラで注意深く洞窟を見定める。

だが前進という行為は移動を意味し、移動という行為は距離という数字に置換できる。ジャンは六十メートルほど進んでいた。カンテラで慎重に照らし続けてきたが今のところ、宝らしいなにかは見当たらない。

それればかりか、とうとうジャンは洞窟のどんづまりに達したらしい。目の前が尻つぼみしたように丸まって洞窟はそこで終わっている。

まるで岩でできた大きな靴下の中を進み、つま先に達して通せんぼをされている気分だった。ジャンは洞窟の最後を理解して闇雲にカンテラを振り回すと辺りを確かめた。

『どこだ？』

ジャンがいくら周りを照らしてもギラギラともキラキラともカンテラの灯に反射するものはなかった。反応はただひとつ。

がらん。擬音にすればこんな感じだ。なんにもない。ただの岩だらけの洞窟。どこを捜しても黄金どころか、宝石もない。小切手も不渡り手形の一枚もだ。すっからかん。洞窟の奥は、なにも輝いておらず、石ころが転がっているだけだった。『郷土史の記述は誤りだったのか？』とジャンはいぶかしんだ。

ドラゴンが出現する様子や蜜蜂を捜しているだろう文面は正しかったはずだ。ただ一番大切な財宝に関してが記述ミスだったのだろうか。それともこの洞窟のどこかに秘密の通路があり、そこから財宝がある宝物殿に向かうのだろうか。

気を取り直してジャンは再びカンテラで洞窟のどんづまりを丁寧に調べた。結果は同じだった。ジャンの目の前は純然たる行き止まりで洞窟はお終《しま》い。なにかを操作するレバーもスイッチも見当たらなかった。

ぴしゃりと音を立てるように洞窟はジャンの希望を拒絶している。これ以上なにも期待できそうにない。なにかを期待すれば音を立てて頬をぶたれるか、噛みつかれるか、爪を立てられるかといった気配さえ感じられる。女神に。

「ふうう」

ジャンは深く嘆息した。とにかくなにもないのだ。ここはただの洞窟なのだ。『ただしドラゴンの』と脳裏で天使の自分が囁いた。

『おっと』

宝を探すのに夢中で忘れていた。宝がないのも事実だがドラゴンがいるのも事実なのだ。だとすればただの「ドラゴンの洞窟」にいつまでもグズグズしているのは馬鹿のすることだ。そして俺は馬鹿ではない。天才だ。

ジャンはきびすを返すと駆け足になった。そして洞窟の入口を目指して数メートル進んだ。そのときだった。もっとも聞きたくない音がジャンの耳に届いた。

前方でばさばさと大きな羽音がした。ジャンは慌ててカンテラの灯を消した。代わりに目を凝らす。月明かりが射して洞窟の入口が黒い影でふさがれている。

その影がもぞもぞ、ごそごそと動き、こちらに進んでくる。ジャンは額から汗をしたたらせた。暑いのではなく冷や汗だ。だが相手がいる前方には進めない。仕方なく後ずさった。

「クンクン、スウスウ」

影が洞窟の匂いを嗅いでいる。その鼻音が頻繁になった。そして影が不意に静止すると、とどめのように洟《はな》をすすった。ジャンは凍りついた。

『ふふん。きたか、やせっぽちのチビ助』

声の相手がこちらに近づいてくると月明かりが再び射し込んできた。ジャンが思った通り、そこに構えていたのはドラゴンだった。ドラゴンが尋ねてきた。

『確認するが、お前は誰だ?』

不思議な出来事だった。ドラゴンは少しも口を動かしていなかった。声はない。しかし相手の言葉はジャンの脳裏にちゃんと伝わってくる。なぜかドラゴンとは脳裏で会話できるらしい。テレパシーだろうか。それとも催眠術のたぐいかなにかか。

「俺はジャンだ。ジャン・クリストフ。麓の村の人間だ。それにいっておくが年齢の割には背が高い方だ。チビとはいうな」

ジャンにはやりとりが不自然に思えなかった。だから精一杯の勇気を振り絞って答えた。怯えていると相手に悟られれば、かさにかかってくる。それに神経を研ぎ澄まして警戒していた結果から相手の反応が少し奇妙だと把握できていた。

『そうか。そりゃ失礼したな。小さいというのはこっちと比べてだ。私も名乗っておく。銀の龍の十代目、シルバーバックという』

ドラゴンは挨拶してきた。やはりおかしい。なぜ話しかけてくるのだ。目の前の人間を炎で焼き尽くしたり、夜食代わりに丸呑みにしようというのなら言葉はいらない。

そんなつもりならとっくにジャンの命は尽きている。少なくとも夜食に対して自己紹介の挨拶をする人間（この場合は正しくはドラゴンだが）はいないだろう。

『あのよ。さっきまで世界を飛び回って仲間を捜したが、どこにも一匹もいない。雌も子供も卵も。俺はこの世界で最後のドラゴンになっちまったらしい』

留守だった理由が理解できた。ドラゴンなりに用事があったからなのだ。だがますます様子が変なこともさらに理解できた。

ジャンの脳裏は「？」のマークでいっぱいになった。これがラジオのクイズ番組なら「ここで問題です」と司会者が告げるところだ。しかしこれはラジオ放送ではない。現実だ。そして自分は恐るべき相手と寸鉄も帯びずに対峙しているのだ。ただし。

ただし相手はこちらと話を始めている。少なくとも今すぐ丸呑みにする気はないようだ。なにがどうなってるのかは分からない。もしかすると千年の間、眠っていたせいで誰かとおしゃべりしたくてたまらないのかもしれない。

いずれにせよ、話を合わせよう。対話している間は無事だ。それは今までの様子で把握できている。そしてできるだけ話を引き延ばすのだ。相手の話し相手になってやりながら、隙をうかがい、逃げ出す機会を探るのだ。そこまで素早く計算したジャンはシルバーバックに答えた。

「最後の一匹ね。そいつはご愁傷様。なんならダーウィンに手紙を書いてやろうか。きっと手厚く保護してくれるはずだ」

『ダーウィンだと？』

「天才的な動物学者さ」

『そうか。しかしそいつがどこの誰だろうと世話になる気は毛頭ない。たとえただ一匹だとしても俺はドラゴンとして生きていく』

「世界の本質は盲目的な生への意思ってわけか」

『なんだって？』

「なんでもない。こないだ勉強したショーペンハウエルの言葉だ。奴の哲学によるとこの世は無意味だそうだ」

『やけに悲観的だな。ドラゴンとして生まれてきた以上、ドラゴンなりに生きていく道があるはずだがな』

「お目出度くて涙が出るね。実存主義かよ。出来損ないのコウモリの癖に神になったつもりか。キルケゴールが泣いて喜ぶだろうな」

『神？ 唾棄すべき言葉だな。あの惨めな男が神だって？』

「おっとヘーゲルの『精神現象学』を読んでるのか？ へへえ、インテリじゃないか」

『本なんか読むもんか。それにこれが神の仕業なら奴こそ悪魔だ』

シルバーバックは洞窟の天井を仰ぐと嘆息とともに炎を吐いた。

『南にいってきた。ギリシアだ。あそこにはかつて仲間がトランプの王様の一人と一緒になってアジアを広く征服した都があったはずだ』

「アジアを征服したトランプの王様？ ははあ、アレキサンダー大王のことか。奴はドラゴンと組んでいたのか？ だが残念ながら奴の帝国はとっくに滅んだ。本人も毒を盛られてバビロンで死んだはずだぜ」

ドラゴンはジャンの説明に嘆息した。翼が小さく折り畳まれると心なしか肩が落ちた様子だった。

『西へいってきた。砂漠へ。かつて先祖が別のトランプの王様の一人と軍兵をけちらして征服した石積みの地だ』

「ああ、スフィンクスやピラミッドのことだな。エジプトを征服した王ならシーザーか。

あそこなら誰もが知ってるぞ。ちょっと前までラクダで観光できたからな。だが今じゃ大砲の跡で穴だらけだろうな」

『他にもチビのフランス人で、いつも赤いズホン吊《つ》りをしていた男とも我らは手を組んだと奥にある記録が伝えている』

「ナポレオンのことかな。確かに奴は英雄から皇帝に鞍替《くらが》えした。だがロシアの雪には勝てなかったな」

『聞きたいんだが奴はどうしていつも赤いズホン吊りをしてたんだ？』

「ズボンが脱げるからだろ」

『そうか。ともかく、どいつも世界を我が物にしようとドラゴンと手を結んだ王様だ』

シルバーバックはそこで言葉を切るとジャンに視線を注いで続けた。

『ところがどうだ？　さっき世界をひとっ飛びしてきたが征服すべき楽園はどこにある？　妖精はどこへいったんだ？　エルフやゴブリンは？』

「魔女に魔法使い、狼《おおかみ》に黒猫ってところもだろ。そうそう。湖で水浴びする女神とユニコーンもかな」

『俺はなにをすればいいんだ？　暴れ回って世界を焼き尽くし、崩壊させることこそ俺の使命なんだぜ』

「なるほどね。自己証明したいが、それができないわけなんだな」

『もはやどこへいってもなんにもない。暴れる場所も破壊すべき城も』

シルバーバックはジャンを見据えると涙声で訴えた。

『世界は開拓され尽くしてる。なんてことだ。どきどきする冒険はどこへいった？　はらはらする戦いは？　こんな世界の何が楽しい？』

「暴れて壊す対象がなんにもない。つまりこの世界の隅々まで、全部が判明しちまってる。ストリップの最後みたいに。そういいたいんだな。まあ、地球が丸いことは証明されちまったからな」

『やすやすと口にするな。それがどんな意味を持っているか、お前にも分かるだろう』

「意味？　単に技術が進歩し、世界が狭くなっただけだろ」

『お前は俺の気持ちを察せられないのか！』

「さてな。トカゲの考えることは理解不能だね」

ジャンは冗談のつもりだった。しかしシルバーバックは鳩《はと》が豆鉄砲を喰らったように水晶玉の目玉をきょとんとさせている。だがやがて事情を把握したらしい。不意に告げた。

『そうか。最初にも訊《き》いたが、お前、自分が誰なのか分かっていないんだな』

「誰ってなんのことだ？　俺はドイツ人の少年、十五歳のジャン・クリストフ。来年、街のギムナジウムに進む天才だ」

『違うね。お前は王だ』

「王？」

『そうだ。お前はこれから世界を征服する猛《たけ》き王。そして俺の同胞。俺とお前は世界を破壊し、君臨する』

「馬鹿をいうな。クルップじゃあるまいし」

『クルップって誰だ？』

「大砲を世界に売りまくっているドイツの資本家。先の戦争も手配した大砲王だ」

『へええ、今は王様が戦争をするんじゃなくて資本家とかいうのが手を下すのか』

「王様も資本家も似たようなもんさ。しょせん自分が前線にいくわけじゃないからな」

『なんだかずるい野郎だな。昔の王様は自分から暴れ回ったもんだが』

「いずれにせよ、俺はそんな乱暴者じゃない」

『いいや、証拠がある』

「証拠だと？」

『そうだ。俺とお前は同胞として絆《きずな》で結ばれている』

「なんのことだ？」

『見せてみろ』

「なにを？」

『お前の体に刻まれている印だ』

「俺の体に？」

今度はジャンがきょとんとする番だった。だがシルバーバックは意にも介していない。

絶対の自信でもあるのか、鼻で笑うようにちろちろと炎を吐いている。やがてシルバーバックが告げた。

『ズボンを脱げ』

その言葉に、やっとジャンは理解した。相手はこちらのズボンの中を確かめようとしているのだ。

「やなこった」

ジャンは絶対の拒絶を示した。それだけはごめんだ。学校の友達にも親戚筋にも親以外には見せたことのない秘部なのだ。

『乱暴な真似はしたくない。男同士だ。尻を見せ合うぐらいなんでもないじゃないか』

ジャンの頑《かたくな》な拒否にシルバーバックは懐柔するように述べた。

「死んでも断る。生きて辱めを受けるつもりはない。ゲルマン人の誇りにかけて」

言葉を続けようとしたが手遅れだった。シルバーバックが軽く鼻から炎を吐いた。途端にジャンのズボンが燃えた。

「熱《あ》つつ。なにをするんだ！　火傷《やけど》するじゃないか！」

炎は器用にズボンの裾を舐《な》め上げると腰で煙を吹いている。大慌てでジャンは下着もろともズボンを脱ぎ捨てた。

『ふふん。これだ』

臀部《でんぶ》を剝《む》き出しにしたジャンの後に回るとシルバーバックが嬉《うれ》しそうに叫んだ。

『お前の尾骶《びていこつ》骨辺りに青い模様が浮かんでいる。可愛いチョウチョウみたいなのが。この斑紋はなんといったか。確か』

「蒙古斑《もうこはん》だ」

ジャンは白人の若者には珍しく蒙古斑の持ち主だった。その恥ずかしさこそが彼を猛勉強に駆り立てていた原動力だった。

『そうか。見てみろ』

今度はドラゴンの番だった。ジャンの目の前でシルバーバックはくるりと背を向け、尻尾《しっぽ》を高々と掲げた。

相手の尾の付け根に排泄《はいせつ》のための出口が見え、その上にジャンとうりふたつのチョウチョウみたいな青い斑紋があった。

今まで意識していなかったがトカゲにせよ、蛇にせよ、肛門から下が尾ということになるらしい。ひとつ勉強になった。

『どうだ。これが証拠だ。俺とお前は絆で結ばれた同胞なんだ』

ジャンはズボンを焼かれて下半身が丸出しだった。それを隠すために背負ってきたズタ袋の中身を洞窟の地面にぶちまけた。そして袋の布地を腰に巻いた。

「やりやがったな」

ジャンの頬に一筋の涙が伝った。下半身がスースーしている。くやしかった。つらかった。いっそこのままと捨て鉢な思いも脳裏をかすめた。

　この秘密だけは誰にも知られたくなかったのだ。ドラゴンが今から洞窟を抜け出し、麓の村まで飛んで上空を舞いながら「ジャン・クリストフは蒙古斑の持ち主です。十五歳になってもお尻が青いです」と叫んで回るとは思えない。だが誰にも知られたくない秘密を露呈してしまったのだ。たとえ相手がカエルだろうとミミズだろうと知られたことには変わりはない。

「ちくしょう。ちくしょう」

　ジャンは涙声になりながら手足を振り回してシルバーバックに向かっていった。人間には尊厳というものがある。それが動物と一線を画すところだ。

いわれなき辱めには抵抗すべきなのだ。フランス革命で、はっきりしたではないか。人間は誰しも自由と平等を確保するために圧政への抵抗の権利を有しているのだ。

「この野郎、この野郎」

『へへへのへ』

　シルバーバックはふわりと宙に浮かんだ。突撃してきて、出鱈目《でたらめ》に振り回しているジャンの手足と距離をはかると鼻先で笑いながら小さな炎を吐く。

「てめえ、てめえ、てめえ」

　ふわふわ逃げる相手を追いかけながらジャンは四肢を闇雲に振り回した。しかし相手の方が一枚上だ。なにより空を飛べるのだ。ジャンの拳や足はカツンともコツンともいわなければ、小指の先ほどの手応えもない。

『おいおい、怒ったのか。そいつは元気でなによりだ』

シルバーバックは苦笑いするように軽く炎を吐くとジャンに面と向かった。

『分かった。ムキになるな。尻が青いのは誰にも口外しない。約束する』

シルバーバックの言葉にジャンは洟《はな》をすすると動きを止めた。

「本当か？」

『ああ、ドラゴンと人間の王との間の約束は絶対だ。破れば神の天罰が下る』

「神か。ニーチェによるととっくに死んでるんだけどな」

『だからお前も約束しろ。俺とこの世界のどこかを征服すると』

「どこかってどこだ？」

『砂漠の国のもっと南はどうだ？　灼熱《しやくねつ》の大地が広がっていたはずだ』

「中央アフリカのことか。残念だな。あの大陸は端っこまで踏破されて、おまけに岬に喜望峰って名前をガマという航海士が授けたぜ」

『じゃ、東はどうだ？　確か延々と草原が広がっていたはずだ』

「中央アジアね。モンゴルも反乱があったはずだ。その内、人民共和国として独立するって話だぜ」

『西は？　海の向こうの大陸は？』

「北アメリカのことか、世界で一番やんちゃな若僧の国が気炎を吐いてるね。南アメリカもペルー、チリ、ニカラグアと雨後の筍《たけのこ》みたいに独立した国家になってるな」

『どこもかしこもきっちりした平民の国になっちまったのか？　じゃ、南はどうだ？　さすがに南の果てなら手つかずだろ？』

「残念だな。南の果てってのは南極といってな。アムンゼンってノルウェイ人が旗を立てた。ここが極点ですってな」

『北は？』

「北極のことか？　ピアリーってアメリカ人が旗を立てたな」

『海は。陸が駄目なら七つの海があるだろ？』

「申し訳ないがどこにどんな島があるかまで判明しちまってる。ハワイはもとよりグアム、クック諸島。サンタクルズって米粒みたいな島もな」

『サンタクロースは今、出る幕じゃない』

「とにかくこの地上で人間が知らない場所、征服してない土地ってのは、およそどこにもないな」

『どこにもか？　お前とやんちゃができるところはない？』

ジャンはうなずいた。シルバーバックは炎とともに大きく嘆息するとしばらく黙った。やがてその鼻の穴がかすかに蠢《うごめ》いた。なにかを嗅ぎ、その出もとを探るようにゆっくりと視線が動いた。

『これはなんだ？』

シルバーバックの視線はズタ袋からぶちまけられて地面に小山を築く白く細長い切片

の数々に据えられていた。

「リグレイのチュウイングガムだ。スペアミント味で六百枚ある」

ジャンが答えた通り、洞窟に小山となっていたのは個別のパッケージを剝かれ、一枚ごとの包装となっているガムだった。

『なんだか甘い香りがするな』

シルバーバックのいう通りだった。パッケージを剝かれたガムは銀紙で包装されているものの、辺りにすがすがしく甘いミントの香りを放っている。

『これはドラゴンへの貢ぎ物か？』

「やめとけ」

『ふふん』

「話が違う方向に進んできた。だからやめておけ」

『ふふん』

「忠告したぞ」

『ふふん』

ドラゴンとは知性を持つと同時に動物であることに変わりはなかった。シルバーバックは憤怒するだけ憤怒すると気がすんだのか、意識が食欲へと向かったらしい。

ジャンの制止を聞かずにシルバーバックは洞窟にぶちまけられていたガムをむさぼり始めた。顎の後まで口を大きく開くと六百枚に及ぶガムを我が物にしていく。

「人の話を聞いたらどうだ」

『ふふん。甘くてうまいじゃないか』

「噛むだけだぞ」

『なぜだ？　これは食べ物だろ。どうして吐き出す必要がある？』

「ガムだからだ」

『よく理屈が分からん。とにかく喰った物は腹に収める。それが生物の基本だ。そしてドラゴンはずっとそうしてきた』

「今まではそうだろうが、現在は違うんだ。それは食品じゃなくて嗜好品《しこうひん》っていった方がいい」

『ふふん。甘い物は怒りを鎮め、獣を温和にしてくれる』

「やめとけっていってるだろ。どうして呑み込むんだ？」

ガムは一枚、一グラム程度。つまり合計で六百グラムに達する。そしてガムの原料はゴムである。ゴムは天然素材であるが可燃性に富む。たとえば自動車タイヤなどは自然発火する場合があるほどだ。

『うん？』

しばらく熱心にガムをむさぼり食っていたシルバーバックはふと違和感を覚えたらしい。同時にゴロゴロと遠雷のような音が響いた。むろんシルバーバックの体内でだ。

『なんか変だぞ』

「だからいったじゃないか」

『なにがどうなったんだ？　俺の腹が俺の物じゃないみたいだ』

想像してみて欲しい。およそ腸を持つ生物は、いわばマカロニのようなものなのだ。器官をタンパク質で筒状に保持し、上から入れた食物を筒を通して消化して下から排泄する。爪楊枝《つまようじ》で途中に穴を開けるとそこが尿道口だ。

それはドラゴンも同様。硬い鱗に包まれていようと筒であることに変わりはない。だからそのマカロニの途中にチーズを詰め込んでしまうと便秘になる。

ことにドラゴンは口から吐く炎を体内で発生させる。胃袋とつながったその特別な器官は常に高温で燃えさかり、食物をガスにまで消化し、炎の原料を作る。むろん、余分なガスや燃えカスは体外へ排泄する必要がある。その腸がガムで詰まったのだ。

となると、どうなるか。ちょっとした蒸気機関車が圧力を排出できずに、にっちもさっちもいかない状態に陥ったのと同じことになる。シルバーバックは七転八倒の苦しみを催していた。

『あ、痛《いた》た。いたた』

シルバーバックはみるみる膨らんでいく腹部をどうにかしようと洞窟を転げ回っている。しかしどうしようもない。

「だからいっただろ」

『どうにかしてくれ。このガムとかについて詳しいなら解決法を知っているんだろ？』

「ないこともない」

『だったら早くしろ。こっちは緊急事態なんだ。もったいぶってるな』

「なんとかしてやってもいい。だがその前に約束しろ」

『約束？　いいぞ。なんでもする。だからこの苦しみを早くなんとかしてくれ』

「いいか。よく聞け。お前はこの村を出ていくんだ。この土地を襲うことも俺にかまうこともするな。いいな。それが条件だ」

　シルバーバックはしばらく考えた。彼の使命、存在証明に対する全否定が提示されているのだ。しかし腹の具合はますます悪化していく。

　出るべき物が出ない。この苦しみは果てしないものだ。便秘の困った点はそれで即座に死亡するわけでもなく、外傷や疾病《しっぺい》を負うわけでもないことだ。出る物が出ないこと以外は健康なのである。

　つまりそれはある種の闘争といえる。しかも相手は自分自身。腸から不必要なものを排泄するための苦闘。いわば自分の腹部とベトナム戦争しているようなものだ。まさに敵は我にあり。『デア・ファインド・イスト・イム・ミッヒ＝敵は私の中にいる』。

『分かった。約束する。だからなんとかしてくれ。もう限界だ』

　シルバーバックはとうとう折れた。シルバーバックでなくとも、この状況を脱するためには誰もがどんなことでもしただろう。モハメド・アリも、ゲバラも、便秘には勝てっこないのだ。ガンディーは別として。

「忘れるなよ。約束したからな」

『ああ、約束した』

ジャンはシルバーバックから言質《げんち》を取るとシャツのボタンを外した。懐からボロ布を取り出す。隠していたのは特大のガラスの注射器だった。ジャンはそれを取り上げた。

『それはなんだ？』

「グリセリンさ。牛や馬の下剤。特別な戦法を計画していたから、お前用に思い切り濃く用意しておいた」

『そいつをどうするんだ？』

「尻を出せ」

ジャンは注射器の中身を軽く噴かせると、準備万端なのを確かめてシルバーバックが突き出した臀部に向き合った。

先ほどドラゴンの肛門がどこかは学習してある。その穴に向けてジャンは注射器の先端を差し込むと一気に中身を腸に向けて押し出した。

しばらく待った。ほどなく再びゴロゴロと遠雷があった。それが少しずつ近づいてくる。むろんシルバーバックの体内での現象だ。遠雷は彼方から徐々に激しさを増し、やがて嵐雨を予告するように洞窟内に鳴り響き始めた。

『ううう』

シルバーバックがなにかを叫んだ。そして口から天上に向けて激しく炎を吐いた。同時にまず爆音があった。洞窟内に大砲が発射されたのか、ダイナマイトが爆発したような音だった。ドラゴンの放屁《ほうひ》。解放と自由。あるいは粛清。

ジャンはぬかりなかった。どうなるかを予測し、両手で耳を強く押さえていた。それでも脳裏は一瞬、真っ白になり、なにも聞こえなくなった。鼓膜がもとに戻るには数分が必要なほどだった。

次に排泄が濁音で続いた。

シルバーバックは吐息を吐いている。安心したように弛緩《しかん》しきった表情がうかがえる。幸福とは日常のささいな勝利にこそ宿る。そして排泄とは至福そのものである。一瞬、天国がそこに出現するのだ。シルバーバックは女神に会えたらしい。恍惚《こうこつ》とした顔はそれを証明せんばかりの様子だった。

「ふううう」

ジャンの耳が元に戻るとシルバーバックの満足げな吐息が聞こえた。一方で洞窟の地面にこんもりとガムの燃焼物が小山になっている。そればかりでなく、その黒い燃えカスの中には牛や馬の骨、さらにはネロ爺さんらしい焦げた頭蓋骨もあった。

しかしそれ以上にジャンの目をひいた物がある。シルバーバックの排泄物はところどころカンテラの灯を受けて輝いていた。試みに注射器の先でそれをほぐすと燃焼物にまみれているものの、輝く鉱物らしいとうかがえた。

「これは?」

『うん？　それか。それはダイヤモンドだ』

「ダイヤ？」

『ああ、どういうわけかはしらんが、俺の体からはダイヤモンドが吐き出されるんだ』

なるほど。ジャンは理解していた。シルバーバックの体内は相当な高温の炉なのだ。そこに紛れ込んだ食物は高圧を加えられて純度の高い炭素物質、ダイヤになるのだ。

『えらい目にあった。二度とごめんだ。千年の眠りを果たし終えたってのに。なのにお楽しみはゼロ。下手すると腹を詰まらせてあの世いきじゃないか』

シルバーバックは愚痴をこぼす。ジャンは彼が哀れに思えてきた。いつの間にか相手がいうように自身と絆で結ばれている気がしていた。少なくとも通りで会えば挨拶を交わすぐらいには気心がしれたように感じた。だから少し考えて助け船を出す気になった。

「お前、空が飛べるんだよな？　だったら征服できる可能性がないことはない。あそこはどうだ？」

『あそこ？』

ジャンはシルバーバックを洞窟の出口へ誘った。そして外へ出ると天空を指さした。月が見える。すでに地平線近くに傾いてはいるが、それでも月は輝いている。

「宇宙だ。あそこはまだ人類未到の領域だ。もっとも近い、あの月さえ何がどうなってるのか知られていない」

『そうか。最後の秘境か。俺が必要とされる地は星の世界だけってことか』

「ただ空気が存在しないのが問題なんだ」

『馬鹿者。こちとらは伝説と生きてきたドラゴンだ。魔法の世界の関係者だぞ。やりようはいくらでもある。科学ばかりがすべてと思うな』

シルバーバックは夜空を仰ぐと強くうなずいている。そしてジャンに尋ねた。

『お前も一緒にこいよ。俺と冒険をしよう』

「悪いが遠慮する。俺は地上で学問を究めて出世するんだ。うまくすれば資本家として王様に成り上がれるかもな」

『下賤《げせん》だな。だが仕方ないか。人間は魔法が使えないからな。それに、お前にかまわないとさっき約束したしな』

名残惜《なごり》しそうにシルバーバックは告げた。そして翼を大きく広げた。途端にばさばさと羽音が鳴り、竜巻のような風が巻き起こった。

『それじゃ、いってくる。元気でな』

「お前こそな」

簡単な別れの言葉が聞こえたのかどうか。すでにシルバーバックは夜空に舞い上がり、みるみる小さくなっていった。ジャンは洞窟に戻るとシルバーバックの排泄部からダイヤモンドをすべてほじくりだした。そし朝ぼらけの中、絶壁の道を家へと帰った。扉を開けて台所に入る。

「ジャン！　どこへいってたんだい？　心配してたんだよ」

「母さん、もう心配ないよ。今まで通り、ここで暮らしていける」

「なんだって？」

「詳しい話は父さんを交えてだ。父さんは？」

「とっくの前に出かけてる。あんたを捜しに」

　それから二十年の月日が経過した。ジャンは三十五歳。今では少し腹が突き出し始めたオジサンだ。その間に再び大きな戦争があり、ドイツはこてんぱんにやられ、しかし立ち直った。

　ジャンも同様だ。何度も地べたを這うような思いをさせられたが叩きのめされるたびに歯を食いしばった。そして今は念願通り、小さいが電気部品を作るメーカーを経営している。

　ジャンはときどき、シルバーバックのことを思い出す。そしてそのたびに夜空を見上げて月を眺める。するとなぜか、ことさらキラキラと輝き返してくるように思える。

　シルバーバックだろうか。お前は俺に地上で王になれといってるのか。つらいときに見上げる月の輝きはやさしく、美しい。そして眺めるたびにジャンは励まされた。今夜も見上げるとほら、また輝いた。ジャンは天空に向かって胸の中でつぶやいた。

『十代目シルバーバック、銀の背の龍の王よ、アウフ・ヴィターゼーエン。さらば、友に幸あれ』

第三章　三馬鹿が行く

一九二〇年代半ばのパリ。二つの大戦の戦間期にあたるこの時期、パリっ子たちは束の間、ぬるま湯のような平和にひたっていた。

季節は五月。サンジェルマン・デプレ教会にほど近い裏路地にあるビストロは午後の陽射しで店内がきらきらと輝いている。

店の名前は銀龍亭《ぎんりゅうてい》といった。名前は立派だが内実は客が十人も入れば満席になるような小さな店だ。今日も奥で中年のカップルが遅い食事をとっているのと、三人の男がテーブルを囲んでいるだけだった。

その三人の一人、三十代後半の痩せぎすで背の高い男がカウンターに向かって手を上げた。男の名はバック。色黒な容貌はエッフェル塔を思わす。

手を上げたのは注文のためらしい。というのも三人が囲むテーブルには青カビがきついロックフォール・チーズが少ししかなかった。ボルドーの赤ワインを二分の一入れていたカラフは空《から》に近い。先ほどまでは昼食として肉や煮込みの皿があったのだが三人とも平らげてしまっている。なにしろ三時間近く店でだらだらしているのだ。

「次は白をボトルでだ。ちまちまカラフでやっつけてたんじゃ夜が明けちまうぜ」

「俺もカスレをお代わりしようかな」

バックに続いて、でっぷりと肥えた巨漢が言葉をかぶせた。体の縦幅より横幅の方が大きい様子はオペラ座を思わす。なにしろ椅子《いす》から臀部《でんぶ》がはみだしているのだ。

「ドンよ、お前、豆しか食わねえな。その内、ニワトリになっちまうぞ」

ドンが食べたのは豆とベーコンを煮込んだシチュー、カスレ。極めて大衆的な料理でフランス版の具だくさんの田舎汁とでもいえるだろうか。

「バックこそ、なにも喰《く》わないでワインばかりじゃないか。アル中になるのは結構だが倒れても助けてやれないよ」

「だろうな。お前の運動神経なら」

互いに悪態を吐《つ》きながら二人はカウンターを振り返った。カウンターには店主と女将《おかみ》が手持ち無沙汰に構えていた。バックが上げた片手を見て女将が店主に囁《ささや》く。

「そろそろお勘定してもらいなよ。あの三人は半年もツケを溜めてんじゃないのさ」

「まあ、いいじゃないか。あの三人は特別さ。なにしろびっくり三人組だからな」

「なにがびっくりよ。とんちき三人組じゃないの？」

「おいおい、自転車のときのことを忘れたのか。またあのときみたいに、おもしろいことをぶちあげて、店をしばらく客でいっぱいにしてくれるってもんだ」

「いつになることやら。とにかくツケを払うまで注文はノン。そういって断ってきな」

女将にお尻を叩《たた》かれて店主はおずおずとテーブルにやってきた。そして肩をすくめてバックに告げた。

「ええと、ご注文ですね」

「ああ、客が呼べば注文以外になにがある？　俺たちが文句をいう人間に思えるか。ガキの頃からの付き合いだろうが」

「ええ、長いお付き合いですね。そのご贔屓《ひいき》の内、この半年ほどお付き合いの結果がございませんで」

「ツケを払えってのか？　おいおい、銀龍亭。ドラゴンを名乗る割にケツの穴が小さいな。六ヶ月溜められるんなら七ヶ月になっても大差ないだろ」

バックが残り少ないワインをグラスに注ぎながらなじる。

「ええと。せめて数フランでも払ってもらえれば、ご注文はすぐに持ってきますが」

バックは尻のポケットから財布を抜いた。そしてそれを逆さに振った。埃《ほこり》以外はなにも出てこない。続いて片肘でドンを突く。

ドンも椅子からはみ出したズボンのポケットから財布を取り出すと振って見せた。結果は同様。それを確認して店主はカウンターを振り返った。

女将が大きく首を振っている。バックもドンもそれを見ていた。店主は嘆息すると肩をすくめて戻っていった。バックは最後のワインを大切そうにすすると愚痴った。

「どうするんだ？」

「どうするって、なにを？　カスレが駄目ならテリーヌでもいいよ」

「馬鹿か、お前は。金のことだ。そろそろなんとかしなきゃ、お前、ルーブルで見せ物になっちまうぜ」

「俺の肖像画が飾られるのかい」

「木乃伊《ミイラ》になるってのかい」

　バックの愚痴に二人がしばし沈黙する。やがてドンが口を開いた。

「親に泣きついてもクロワッサン一個の代金どころかキャンディ一粒もおあずけだよ」

「お前の体重ならダイエットは当然だ」

「なあ、我らがトマス。名案はないかい？」

　ドンが告げた。我らがトマスと呼ばれたのはテーブルで黙って新聞を読んでいた三人目の男だ。トマスは三人のリーダー格だった。

　背丈は中肉中背。二人と同様に三十代後半だが容貌が若々しい。首に赤いチーフを巻き、尻の形が分かるぴったりとしたズボン姿は、八区のモンテーニュ通りに店を構える高級ブティックの外観と見まごうほどだ。

　彼ら三人は金欠とはいえ、いかがわしい様子ではない。むしろ身なりからすると裕福な階級に思える。懐《ふところ》が寂しいのは三人が定職に就いていなかったからである。

　巨漢のドンは両親が一流百貨店とホテルを経営している。背高ノッポのバックの親は市中銀行の頭取だ。そしてリーダーのトマスはパリ市警の幹部の息子。いずれも上流階級の家系にある。

　ただ三人とも子沢山の家に生まれた末っ子で、家父長制度が色濃い当時では財産分与は当てにできなかった。ために前借りも資産を運用した所得も難しい。おまけにどの親も財布の紐《ひも》が固い。そのために彼らは年中ぴーぴーいっていた。

「これ、どう思う?」

　二人の愚痴を聞き流していたトマスがふとつぶやいて新聞をテーブルに広げた。

「おお、我らがトマスになにか名案が浮かんだみたいだよ」

「むろん金儲《かねもう》けに絡んでるんだろうな」

　ドンとバックの眼が輝き始めた。トマスがテーブルに広げたのはカナール・アンシェネという週刊の風刺新聞だった。十年ほど前に創刊され、歯に衣を着せぬ辛辣さで一躍、人気となった。政財界の不正を嗅ぎつければ大統領のズボンさえ脱がす内容なのだ。

『アムンゼン、イタリアの飛行船ノルゲ号で北極横断に成功』

　バックがトマスの広げた新聞記事を声に出して読んだ。細密なイラストによる飛行船が掲載されている。

「アムンゼンだって?　南極の次は北極か?　よっぽど端っこが好きな奴だな。それとも家にいるのが嫌なのか。きっと嫁が恐いんだぜ」

「するとトマス。俺たちも北極でなにかやらかすわけなのかい。まさか以前みたいに自転車レースなんて勘弁だよ。ゴールしたときは体がぺらぺらだったからな。それに北極だと凍っちまう」

「ドン、痩せられてなによりじゃないか。おかげで賞金がたんまり手に入った。三年は暮らせたぜ」

彼ら三人は定職に就かない代わりに金が底を突くとパリっ子の話題をさらうイベントをぶちあげて儲けている。人呼んでびっくり三人組。今でいうイベントプロモーターだ。

三人がプロモーターとして名を売ったのは戦前。まだ十代のときだった。一九〇三年、ロトという日刊スポーツ紙にトマスが部数拡張を図るアイデアを持ち込んだのだ。

知り合いの記者に耳打ちしたのはフランス全土を巡る自転車レース、ツール・ド・フランス。優勝者には賞金が約六千フランという額で、さらには新聞社のロゴカラーを配した黄色いジャージ、マイヨジョーヌを授けることになっている。

発案権は表向き、ぬけめなく記者に譲った。おかげで企画を丸ごと仕切ることができた。ドンの親の百貨店に出入りする納入メーカに協賛スポンサーを募り、バックの親からは融資の金を引き出す。レース運営や会場設定その他はトマスの親の警察関係に手を回し、おこたりなかった。

結果、レースは大当たりした。彼ら三人は本戦に参加しなかったものの、市民自由参加のフリースタイルレースを別途に設定し、そこで見事優勝して賞金さえもいただいた。というのも使ったのが三人乗り自転車だったのである。

「あのときはぶつぶつ文句をいう参加者がいたな。三人で漕《こ》ぐなんて卑怯《ひきよう》だなんて。俺の体重を考えてみろってさ」

「へへん。人力仕様以外はフリーってことだから三人乗りでもルール違反じゃないぜ。それにお前の体重も走り出せば加速としてプラスになったろう?」

揶揄《やゆ》するバックを無視してドンは続けた。

「アルプスマラソンも大変だったな。体重が半分になった。それに困ったのは山に登るとやけにガスをお見舞いしちまう」

「気圧の関係だってよ。山は気圧が低くて気体である腸内のガスも膨らむんだ」

「大西洋ママさんヨットレースもひどかった。体重が三分の一になった」

「お前の体は柔軟性に富んでるな」

「黙れ。お前こそ足の匂いをなんとかしろ」

「誰の足が臭いだと?」

「二人ともよせよ。体に関するジョークは」

トマスが止めに入った。ドンはとがめられて話を戻した。

「とにかくどのイベントでも儲けはがっぽりいただいたよ。だが金といえば例の方面がなにより馬鹿にならないんだよね」

ドンのいう例の金というのは賭博の売り上げである。三人は企画したイベントの裏で常に私設の賭けの胴元になっていた。トマスの親には内緒だがフランス全土のノミ屋の賭け金を請け負ったのである。

おかげで儲けはちょっとした資産並みになった。だが、ビストロの女房にとんちき三人組と揶揄されるように三人は定職を持たず、ぱっと稼いでは金が尽きるまで働かない。自転車レースにしても他のイベントにしても、継続運営には携わらなかった。こつこつやるのは性《しょう》に合わないからだ。だから今もぴーぴーしているのだ。

「それで今回はなにがひらめいたんだ？」

バックの質問にトマスは決然と宣言した。

「月だ」

ドンとバックが顔を見合わせた。

「俺たち三人は飛行船で月へいく」

バックが静かに尋ねた。

「本気か」

「ああ。時代は宇宙なんだ。数ヶ月前、アメリカのマサチューセッツでゴダードって科学者が世界初の液体燃料ロケットってのを打ち上げたのを知ってるか」

ドンとバックは咳払《せきばら》いをした。

「お前たち、喰ったり飲んだりばかりじゃなくて、たまには新聞でも読め」

「それでそのゴダードのロケットとやらがどうした？」

バックが話の接ぎ穂を拾った。

「ゴダードって奴は子供の頃からイギリスのＨ・Ｇ・ウェルズの愛読者らしい」

「ああ、ウェルズなら俺も知ってるな。蛸《たこ》の宇宙人を書いてた奴だよね」

ドンが得意そうに答えた。

「あれはいただけなかったぞ。みんなどうして怖がるんだ？　喰っちまえばいいのに」

「お前は食い物のことしか頭にないのか」

「そこで俺もウェルズと、さらにヴェルヌの『月世界旅行』を読み返してみた」

「それでどうだったんだ？」

「あいつらの小説に書いてあることは、あながち嘘ではないらしい」

「あながちって？」

「バック、黙って聞きなよ」

「おおよそのところは科学的ってことだ」

「おおよそか。どうして飛行船なんだ？　なんでそのロケットとかじゃ駄目なんだ？」

「ロケットは小さい。三人乗れて、ある程度の物資が積めるスペースがない。それに建造費用が高額になる。バック、お前んところの銀行の客に科学者はいるか？」

「捜してみるぜ。俺たち三人が空を飛ぶなら多めに見積もって三百キロだな」

「ドン、お前は百貨店に出入りしてる業者にスポンサーの打診をしろ。明日から計画を開始する。国立図書館で待ち合わせだ」

「あのさ、トマス。バカにするだろうけど月には本当に片腕の蟹《かに》がいるのかな。模様だとそうだけど」

「ドン、お前は頭がいかれてる。月にいるのはギリシア神話の女神アルテミス。彼女はバージンだ」

「トマス、手を出すとややこしいことになるってことかよ。星々の神なら俺はバッカスとワイン談義に耽《ふけ》りたいね」

「ふふふ、儲けが楽しみだ。バックはこれから酒屋でワインの買い物かい。トマスは話が終わったからバスチーユ通い？　なら俺は家で本格的に晩飯にする」

ドンは椅子から立ち上がった拍子に臀部を威勢よく鳴らした。バックがうめいた。

「もうカスレを消化したのか。いつもながら目に染みるぜ」

「お前の足よりはましだよ」


翌朝、三人はオペラ座に近いリシュリュー通りの国立図書館にいた。入館資格に厳しい施設だが文句は出なかった。これでも三人はソルボンヌを出ている博士なのだ。

国立図書館の敷設は一八〇〇年代に遡《さかのぼ》り、丸天井の屋根は高く、ガラス窓は床まであって館内は陽射しが豊かに射し込む。平日の午前中だけに入館者はちらほらとしかいなかった。その閲覧室のロココ調の椅子にふんぞり返ったバックがトマスに尋ねた。

「夕べはマリアのところにしけこんだのか？」

三人のかたわらのテーブルには請求した図書が山積みになっている。

「ああ、いった。ちょっと変だった。風呂から出たら部屋が真っ暗で窓が開きっぱなし。

かすかに甘い残り香もしたな。ただ愛し合った後は、なぜか熟睡できた」

　尋ねられたトマスは飛行船に関する本をぺらぺらめくっている。

「俺は女遊びに詳しくないが、そういったプレイってのもあるのか?」

「いや、俺も初めてだ。窓を閉めろっていうと、このままがいい。思い切り叫びたいからってさ」

「頑張りすぎると鼓膜が破れるところだな」

「ええと、あのさ。この本によると飛行船に詰めるのはヘリウムってガスらしいんだよね。オネスってオランダの物理学者が液体化に成功したって」

　ドンがテーブルの図書から顔を上げて告げた。むしゃむしゃ口を動かしている。

「お前、なに喰ってるんだ?」

「レーズンにアプリコット。それとプルーンかな」

「ドライフルーツかよ。臭いやつの原料ばかりじゃないか」

「へへへ。ちなみに俺のお得意のガスはメタンで、こいつも浮くことは浮くんだって」

「そっちを使うと月に着くまでに鼻がもげるぜ」

「お前の足には及ばないさ。それにガスをあんまり馬鹿にするなよ。オネスはヘリウムの液化でノーベル賞なんだよ。それまでヘリウムは永久の気体といわれて誰も液体にできなかったんだと」

　横から覗《のぞ》き込んだバックがつぶやいた。

「ボンベからそいつを注入すれば、お空にふわふわって寸法か。だがこの気体は原子がかなり小さくて風船にしても抜けちまうと書いてあるぞ」

「みたいだね。それにトマス。このガスをどこで手に入れるんだい？」

「遊園地の売店で聞くさ」

つぶやきながら資料から顔を上げるとトマスが二人に説明した。

「フランスのシャルルって発明家が世界初の気球を作製したんだが、テレピン油で溶かしたゴムを絹製の機体にコーティングしてガス漏れを防いだそうだ。材料が進化したにしても基本的な構造は変わらんだろう。念のために二重にしよう」

「ゴムか。昨日《きのう》の新聞の飛行船はかなりの図体だったぜ。あのサイズに塗るとなると相当の量が必要じゃないか？　フランスで簡単に手に入るのか」

「日頃お世話になってるのがある」

「フレンチ・レターか。お前がバスチーユで使うやつ」

「馬鹿いうな。我らがフランスには世界に誇るタイヤメーカーがあるだろ」

「そうだったな。機体は絹か？　それだと値がはるし、耐久性に欠けるんじゃないか」

「こないだの戦争は迷惑そのものだったが、余り物は山ほどある。飛行船の材料は軍の払い下げでいこう。ヨットや帆船の帆布なら頑丈だし、軽い」

「なるほど。飛行機にも使える部品があるかもな。動力源はどうするんだ」

「飛行船だけに、とにかくすべてに関して軽量化が必要だ。だから蒸気機関はもとよりガソリンエンジンも駄目だ」

「まさか三人でオールを漕ぐわけじゃないだろうな」

「電気だ。モーターでいこう」

「息はどうする？　宇宙には空気がない。対策が必要だぞ」

「酸素ボンベを用意する」

「確かあっちは無重力なんだよね。ありがたい。日頃の腰痛が楽になるよ」

「トマス、温度は？　宇宙に出ると寒くないか」

「厚着しておくさ。それにでかい機体に受ける熱は船室に伝わってくる」

「ここに大気圏について書いてあるが、突入すると燃えるみたいだぜ」

「そこだけ、ゆっくり進めばいい」

トマスは大雑把な話を終えて立ち上がった。

「さて、お次は飛行船の設計図だ。できるだけ最新のものを捜そう」

広い館内で悪戦苦闘の末、三人が目的のカードを発見したのは午後を過ぎてからだった。なにしろ国立図書館の総目録は巨大な機構で、印刷物に始まり、写真や手書き、メモにいたるまでが王政時代に遡って収蔵されているのだ。

それらがアルファベット順であったり、主題別だったりと不統一なために、目指すカードを引き当てるのは至難の業《わざ》だったのである。

「ふええ、本当にあった。途中から宝くじに当たるようなものと思ったよ。昔の王様は足腰が強かったんだな」

ドンが額に汗を浮かべて床にへたりこんだ。

「立て。こいつを青焼きにしてもらいにいく」

トマスはドンに声をかけると意気揚々とカードをつまんで受付の方へ歩み出した。ドンを床から引き立てながらバックが尋ねた。

「それで出発はいつにするんだい？」

立ち止まったトマスに一歩距離を取る。

「来月末だ。六月三十日の満月の夜」

「なんだって？　えらく急だな。あと一ヶ月を切るぞ」

ドンが声を張った。

「満月の夜か。ははあ、さっき本に書いてあったぞ。月と地球の距離が一番短くなるんだってさ」

「しかも太陽、月、地球が一列になる」

「月と太陽の引力が象並みに強い日か。だが十分に準備するなら秋ではどうだ」

「秋は寒い」

「だったらいっそ来春は？」

「それは一番の問題になる」

「問題だと？」

「俺たちにはもう金がない。来春まで待ってちゃ、首を括《くく》る羽目になるだろう」

「確かにな。だがいくらなんでも早いぞ」

「いや、なんといっても決定だ。いやなら俺は別のチームを考える」

トマスは決然と述べた。バックはドンを見やった。ドンは肩をすくめている。

「分かった。で、どのくらいの旅行になるんだ」

「短い。往復どちらも三日ってところか」

「そんなので月旅行できるのか」

「俺たちが使うのは飛行船だ。なにより軽さが取り柄なんだ」

「そうそう。忘れてた。知り合いの科学者に計算してもらったぜ。俺たち三人の体重を多めに見積もって三百キロ。機体や荷物を含めると飛行船は全長百五十メートルのラグビーボールみたいになるってよ」

「食糧はどうするんだい？」

「俺はワインがあればなにもいらねえ」

「カスレは外さないでくれよ」

「缶詰は駄目だ。中身を出して袋に詰めとけ。ワインのボトルもだ。それと船内は火気厳禁だ」

「ああっと、トマス。青焼きの申し込みは俺がやるよ」

「しかし、トマス。こうなるとお前、また眠れなくなるな」

「インテリの持病だ。お前たちが頭を使わないせいだ」

ドンを先頭に三人は図書館の受付で設計図の青焼きを頼むと外へ出た。ドンが続けた。

「昼飯時だが、どこかでなにか食うかい」

「手持ちの金はできるだけ節約するんだ。これからの活動は手弁当と思え」

銀龍亭のときとは別の財布を出したトマスの言葉にドンは肩をすくめた。

「バック、お前はディジョンに出かけて軍の飛行場でプロペラをみつくろってこい。俺はブルターニュのロリアン軍港で潜水艦の窓やらドアやら帆船の帆布を手配してくる」

「お互い東奔西走だな」

「明後日、さっそく緊急記者会見だ。ドンはお前のところのホテルの広間を押さえろ。新聞社やラジオ局などマスコミ各社への連絡も忘れるな」

「他には？」

「俺たちが帰るまでに痩せてろ」


パリ指折りの高級住宅街パッシー。ドンの両親のホテルはそこにそびえる四つ星だった。大広間では立食形式の会見が始まろうとし、取材陣や関係者でごった返していた。そこに奇妙な人々がまじっている。

虎の毛皮を着て大蛇を体に巻くレスラー。帽子から鳩《はと》を飛ばす手品師。ボウリングのピンを放り上げるジャグラー。狼《おおかみ》と一緒にいる数匹の子豚。鸚鵡《おうむ》を肩に乗せた片足の海賊がいて、ピーターパンにティンカーベルも。

いずれもドンの演出によるエキストラだ。支離滅裂な人混みの中、メイドが招待客を接待している。トマスがバスチーユからひっぱりだしてきた女性陣で手に持った盆にはリキュールのグラスとチョコレート。塩味の利いた山羊《やぎ》のチーズ。

広間の真ん前には、ひな壇がしつらえられている。しかし三人組の姿はない。すると不意に広間の照明が落とされた。どこかからドラムロールが鳴ると、ひな壇の上空にスポットライトが当てられる。

ライトの中に浮かび上がったのは空中ブランコに座る三人組だった。それがドラムの音に合わせて、ゆっくりと下へ降りてくる。三人は微笑《ほほえ》みながら手を振る。そして着地。

クラッカーが景気よくはじけ、待機していた小楽団が「ラ・マルセイエーズ」を演奏した。前方に控えていたメイドの二人がひな壇横のポールに国旗を掲げていく。

「どうだい？　今回の演出は童話がテーマだ。イベントは賑《にぎ》やかじゃないとな」

ひな壇の椅子に並んで座ったドンがバックに囁いた。

「ピーターパンは空と関係しているから分かるが、あのみすぼらしい男の子と女の子はなんだ？」

「ヘンゼルとグレーテル」

「お前の演出センスは理解できんな」

ひな壇の三人を代表してトマスが立ち上がると口を開いた。

「それでは緊急記者会見を始めます」

ぽんぽんと威勢よくフラッシュの音が響く。三人ともにあつらえたばかりのスーツ姿でゴーグルの付いたパイロットの帽子を被《かぶ》っている。胸には雷のワッペン。三人組のトレードマークだ。

背にした横断幕には『びっくり三人組、最新イベント。飛行船月世界旅行』と大書されていた。トマスは広間の人間が注目しているのを確認して背後を手で示した。

「ここに書いてありますように我々、びっくり三人組はこの六月最終日に月へドライブにいきます」

招待客からざわめきが上がり、本当なんだと声が漏れた。広間の壁にはさまざまな協賛スポンサーのロゴがひしめいている。

三人が着ている衣装のブランドはもとより、カメラのメーカー、食品、ワイン、ミネラルウォーター、洗剤、化粧品、フランス農水省であるA・O・Cの文字も見える。

「ドン、政府まで巻き込んだのか。がっぽりいったんだな？」

「ああ、がっぽり」

銀龍亭の女将にとんちき三人組と揶揄されたメンバーだが、とんちきと馬鹿とは同義ではない。三人がイベントプロモーターとしてそれなりに世渡りしてこられたのは口から先に生まれてきたような男たちだったからだ。

「バック、お前は親の銀行から金を引き出せたんだよね」

「世界初の月旅行だぜ？　しぶちんの親父でも乗ってこないわけはないさ。イベント限定の特製商品やら絵葉書に人形。関連グッズの権利だけでも大儲けだろう」

「成功すれば、まず月世界観光旅行。新技術が開発されたら新市場が花開くものね」

「トマスも警察関係に手を回して建設場所やその他も押さえられた様子だぜ」

「あっちの金の方も大反響だってさ」

　トマスの説明は続いている。

「我々の船はフランスが誇る世界初の電動飛行船を作ったシャルル・ルナール氏にあやかってシャルル号と名付けました。ご覧ください」

　トマスが手を上げると先ほどのメイドが背後にあったカーテンを開いた。真っ白な布地にエッフェル塔と月をバックにした飛行船が描かれている。機体にはちゃっかりと協賛スポンサーのロゴが添えられていた。

「推進機となるモーターと電池はいずれもフランス製、シュナイダーとサフトの最新式です。今回の旅は国を挙げてのもの。国内の企業にこぞってご協力いただきました」

「シャルル号？　バック、聞いてたかい」

「初耳だ。トマスの奴、いつものフライングみたいだな。これ以上は勘弁だぜ」

「だよね。あいつは目の前にニンジンをぶら下げられると一目散に走り出すもんな。ほら。眠れなくて、もう目が赤いよ」

「そうだぜ。あいつ、イベントにさしかかるといつもの不眠症がひどくなるばかりだ」

「インテリの持病なんていってるけど要するに興奮してやまないんだよ」

二人の小声はトマスには聞こえていない様子だ。話は続いていく。

「残念ながら今回は月面に降り立つことはできません。酸素がないんでね。ですが我々が本当に月までいった証拠は写真が証明します。月に生物が存在するか、可能な限り接近して裏も表もカメラでばっちり撮影してきますから。お楽しみに」

「出発はどこですか」

記者から当然の質問が飛んだ。トマスに一歩近づき、一歩退く。

「離着陸はリュクサンブール公園を予定しています。なにしろ出発が来月末です。試運転はぶっつけ本番になるでしょう。うまく成功すれば我々はそのまま月に向かいます」

「おいおい、ぶっつけだと。これまた寝耳に水だぜ」

「こいつはまずいよ。まさかを考えてパラシュートは絶対だよね」

バックとドンは渋い顔をしてうつむいた。

「試運転には同乗させてもらえますかね？　内部の様子も撮影したのですが」

「地上に係留している際は可能ですが、浮上を始めてからは勘弁してください。とにかく軽量化が肝心でしてね。ですから餞別《せんべつ》その他はモノではなく現金がありがたいですね。ここは忘れずに記事に」

さらに記者から質問が飛んだ。

「計画の科学的な裏付けは？」

「ロケットよりも手軽で安全です」

「月で何が発見されると思います？」

「蟹《かに》がいれば愉快ですね。あるいは女神とか。とにかくすべてはいってから。ご期待を」

「もし試運転に失敗した場合は？」

「その際は秋まで延期して再挑戦です」

「聞いたか、ドン。いつもの出たとこ勝負の答だぞ。パスポートの用意が必要になるな。きっと失敗したら、その日の内に夜逃げだぜ」

「さてご質問はこのぐらいですか？　すでに激励の電報が届いています。いくつかご紹介して会見を締めくくりましょう」

質問がいくつか続く中、トマスは話を切り上げ始めた。軽く咳払いしてテーブルにあった紙片を取り上げる。

『成功を祈る。出馬について話そう。フランス首相アリスティード・ブリアン』

『帰ってきたらキスしてあげる。マレーネ・ディートリッヒ』

『そっちが月なら俺は火星。リンドバーグ』

『Eはｍｃの二乗なんだよ。アインシュタイン』

『蛸には気を付けろ。H・G・ウェルズ』

「それでは皆さん、月末にまたお会いしましょう」

記者会見の翌日、新聞各紙は一面で三人の計画を報道した。フランスだけでなく、ヨーロッパを始めとする全世界でだ。

『三人組、月世界旅行へ。出発は六月三十日、リュクサンブール公園』

『チャップリン、映画化権を打診か』

『主食はベーコン・ビーンズ。ワインはボルドー。間食はドライフルーツ』

『各地で反対運動。三人組が人類代表と思われるのは迷惑と』

カフェも公園も街角も三人の噂《うわさ》で持ちきりだった。

「とんちき三人組がまたやらかすらしいぞ」

「月まで飛行船でいくってな」

「帰ってこなけりゃいいのに」

＊

「ちょっと寄ってかない？　無重力を楽しませてあげるわ」

「無重力？」

「上になったり下になったり」

「いつもとなにが違うんだ？」

＊

「婆《ばあ》さんや、三人組が月にいくってな。わしも負けておれん。ハシゴを出しとくれ」
「やですよ、お爺《じい》さん。惚《ぼ》けたんですか。ここは月ですよ」

*

「お前、いくら賭けた？」
「失敗に五フラン」
「本命もいいところだな。俺は全員無事に戻るだ。オッズが一番高いらしいからな」

セーヌ川を遡《さかのぼ》るはしけ船がぞくぞくとパリに資材を運んでいる。陸路では鉄道貨物を引き受けたトラック、荷馬車が列をつらねる。各地から届いた部品はセーヌ沿いの倉庫に運び込まれた。トマスが警察関係に手を回して借り受けた施設だ。

かつて雨天訓練に使われた倉庫で野球場を思わす広さだ。機体となる帆布はぎっしりと積まれてちょっとした城に見える。

横では床に広げた帆布を左官がローラーでゴム引きしていく。溶けたゴムで真っ黒になった作業員は水族館のオットセイが芸の訓練をしているようだ。

散在する荷物は空軍からは木製のプロペラとパラシュート。海軍からは潜水艦のハッチと小型船の窓、錨《いかり》にロープ。陸軍からは拡声器と双眼鏡、土嚢《どのう》。
「酸素ボンベも揃《そろ》ったな。ヘリウムは当日、現場でガスタンク車から注入する」

トマスは倉庫の真ん中で二人に声を上げた。かたわらでは人足が機材を動かしたり、部品を組み立てたりと大忙しだ。倉庫の壁には大きな青焼き図面が貼《は》られていた。作業員はそれを見ながら、それぞれの班の監督官に判断を仰いで作業を進めている。

「百五十メートルの機体なのに俺たちの船室は犬小屋並みか。ベッドや椅子はベルト式なんだな？」

「ああ、地球を離れれば無重力だ。普通に寝起きするのは難しい」

バックに答えたトマスは人足が運んでいる拘束具付きのハンモックに視線をやった。その視線が部品の山に投げられる。

「おいおい。粉ひき小屋の風車じゃないか」

「空軍がプロペラの代わりに試したらどうかってよ。軽さについてはお墨付きらしい」

空軍との交渉を担当したバックが答えた。

「あれは鳩時計か？」

代わって答えたのはドンだった。

「目覚ましのタイマーじゃ、心細いと思ってね。なにしろ朝も夜も夜なんだろ」

「革袋がやけにあるな」

「出発のときに食糧とワインを詰めるんだよ。缶と瓶じゃ重くなるんだろ？　適当に小分けしておくよ」

「そこの紅白の旗は手旗信号か」

「月の住人が理解できればいいんだけどな」

喧噪《けんそう》の中、飛行船シャルル号は順調に仕上がっていった。


「スカンクちゃん、スカンクちゃん」

彼は店の二階から自身を呼ぶ声を聞いた。声は銀龍亭の娘だ。しかし娘のペットである彼は声を無視して冒険を続けた。そして一階のキッチンへ続く階段の最後の段をなんとか伝い下りた。

彼の決意は固かった。初夏六月。この季節、すべての生物は暖かな陽射しを浴びる権利がある。つまり日向《ひなた》ぼっこだ。そして彼は二年ほど暮らしてきた銀龍亭で、もっとも陽射しがよいのは一階の調理場であると把握していた。

だから彼はキッチンに到達すると、いそいそと壁の隅にある窓の下にいった。ぽかぽかと日光が四角く床を切り抜いている。

彼はその正方形の真ん中に入ると四肢を伸ばして寝ころんだ。すぐに彼は洟提灯《はなぢようちん》を膨らませて、うとうとしだす。先ほど飼い主である娘から餌《えさ》をもらったばかりだ。腹は満腹、陽射しは文句なし。これ以上の極楽がありえようか。

そうやってしばらくこの世の天国を楽しんでいた彼だが不意に漠然とした不安が脳裏をよぎって目を開けた。なぜだか居心地が悪くなってきたのだ。

それは動物全般が持つ本能だった。つまり彼の警戒心が警報を発し始めたのだ。彼は自身の感じる危険信号を検討してみた。するとどうやらそれは視線らしい。どこかから強いまなざしが彼に注がれている様子なのだ。

目を開いた彼は日だまりから窓の向こうを見た。するとそこに問題の核心がいた。窓の向こう、路地を挟んだ家の軒に真っ黒な鳥が止まっている。

大きなカラスだ。体のあちこちにある古傷は、この辺りを肩で風切る親分の証《あかし》だった。カラスの親分は彼をじっと凝視している。それがなにを意味しているかは動物同士には暗黙の了解となる。

彼はあわてて日だまりから抜け出した。屋内にいることは理解していたが恐怖心に駆られ、逃げ場を求めてわらわらと小走りになった。それに今日の調理場は店がなにかの休みらしく誰もいない。つまり救いの手はないのだ。

だがパニックというものはときには功を奏することがある。人はそれを幸運と呼ぶ。闇雲に走った壁際に食材を入れた木箱があり、横に油紙の袋が口を開けていた。暗がりは弱い立場にある動物にとって安息の地だ。

彼は袋の中に逃げ込んだ。案の定、カラスの親分の射すような視線は届かなくなった。彼は大きく安堵《あんど》の息を吐いた。しばらく様子を確かめる。

親分はあきらめたらしい。不安をかもしだす視線は霧散していると本能が知らせる。しかし安心するのはまだ早い。もうしばらく様子を見よう。彼はそう考え、袋の中でじっとしていた。するとあることに気が付いた。

素敵な香りがするではないか。彼はその正体に鼻先を向け、納得した。それはリンゴだった。スカンクちゃんは小さな昆虫以外にも果実を餌としていた。だからリンゴをむさぼり食った。満腹の上に満腹。お腹がはち切れんばかりに膨れた彼は、なおもリンゴを口にしながら、いつの間にか眠り込んでしまった。

そして半時間。飼い主である少女は彼を捜しあぐねて二階から一階に下りてきた。まだ十歳ぐらいの彼女は調理場を一瞥《いちべつ》すると両親がいるフロアへ出ていく。そしてテーブルを拭いている母親に尋ねた。

「ねえ、ママ。わたしのスカンクちゃん、しらない？」

「あなたのスカンク？　いないの？　駄目じゃない。籠から出しちゃ」

「どこいっちゃんたんだろ」

「困ったわね。でも夜のお出かけに備えて店は戸締まりしてある。家の中に違いないから、心配しないでも、その内、現れるわよ」

「スカンクだけに、きつい一発で居所判明なんてな」

横にいた店主の言葉に女性陣の言葉が返った。

「馬鹿じゃないの？」

とうとう試運転と本番を兼ねた満月の夜がやってきた。リュクサンブール公園は見物客で大にぎわいで屋台が出ているほどだ。警官が整理に当たっている。

酔客もまじっているのか、ときおり叫び声が上がり、喧噪とざわめきがひろがる。薄暗がりの中でドンがバックに口を開いた。

「昨日、お袋が夕方から大騒ぎだったんだよ。プランタン百貨店がバーゲンだから買い物にいくって。旅行中の俺たちの着替えが目当てだとさ。親父はその後、レストランに引っ張り出されて帰ってきたのは夜中だった」

「着替えとなると、トマスには内緒だな。しかし女はバーゲンが好きだな。並んでいるのが売れ残りって分かってるのにな。きっと、ろくでもないものに散財したんだぜ」

　記者会見時のようにドラムロールが鳴り始めた。観衆の期待に満ちた声が湧き始める。

「二人とも、そろそろ出番だ」

　暗がりでトマスが一声発すると数歩下がってから前に向かって突撃した。バックとドンも続く。途端にばりりと大きな音。ドラムロールが止まってトランペットがパンパカパンとぼけたファンファーレを披露する。同時に沸き立つような歓声が上がった。

　三人が現れたのは公園中央のオノラ広場に仕立てられた大きな舞台だった。模造紙を貼った特大の仕切りが照明に照らされ、シルエットで浮かんでいた三人が紙を破って飛び出してくるという趣向だった。

「いつも変な登場をさせるんだな」

　観衆に手を振りながらバックが愚痴った。三人は記者会見時と違い、上下つなぎの作業服にパイロットの帽子をかぶっている。

「おいおい、ここでにっこり歯を見せて笑うんだよ。スポンサーに歯磨き粉のメーカーがいてスチール撮影する契約なんだから」

ドンがつぶやいた。バックが続けた。

「市長がスピーチさせろと、きかなかったんだって？」

「長い話になるのは目に見えてるから断るのに苦労したよ。トマスが切り札を出してくれた。だったら試運転時に船室からにしましょう。なんだったらそのまま月までご一緒しませんかって」

「それで急な公務を理由に尻込みしたのか」

トマスが舞台袖の係員から拡声器を受け取ると宣言した。

「それでは始めます」

ホイッスルがひとつ鳴る。派手なマーチが響くと公園の入口から鼓笛隊が行進してきた。その後ろに続いていたのはガスタンク車の一団だった。肌も露《あら》わな水着姿の美女たちがその周りで踊りながら花びらを振りまいている。

舞台のすぐ前には広場いっぱいに毛布が広げられ、その上にシャルル号がおとなしく待機していた。シャルル号は運搬の関係で折り紙のように畳まれている。本来は黒色のゴム生地だが白い塗料で上塗りされていた。むろんスポンサーのロゴが映《は》えるようにだ。

船内の見学は倉庫でガス注入テストをした段階で終えている。選抜された記者とカメラマンが二人組で数度にわたって船内を撮影した。インタビュウも何度も繰り返された。

そのため取材陣は辺りの様子にシャッターを切っている。

「注入開始」

到着したトラックにトマスが叫んだ。作業員がタンク車から太いホースを伸ばすと飛行船の後部に接続した。続く合図に車体で待機していた相棒がタンク車のコックをひねる。気体が流れ込んでいく舌なめずりのような音が続いた。

しぼんでいた飛行船は恐竜がむずがるようにふくらみ始めた。折り畳まれていた紙風船が生命を得たようだ。生物の目覚めを見守るように広場の群衆は静まりだした。

しばらく時間が過ぎた。飛行船は肩こりをほぐしているかのように、うごめいている。その動きが次第に大きく上下しだした。不意に誰かが小さな悲鳴を上げた。ぐらりと揺れると飛行船は宙に浮いた。トマスの声が飛んだ。

「ご心配なく。シャルル号は地上にしっかりつながっています」

とうとう飛行船は広場の灌木《かんぼく》を抜け、森から現れた巨獣のように夜空に浮かんだ。何本ものロープで地上に係留されているが、ときおり風に揺られて地上の錨を抜こうとする。早く出かけようと誘っているかに思えた。

鼓笛隊が待っていたようにマーチを再開すると行進を始める。水着の美女が付き添い、追いかけるものがない取材陣はそのお尻を撮影する。

「それでは我々は試運転に入ります」

トマスの宣言に舞台袖の特別席に待機していた関係者が三人に近づいてきた。体のラインがはっきりする真っ赤なドレス姿の美女はマリアだ。

「ああ、マリア。やっと出発できる様子だよ。といって試運転次第だけど」

「成功するわよ。トマスの運はパリで一番。つまり世界一だもの。月で浮気しちゃ駄目よ。それとこれ」

マリアはハンドバックから小さな薬瓶を取り出すと手渡してきた。うす茶色で中はとろりとした液体が満たされている。

「馴染《なじ》みの町医者に分けてもらったの。疲れすぎたり、興奮していて寝付かれないときに飲み物に垂らすと熟睡できるのよ。試してみて。でも一回に一滴だけよ」

そう告げるとマリアは人目をはばからずトマスに抱きつき、唇に口づけした。二人が離れると一組の夫婦と幼い娘が歩み出た。

「トマスさん、餞別です」

銀龍亭の親父だった。油紙の袋を手渡してくる。

「荷物にならないようにリンゴを少し入れておいたよ。新鮮な果物でリフレッシュしてくれればと思ってね」

横の女将は周りに愛想笑いを浮かべると、うちの店のお馴染みさんなんですよと三人について述べている。横で娘が告げた。

「ねえ、ママ。そろそろ帰らない？　あたし、捜索を続けたいの」

「すぐだから待ってなさい」

店主はトマスと握手すると小声で続けた。

「それと帰ってきたら店の宣伝を頼みますよ。三人組のいつもの店は銀龍亭ってね。代わりにツケはちゃらにするから」

トマスがうなずくのを確かめると銀龍亭の一行は挨拶の場所を譲る。交代で現れたのはドンの両親だった。

「ほら、坊や。みんなの着替えだよ」

母親がドンに小振りな紙包みを差し出した。かたわらには夫であるドンの父親も控えている。だが昨夜の夜更かしのせいだろう、うつらうつらしている様子だ。

「宇宙は暑くなったり、寒くなったりだろうから、薄手と厚手を揃えておいたよ。面倒がらずにちゃんと着替えるんだよ。帰ってきた英雄が垢《あか》まみれじゃ、いただけないからね」

冗談めいた口ぶりだが、湿っぽいニュアンスもうかがえた。やはり心配なのだろう。

「それでは我々は搭乗します。満足いく様子なら、このまま月旅行に出発します」

拡声器を握ったトマスが広場の群衆に告げた。飛行船の船室には広場に設置された物《もの》見櫓《みやぐら》から入る段取りだ。

トマスが先頭になり、梯子《はしご》を伝って踊り場まで上がると船体に板戸を渡す。新聞記者とカメラマンは櫓の下で三人組の搭乗を待ちかまえている。

「バック、見送りはいないのかい」

「いるだろ。あれが全部そうさ」

櫓からバックは眼下を指さした。パリの街並みが一望でき、家々の明かりが燦然《さんぜん》と輝いている。まるでパリ中が即席の遊園地になったようだ。ドンがつぶやいた。

「夜のパリはメリーゴーラウンドなんだね」

トマスは三人の先頭に立って船室の側面にあるハッチを開けた。海軍の潜水艦に使われていたもので二重構造になっている。宇宙に出ても空気が漏れる心配はない。

三人は手を振りながら順番に船内に足を踏み入れた。手荷物はすでに隅に運び込まれ、ロープとベルトで床に固定されている。

船室はいわば船体に設けられたポケットのような構造だ。飛行船の下部に四角く突き出ていて、天井は機体の帆布になっている。軽量化のためのやむをえないアイデアだが、内部は機体同様のゴム引きで籐《とう》編みの素材をはめ込んで補強してある。人間や動力装置などの重量に耐えるようにだ。いわば巨大な風船に籠が貼り付いているわけだ。

密閉されたカンガルーの袋といえる船室の前面には小型船舶に使用されていたフロントガラス。フロント部分は念入りに防水をチェックして空気漏れの恐れはない。ハンモックがある後部左右には開閉式の丸い船窓。こちらも完全防水だ。

船室のど真ん中は操縦台で丸い舵輪《だりん》が突き出てている。前時代的だが性能は近代そのもの。方向の転換だけでなく、プロペラの角度を変えることで浮上と降下を操作できる。

操縦台の計器類を確かめて舵輪を握ったトマスがドンに手を上げた。ドンは船室の丸窓を開くと拡声器で叫んだ。

「ほほい。すべてのロープを解け。やほほ。錨を上げるぞ」

公園に待機していた係員が総出でロープを杭《くい》から抜き、手早くしまいこむ。大人数で錨が土中から引き抜かれた。バックが船室でウィンチを操作すると、がらがらと咳き込むように鎖が巻き上げられていく。最後の縛《いまし》めを解かれたシャルル号は風に揺れてお尻をひとつ振った。

「ほうらスピッツ、少し散歩にいくぞ」

トマスの声にバックが操縦台にあるモーターのスイッチを入れる。機関士役が彼。監視係がドン。操縦士はトマスだ。

「前方確認。異常なし」

ドンが前を眺めながら告げる。トマスが船体を上空へ向けた。バックがスイッチに指を伸ばす。ぱちり。明かりが壁の電球ひとつだけになった。バックがつぶやいた。

「悪いがこれからはバッテリーの節約だ」

船体を斜めに傾《かし》がせてシャルル号はパリの上空へ浮上していく。すぐに公園の群衆が蟻《あり》の群れになった。トマスが告げた。

「全速前進」

シャルル号が不意にスピードを上げると夜空に波打ちながら風でイルカのようにときおりジャンプする。ドンとバックが手近な手すりを摑《つか》んだ。

リュクサンブール公園の夜空に船体がセーヌ川に向けて駆けると川をまたいでルーブルの屋根に達する。そこで左へ船首を向け、凱旋門《がいせんもん》へと直行していく。

「二、三周、デモンストレーションしてやる」

トマスは舵輪をくるくると回した。凱旋門の上空を飛行船が輪を描く。公園で見物していた群衆が怒濤《どとう》のごとく追いかけ、てんでに言葉にならない叫びを上げている。もはやお祭り騒ぎを超えて、ちょっとした暴動にも思えた。

「宙返りを披露してやろうか」

「そろそろ戻らないとまずいよ」

ドンは地上の様子に忠告した。うなずいたトマスが船首を公園へと向けた。やがてシャルル号はリュクサンブール公園の出発位置に舞い戻った。

「じゃあ、このまま月へいく」

トマスの声にドンは後部の窓を開けると拡声器で眼下に語りかけた。

「ほほい。皆さん、そろそろお別れの時間が近づいた模様です。試運転は万全。我々はこのまま月へ向かいます。今後の様子は望遠鏡で見るか、各新聞社、通信社の報道でお楽しみください。なお、このイベントは船体に並んだスポンサーと政府関係の提供でお届けしています」

ドンの声が続く中、トマスは船体を全速浮上させる。別れの情緒にひたる気はないらしい。ただ操縦に夢中だ。公園はみるみる小さくなり、パリが模型に変わり、目を凝らすと遠くにアルプスの山脈がうかがえるようになった。バックが小さく告げた。

「さらば、メリーゴーラウンド」

「ふうん。なにごとも見えすぎると興味を惹《ひ》かなくなるものなんだね」

　ドンがつぶやいた。三人は飛行船で最初の晩を迎えようとしていた。眼下は都市の景観が地図のように変化し、西ヨーロッパの地形が把握できるまでの高度にいる。

「あっちがスペインで、こっちがベルギーね。だからどうしたってえの？　茶色と緑ばかり。せめてたまにはピンクのひらひらを拝みたいよ」

　珍しくドンが色気のあることをいった。三人はとっくの昔に外の眺めに飽き、作業服からバスローブ姿に着替えていた。舵輪は固定状態で航行は動力が担っている。自動運転の状態なので三人は乗っているだけ。これといってやることはない。

　というよりも働くのが大嫌いな三人だ。やりたいことはリラックス。あるいは遊ぶか眠るか。すでにバックは船室の後部に吊《つる》したハンモックに寝そべって、窓の外を見ながらワイングラスを手にしていた。

「トマス、計画によると明後日の晩には月とご対面だな。それまでどうやって過ごす？　絶対正直ゲームでもするか？」

　バックの言葉にトマスが返した。

「なんだ、それは？」

「ああ、ちょっとした遊びなんだよ。でも、そいつはまたにしようね」

ドンが頭を振った。

「そうか。だったらこいつだ」

バックがローブのポケットからトランプを取り出してみせた。ドンが首を振った。

「その手はくわないよ。お前のいかさまはいつものことだからね。今回の儲けを巻き上げる魂胆だな」

「残念ながら無重力状態になりゃ、ババ抜きしててもズルが丸見えだぜ」

バックがトランプを投げ出すと続けた。

「しかし喰って飲んで寝て。起きたらまた繰り返し。帰る頃には誰がドンだか分からなくなるぞ。しかも毎食、冷たいベーコンと豆じゃないか」

「贅沢《ぜいたく》いうなよ。協賛スポンサーが無償で提供してくれたんだから。食事風景を撮影する契約で。それにちゃんとあつあつが食えるさ」

ドンは片隅にあった鍋《なべ》を持ってくると床に置き、中に水を入れた。革袋のカスレを三人分のホーローカップに取り分けて鍋に浮かべる。バックが釘《くぎ》を刺した。

「おいおい船内は火気厳禁だぞ」

「まあ、見てなさいって」

ドンは続いて紙箱を破ると粉末を鍋の水に注ぎ入れた。しばらくすると水がふつふつ沸き立ってきた。

「化学の教科書をひっくり返して調べたんだよ。石灰が水に反応して熱くなる。火は出ない。熱だけだよ」

「ドン、お前は食い物に対してだけは真剣だな。その情熱がもっと別の方向に向けばといつも思うよ」

「おかげホットコーヒーがいただけるだろ」

「ホットワインだ」

飛行船を自動操縦にまかせていた三人は温まったカスレとワインにとりかかった。あっという間にドンが平らげる。

「ちょっと用事にいってくる」

「またトイレか」

立ち上がったドンにバックが付け足した。トイレは船体の最後尾。動力源であるモーター室の横にもうけられていた。洋式便器がひとつあるだけのカーテンで仕切ったスペースで高らかな音が響く。

ドンの排泄物《はいせつぶつ》は船外に出ない。個体はタンクへ。船の機密性上、そうする方が簡単で安価だからだ。ただし同様にガスも船内にとどまり、薄れるのはゆっくりだ。

「この匂いだけは閉口するな。飛行じゃなくて屁《へ》行だぜ」

「文句をいうな。大して臭くない。それに匂ってる内はガス漏れしてない証拠だ」

バックがトマスの顔をうかがい、首を振った。意にも介さず、トマスは立ち上がって操縦台にいくと舵輪を握った。

「そんなことより、そろそろ地球を後にして宇宙へ出るぞ」

「無重力状態になるんだな」

バックも操縦台に寄った。船室の外がどんどん暗くなってきた。トイレから帰ってきたドンが二人のそばにいこうとして、するりと足が浮いて仰向けになる。

「見ろ」

トマスの言葉にドンとバックが後方に顔を向けた。後部の窓に青い地球が浮き上がっている。

「こいつは楽だよ。腰が伸びて筋肉が緩んでいく。無重力ベッドを売り出せば大儲けできるな」

仰向けに浮き上がったドンは腰骨を捻《ひね》ってぼきりと音を立てる。感動よりも安楽がまさるらしい。同様に床から浮かんでみたバックはカメラを構えてシャッターを切った。続いて愚痴をこぼす。

「カラーで撮ればよかったんだがな。地球は青かったって胸を張ってやったのに」

バックがいうように当時、カラー写真はあったもののプリントの工程が複雑で一般的には普及していなかった。壁にとりつけていた鳩時計が思い出したように音を立てた。扉から鳥がでてくるとカッコウと数度、時間を告げた。

「すっかり深夜だ。今から交代で見張り番だ。俺は最初に眠らせてもらう。なんだか興奮して目が冴えてる。こいつをワインにまぜるか」

トマスが茶色の薬瓶の中身を浮いているワイングラスに垂らした。

「なんだ、それは？」

「マリアがくれた睡眠薬だ。興奮した相手を一滴でおとなしくさせてくれる」

「プロ用か。そいつは効果が期待できるな。俺も使わせてもらうぞ」

「それじゃドン、最初の見張りを頼む。月に向けて固定した舵輪はいじるな。俺とバックは夢の国におでかけする」

ぱちんと音がして壁の電気が消えた。窓の向こうは星々のきらめきが銀の粒になっている。ハンモックにいった二人を見てドンは操縦台の椅子に座るとベルトを撫《な》で、ひとつ嘆息した。

世界初の宇宙飛行士だけに宇宙と人間の深淵《しんえん》を考えるべきところだが、ドンは違った。頭の中にあったのは早くうまいものを喰いたいとの思いだけだ。気を紛らわせようと頭を巡らし、思いつかずにポケットからドライフルーツを取り出して口を動かし始めた。

どのくらい過ぎたのか、ハンモックのトマスの耳になにかが聞こえた。電話の音だ。誰からだろう。トマスは思わず手を伸ばした。

フランスでは大戦前に初の電話交換局がパリで開設され、この頃にはダイヤル番号式が市内で普及し、電話は一般的なものになっていた。

『トマス、聞こえてる？　目を覚まして』

耳に届いたのは女性の声だった。トマスはしょぼしょぼする眼を開けて船室の窓を眺めた。真っ白な薄布一枚だけの女性が手招きしている。

『君は、もしかして』

『そうよ。月の女神アルテミス。正真正銘のバージンよ。こっちにきて』

『だけど外には空気がないから』

『平気よ。わたしとキスしてれば』

トマスはふらりと船外に出た。

『さあ、抱きしめてあげる』

船外に出た途端、背後からアルテミスの両腕と両足がトマスの胴に絡まってきた。乳房の柔らかな弾力も押しつけられている。

『ええと、こんなことになるとは思わなかったんで用意がないんだ』

『フレンチ・レター？　大丈夫。今日は安全日』

アルテミスはさらに四肢を絡めてくる。二の腕がトマスの頭に回り、片足が股間に入り、いつの間にか体が奇妙な体勢になった。

『ええと変わった体位だね。月ではこれが流行なのかい？』

『これは最近、わたしが考えた技。後世、東洋のレスラーがコブラツイストって名付けることになるでしょう』

アルテミスはそう説明すると四肢に激しく力を込めた。トマスの体が悲鳴を上げた。ぎゅう、ぎゅう。つつつ。すぽん。

暗闇の中から抜け出た先は巨大なローマ風呂だった。辺り一面に湯気が立ちこめ、奇妙な匂いがする。風呂は赤茶色で丸い粒があちこちに浮かんでいた。

『やあ、トマス。カスレ風呂だよ。いい湯加減だ。というよりいい煮え具合かな？　喰って見て。抜群の味さ』

ローマ風呂にはドンが首まで浸かってスプーンを握っていた。どのくらい入っていたのか真っ赤な顔になっている。風呂に浮かんでいるのはトマトとソーセージらしい。

『へべれけだあ』

バックが叫んだ。確かに顔は真っ赤だ。だから風呂から立ち上がると与太を飛ばした。ワインボトルを握りしめている。肩を組んでいるのはでっぷり肥った毛むくじゃらの男。

『バッカス。唄うぞ』

『あいな。おお、牧場は緑』

二人の銅鑼《どら》声《ごえ》が辺りに響く。バックは混同してるぞ。この風呂はローマ風呂、バッカスはギリシア神だ。ぷうん。カスレが強く匂う。バックが叫ぶ。お前は誰だ？　俺が誰か？　俺はトマス。お前はバックだ。じゃ、あいつは？　あいつもこいつもトマスだぞ。

いつの間にかトマスがいっぱい。虫けらみたいに増殖してる。やめてくれ。どうする？　だったら消滅だ。ぼん。トマスが一人、爆発。ぼんぼん。どんどん爆発。体が締め付けられる。いや、締め付けられているのは頭。電話が鳴る。いや、鳴っているのは鳩時計。ぼんぼんぼん。

「カッコウ、カッコウ」

トマスはしょぼつく目を開いた。ハンモックにぐったりと体が伸びている。鳩時計からカッコウが飛び出ていて、しきりに時間を知らせていた。痺《しび》れる頭を振って船室を確かめた。隣のハンモックから大きないびきが聞こえる。

バックが石のように眠りこけていた。その隣にはドンがカスレのカップを抱えたまま、ハンモックに倒れ込んでいる。トマスはよろよろと四肢を搔《か》いてハンモックから船内を遊泳し、バックとドンを叩き起こした。

「お前たち、どうなってるんだ」

「うっぷ、もう食べられないよ」

「げっぷ、もう飲めねえ」

叩き起こされた二人はぼんやりとした眼でトマスを見つめた。その二人の目が泳ぐとフロントガラスに吸い付いたままになった。トマスが窓を見るといつのまにか目の前に巨大な月面が迫っている。もはや星ではなく天体の表面だ。

「おい、もう月じゃないか。居眠りしてたんじゃないだろうな、ドン」

トマスは眠る前のことを思い出して詰問した。

「ちゃんと起きててバックと交代したよ。後はしらない。俺も睡眠薬を飲んだから」

「俺が二度寝したって疑うのか」

バックが声を荒げた。

「だって月の大きさからして、そうだろ。あのサイズだと二十四時間は経《た》ってる。二度寝じゃきかないよ」

ドンが返した。トマスがため息を吐きながら仲裁に入った。

「俺たちは今までずっと寝てたらしい。とにかく月を通り過ぎなくてよかった」

「となりゃ、まずは撮影しなきゃ」

ドンは荷物まで四肢を掻いて戻ってくると望遠カメラを取り出した。そして操縦台で総員配置の体勢の二人に並び、カメラを構えて立て続けにシャッターを切った。

「蟹はいないな。残念」

「やっぱり喰うつもりだったのか」

バックが揶揄する。ドンはカメラのファインダーを睨《にら》んで聞き流していたが。

「待てよ？　蟹じゃないけど、なにか動いてるよ。もう少し近づけられるかい」

ドンの言葉にトマスが舵輪を握る。バックがモーターを操作した。船体がゆっくりと前進する。ドンの言葉通り、なにかが月面でうごめいていた。船体が近づくにつれ、その正体が把握できた。

「人だよ」

「ああ、人間だ。あるいは人の形をした蟹だな」

バックが漏らした。フロントガラスから月面にいる人々の様子がつぶさにうかがえる。指人形のようなサイズだが真っ白なタープ姿に腰紐を結び、辺りをぶらついている。

「どこのプロモーターだ？　月でギリシア歌劇を企画したのは」

バックが唸《うな》った。

「いや、こいつは現実だ。ギリシア神話は神話じゃなくて、あの時代に人々が月に移住したという史実だったんだ」

トマスが告げた。ドンは立て続けにシャッターを鳴らしている。

「あいつら、なにやってるんだ？」

バックがつぶやいた。月の表面にはカフェがあった。カフェには客がいた。人々がワインを飲み、チーズをつまみ、トランプに興じている。別のテーブルでは女神があくびを漏らしながらエスプレッソを口に運び、クロックド・マダムをかじっている。

給仕が湯気を上げるレアのステーキを奥のテーブルへ運んでいく。見るとでっぷり肥えた中年の男性神と若い妖精のカップル。どうやら曰《いわ》くある関係らしい。

公園のベンチで新聞を読む牧神のかたわらには犬がうずくまっている。散歩の途中らしい。奥のクレーターではネプチューンが立ち小便をしていた。

「どれもオープンテラスだね」

「雨が降らないからだろ」

バックが答え、カメラを下ろしたドンが咳払いした。

「あんまり代わり映えしないね」

「わざわざきたのにな」

「ぐうたらした奴ばかりでパリと同じだよ。どうする？　この写真、発表するかい？」

「発表して信じるか。信じたとして驚くか」

「夢を壊したってブーイングがいいところかな」

「写真は無人の月面だけにしよう。さっさと裏側を見物して退却だ」

トマスが船体を一旦《いったん》、バックさせると月の裏側へ周回する軌道に向けた。黄色く輝いていた月面が切って落とされたように暮れていく。バックがつぶやいた。

「真っ暗だな」

「そうだよ。今、鼻をつまもうとしたけど、どこにあるか分からないよ」

ドンが答えたとき、ぎらりと銀色の閃光《せんこう》が月の裏を走った。まぶしさに面喰らったドンはカメラを抱えたまま、宙返りした。

「なんだろ？　月面で火山爆発かい」

「分からん。とにかくただ暗いだけだし、長居は無用らしい。とっととおさらばする」

トマスが全速前進と叫ぶ。スロットルを全開にしたバックによってシャルル号は尻に帆をかけて月から退散していく。

「とにかく月までは辿《たど》り着いた。イベントは成功だよな。写真がなによりの証拠だし」

「二人とも帰りは絶対に眠るな。地球を通り過ぎちゃ大変だ」

苦言を呈したトマスにバックが提案した。

「だったら残りはほんの三日だよな。到着の晩は大騒ぎの歓迎で寝てなんていられないだろう。となりゃ、二晩寝なければいい話さ。ワインもカスレも残ってる。酒盛りしてりゃ、あっという間だぜ」

「そりゃ、いいや。こんなことになるかと思って一人前ずつ小分けにしたカスレがあるんだ。これなら食べやすいよ。味は絶品だし。よし、喰い続けてやる」

バックとドンの話にトマスはうなずくと舵輪を地球に向けて固定した。

「全速前進。地球へ」

「ラジャア」

答えたバックとドンは操作を終えると三人分のワインとカスレの革袋を操縦席に運んでくる。さっそくドンが鍋に水を張り、石灰で沸かせた。三人は自身の腰を椅子に緩めにベルトで固定した。

「それじゃ、月旅行の成功を祝って乾杯だ」

バックが革袋のワインを示すと中身をすすり上げた。

「ああ、乾杯。ほら、カスレとドライフルーツを配るから。そういえばなにも喰ってないから腹ぺこだよ」

ドンの手から温まった革袋とドライフルーツが手渡され、横並びで椅子に座る三人はごくごく、もぐもぐ、ひとしきり口を動かした。窓の外では月がかなり船体の後方へと退いていった。夜空には星が相変わらず銀色に散っている。

三人はしばらく今回の旅の感想を述べ、その話題が尽きると、窓の外を眺めて、どの輝きがなんという星か、当てずっぽうを述べた。だが数時間が過ぎると、さすがに会話も途切れがちになり、とうとう三人はただ黙って口を動かすだけになった。ぼんぼん、カッコウ、カッコウ。

「おおい。駄目じゃないか。これじゃ、酒盛りしてる意味がない」

トマスがはっとしたように告げた。気が付くと鳩時計が半日経過したことを告げている。三人はいつの間にか、うとうとしていたらしい。

「このままじゃ、また眠っちまうぞ」

バックが真っ赤な顔で告げ、ワインをすするとドンを見つめた。

「ええと、そうかな。そうだな」

ドンはあくびを噛《か》み殺し、小さな革袋のカスレをしゃぶりながら曖昧《あいまい》に答えた。

「ようし。おまちかねの絶対正直ゲームだ」

「そうか。そうだな。そろそろかな」

ドンがバックの言葉に意味ありげにうなずいた。二人にトマスが怪訝《けげん》な声で尋ねた。

「前にもいったが、それはなんなんだ」

「簡単さ。ゲームに勝った奴の質問に負けた奴が正直に答える」

バックの説明にドンが付け足した。

「ただし絶対に本当だって参加者が納得できるように嘘じゃない証拠を示すんだよ」

「たとえばだ。あなたは女性ですねって聞かれたとするな?」

「そしたらノン。男性です。証拠にズボンを脱いでみせるとかね」

「それがおもしろいか?」

トマスが首を傾《かし》げる。

「いいんだ。ほんの座興さ。それに他になにかおもしろい遊びを思いついたら、そっちをやればいい」

バックの言葉にトマスは不承不承うなずいた。

「よし、それじゃ。ここに三枚のカードを用意した。ほら」

バックが手にしたのはキング、クイーン、ジョーカーだった。

「ジョーカーを引いた奴が負け。キングが勝ち。キングの質問にジョーカーの奴は絶対正直に答える。いいな? それじゃ、順番に引けよ」

最初にキングを引いたのはトマスだった。一方、ジョーカーはドン。

「俺が質問者だ。じゃ、尋ねるぞ。ドンはいつも食い物の話ばかりで女っ気がまるでないだ。彼女はいないのか」

「いるよ。年上の女性」

「証拠は?」

トマスの確認にドンはウィンクすると胸元からネックレスを取り出した。

「愛の証《あかし》さ。彼女がくれた」

「ちょっと待て。それは星のデザインのペンダントか」

バックも自身の胸元のペンダントを出しながら尋ねた。確かにどちらも同じ星形をしている。トマスはその様子に肩をすくめるとつぶやいた。

「ドン、バック。星の尖《とが》りはいくつある？」

「俺は十」

「こっちは十一」

「そのプレゼントは俺の真ん中の姉からだな。お前らだけじゃない。確かこないだは十五になったって自慢してた」

「なんてこった」

ドンとバックがうめいた。頭を掻きむしる二人にトマスは続けた。

「二人が適《かな》う相手じゃない。勝とうと思っても無理さ。なにか考えがあってのことじゃないんだ」

続くゲームも勝者はトマスだった。さらに次も。トマスばかりが勝ち続けている。分かったことはドンの正確な体重が百二十キロ。バックの唯一好きな甘い物はアップルパイ。あとは二人ともトマスの姉にメロメロだということ。

「ううん」

勝ち続けるトマスを見やってバックが生あくびをひとつした。かすかにドンを見やり、そっと目配せした。そして手にしている三枚のカードを二人に示す。

「さあ、引けよ」

ドンとトマスがカードをつまんだ。手にした絵柄を確かめたドンが告げた。

「俺がキングだよ。やっと質問する方になったな。ジョーカーは？」

「おっと俺だぜ」

バックがジョーカーを示して答えた。そしてゆっくりと先をうながした。

「ええと。じゃ、質問するよ。バック、どうしてお前の足はそんなに臭いんだい？」

「ここだけの話だがな。俺の足は臭くない。ほら、その証拠に俺の靴下を嗅いでみろ」

バックはそう告げると自身の靴下の片方を脱いで二人に回した。ドンとトマスが受け取るとそれぞれ嗅ぎ、うなずいた。

「確かに匂わない。お前たちはどうしてバックの足が臭いなんて騒いでたんだ？」

トマスは靴下をバックに戻しながら首を傾げた。バックとドンが顔を見合わせた。おずおずとドンが口を開いた。

「あのさ、トマス。臭いのはトマスの足なんだよ」

「俺の足？」

「ああトマス、お前の足は相当だ。俺たちはかなり困ってる。間近で話さなきゃなんないときとか、鼻がもげそうになる」

「そうだよ。今までバックの足ってことにしてたんだけどね。本当はトマスさ。騒いでりゃ、その内、気付くと思って」

「俺たちだけじゃない。街を歩いていても、すれ違う相手が不意によけたり、ひどいときはよろけたりするだろ」

「そうなのか？」

「いつだったか、三人で映画を観たときは大変だったんだよ。満員の座席が映画が終わる頃には俺たち以外いなくなって」

「あのときか。つまらないから出ていったと思ってた。俺はけっこうおもしろかったが」

「あとで支配人に弁償金を請求された。中座した客から返金の要求があいついだんだ」

二人の言葉を聞き終わったトマスは自身の靴下を片方、脱いだ。そしてそれを鼻先に持っていって嗅いだ。

「臭いかな」

首を傾げながら手にしていた靴下をドンとバックに渡す。二人は互いにそれを嗅いで投げ出した。中空にトマスの靴下が浮くと逃げ出すようにひらひらと漂っていく。

「お前、分からないのか？」

トマスはバックの言葉にうなずいた。ドンが納得した。

「そうか、トマスの鼻は音痴なんだ」

「とにかくこれは絶対正直だ。これからは今のことを肝に銘じておいてくれ」

バックは話を締めくくるように告げた。長年のつかえが取れたのか、ワインを立て続けにしゃぶり上げる。ドンもカスレの革袋をしがんでいる。

三人に沈黙が訪れた。しばらくワインとカスレとドライフルーツを口にする音だけが船室に響いた。

「そうだ。ちょうどいいタイミングだな」

ドンは気まずさを打ち消すようにつぶやくと椅子のベルトを外した。遊泳して部屋の隅にあった荷物から紙包みを持ってくる。

「ほら、これ。お袋からのプレゼントだよ」

ドンが紙包みから下着を取り出した。

「へへへ、トマスには内緒だったが、お袋は三人分のお揃いの靴下も用意してくれたみたいなんだ」

「なんだ、この柄。見ろよ。縁起が悪い鳥がいっぱいだぜ。同じ真っ黒な動物でも猫とか犬とかあるだろう？」

「こんな模様だから余り物としてバーゲンに出てたんだよ。だけど品質は劣らないさ。地球に着く前に着替えておこうよ」

ドンの言葉に二人は椅子のベルトを外すと無重力の中、揃って下着と格闘するように着替え終えた。

「きれいさっぱり、足の匂わないびっくり三人組だぜ。さあ、酒盛りの再開だ」

バックが告げたとき、ぼんぼん、カッコウ。再び鳩時計が鳴った。

「おっと、なんだかんだで一日過ぎたな。あと一日で地球とご対面てわけか」

バックが満足げにつぶやくとワインをすする。そして足下にある革袋を見つめた。

「しかし食い物はカスレとドライフルーツばかりか。さすがに飽きたな。なにか他にないのかよ」

不平を述べるバックにトマスが答えた。

「そういえば銀龍亭がリンゴをくれたな。あの油紙の袋だ」

トマスが船室の隅を指さす。ドンが再びベルトを外すと遊泳しながら手を伸ばして壁際の袋を取ってきた。

「バック。ほらリンゴ。トマスも」

ドンは袋から自身の分も含めて取り出すと二人にも手渡した。

「うん？　なんだ？　まだなにか入ってるぞ」

ドンは首を傾げながら油紙の袋を宙にばたばたと振った。するとドンの足下へふわりとなにかが流れた。それは小さく灰色で丸い。

今、彼は突然の地震に見舞われ、目が覚めた。すっかり眠っていたようだ。満腹していたこともあったが、いつの間にか寒さを感じ、冬眠態勢に入ったのかもしれない。

彼はぶるりと身をひとつ震わせる。辺りを見ると眠る前に逃げ込んだ暗がりとは、うって変わって明かりが灯《とも》る空間に身を置いている。

変だと理解できた。耳を澄ます。スカンクちゃんと呼ぶ声はない。一方で驚きに満ちた声と気配が感じられた。彼の意識が瞬時に警戒モードに入った。

なにが起こったのか。それに見慣れない場所だ。ここはどこか。なによりこのままで安全なのか。それに体がふわふわする。

全身が安定せず、四肢が空を切るようで、もどかしく余計に焦りを感じた。彼は理解を深めようと辺りに目を凝らした。

驚くべき光景が目の前にあった。天敵ばかりだ。カラスの大軍が彼の目の前にひしめいている。おかしなことに射すような視線は注いでこない。だが数の上では銀龍亭のキッチンのときとは比べ物にならない。逃げろ。彼の警戒モードが赤く灯った。

彼は逃げ場を確かめるために背後を見た。するとそこにもカラスの大群が控えている。まずい。前後を囲まれている。彼は横を確かめた。そこもカラスの大群がひしめいていた。彼は自身が敵に囲まれていると悟った。下だ。土の中だ。潜り込め。

彼は得意とする土遁《どとん》の術に打って出ることにした。ふわふわする四肢を下へ向けて掻くと体を丸めた。すると彼の体が硬い床らしきなにかに弾《はじ》かれて計算外の反動があった。

ぴゅううう。音にすればそんなスピードを感じながら彼は上へ（おそらく今までの感覚にすると）飛んでいった。

突然の出来事だった。土に潜り込むつもりが跳ね返されて飛んでいるのだ。彼は体をさらに丸くしながら本能からくる行動に移った。

全身の皮膚に神経を集中し、力を込める。すると彼の皮膚は彼の体毛を立たせた。固く尖った彼の体毛が丸く彼を保護した。彼は少し安心し、そのまま止まるまで待った。

ぴゅううう。ぷつり。すぐに停止状態になった。彼は四肢を動かそうとした。動かなかった。体が固定されている。なにかに突き刺さったのだと彼は理解した。

「おい、今のはなんだ？　なにか動物みたいだったぞ」

「本当だ。ハリネズミだよ。上」

ドンの叫びと同時にバックとトマスが天井を見上げた。ハリネズミは天井のゴム引き帆布に突き刺さったままだ。背中をくっつけたまま、なんとかしようと手足をもがかせている。

「なんだ？　どうしてこんなのが、ここにいるんだ？」

バックがハリネズミを見つめ、トマスに尋ねながら椅子のベルトを外し始めた。

「穴が開いてないか調べるか」

「待て。抜くな。大丈夫みたいだ。むしろ抜くとそこからガス漏れする」

「するとこのままにしておくんだな」

バックがトマスに確認した。そこへ中空に浮いていたトマスの靴下がハリネズミの鼻先へひらひらと漂っていく。きゅううう。音にすればそんな感じでハリネズミは四肢を伸ばすと失神した。

「はらな。どれだけの匂いか分かっただろ」

ぼんぼん、カッコウ、カッコウ。再び鳩時計が半日経過したことを壁で告げた。

「見ろよ。地球があんなに大きく見えてるぜ。俺たち、帰ってきたんだ」

鳩時計の音で窓の外を見たバックが告げた。確かに青く大きな地球が飛行船のフロントガラスに迫っていた。それを確認するようにシャルル号の速度がゆっくりと落ちた。

「バック、モーターを操作したのか。このまま全速前進だぞ」

トマスが確かめた。バックが首を振っている。確かにバックはなんの手も加えていない。というのも椅子にベルトで固定されたままだったからだ。

「どういうことなんだい？　なんとか帰ってきたんじゃないの？　うん？　また速度が落ちてきたみたいだよ？」

ドンの言葉にトマスが弾かれたように舵輪の横にある計器に視線を走らせた。

「いかん。このままじゃ、飛行船が停止する」

「止まる？　どうして止まるんだ」

「どこかからヘリウムが漏れてるみたいだ」

「クエエク」

「ナンラ？　アヒルがいるのか？　さっきのハリネズミ以外にも」

クエク、クエク。くわわ、ぺっ。ドンとバックが咳払いし、まずドンが答えた。

「今のは俺の声なんだよ。どうもここにヘリウムが混じってるみたいだよ。ヘリウムを吸うと変な声になるんだ」

自身の声の変化を説明しながらドンが続けた。

「そうか。毛細管現象だよ。ファラデーの『ロウソクの科学』に書いてあった。風呂桶《ふろおけ》にかけたタオルから風呂場の床にぽたぽたと水がしたたることがあるよな、トマス」

「俺はあんまり風呂に入らない」

「するといいたいことは、このハリネズミがタオルなのか。この船室にヘリウムを漏らしているのか」

「ここだけじゃないみたい。この船室は完全密閉のはずだろ？　なのに船が止まるんだ。となると他にも漏れがあることになるよ。考えられるのは織り目。帆布には織り目があるだろ。このハリネズミの穴がきっかけになって糸と糸の隙間を伝ってヘリウムが少しずつ宇宙へ漏れだしているのかもしれないよ」

「トマス、どうするんだ？　このままだと地球の手前で立ち往生するぜ。向こうじゃ、大宴会の酒盛りが待っているってのに」

バックが叫んだ。そしてトマスを見つめた。

「おい、我らがトマス。なにか名案はないのか？」

いわれてトマスはじっと目を閉じた。バックとドンは答を待っている。やがてトマスは目を開けた。

「ドン。目が覚めてから、まだトイレにいってないな？　ガスは溜まったままだな」

「ああ、いろいろあって意識が働かなかったよ」

「今、お呼びがかかってるか」

トマスの確認にドンは自身の腹部へ意識をやったらしくうなずいた。

「バック、お前は？」

「俺か？　俺はほとんどワインばかりだからガスはそれほどじゃないが」

「だったらもっとカスレを食え。意味は分かるな」

二人はトマスの意図を察して革袋のカスレを必死ですすり上げた。やがてドンが苦しそうな声を発した。

「トマス、もういいかな？　そろそろ限界なんだよ」

「がまんするんだ。後部の左の窓に寄れ」

ドンが椅子から遊泳して左側の窓にいった。

「俺も準備態勢ができたぜ」

「お前は右だ」

バックも右の窓に向かう。

「俺はできるだけ地球へ一直線になるように軌道を修正する。二人とも窓を開けて尻をぴったり密着させるんだ」

トマスの指示に二人は左右の船窓を開けると空気が漏れないように急いで臀部をくっ

つけた。ドンが泣き声をあげる。

「くっつけたよ。というか凄《すご》い吸引力だ」

「心配するな。大気圏に戻ったら尻はまたお前のものになる。用意はいいな？　俺が声をかけたら同時に後方へ向けて発射しろ」

三人が叫び合っている間もシャルル号はどんどんスピードを落としている。トマスは両手でしっかりと舵輪を握ると叫んだ。

「ファイヤ！」

合図とともにトマスとドンのいきむ声が漏れた。同時にぶるんと船体に揺れが伝わり、するりとシャルル号が滑り出した。

「もっとだ！　続けろ！　アン・ドュ・トロア、アン・ドュ・トロア」

ワルツのリズムでシャルル号が滑り出す。今でいうツインターボである。宇宙空間での二人分のガスは効果覿面《てきめん》だった。加速を受けた船体が速度をどんどんと速めだした。

「よし、地球だ。大気圏に入る！」

「いいのか、このスピードで？　燃え出したりはしないのか？」

「臀部は外れるか？　よし。だったら次は手当たり次第に荷物を窓から捨てろ」

トマスの指示に二人は船室にあった目に付くものを投げ出し始めた。

「いいぞ。速度が落ち着いてきた」

トマスは舵輪を握りながら計器を確かめて叫んだ。

「ちょうどフランス上空だ。時刻は昼。このままパリに向かう」

トマスの言葉通り、シャルル号はフランス上空から降下を続け、肉眼で晴れ上がったパリが確認できるまでになってきた。

「トマス、まだ速度があるぞ！　このままだと地上に激突してぺちゃんこだ」

「ドン、バック。窓にパラシュートをくりつけろ。それから紐を引くんだ」

トマスの指示で二人は三人分のパラシュートを片側の窓にくくりつけた。そして紐を引いた。首を掴まれたように飛行船がぐぐんとたたらを踏む。

地上の歓声が窓から聞こえた。鼓笛隊の演奏。ぽんぽん鳴るクラッカーや花火。喧噪の中、ふわふわとシャルル号はリュクサンブール公園へ胴体着陸した。

船体のドアをくぐりぬけてトマスら三人は芝生へ這《は》い出していった。立て続けにシャッター音が響き、ぼんぼんとフラッシュが焚《た》かれる。トマスのそばに係員が拡声器を持って走り寄った。受け取ったトマスが群衆に向けて告げた。

「帰ってきました。われわれは人類初の月世界旅行者です。そしてこれが」

トマスはそこでもう片方の手の平を開いた。そこには丸く小さい灰色の生物。

「これが世界初の月までの密航者です」

あっという間に二週間が過ぎていた。銀龍亭で三人組がテーブルを囲んでいる。相も変わらず店内には客がいない。奥のテーブルに中年のカップルが遅い昼食を取っているだけだ。三人の卓上には赤ワインのボトルとカスレの椀《わん》。どれも中身がほとんど残っていなかった。店内の壁にはいくつかの額縁が飾られている。

地球をアップにした写真。三人が並んで帰還しているところを写した新聞記事。一番大きな物はハリネズミのアップだった。しかし銀龍亭は閑散としていて、まるで月旅行に関して「そんなこともあったわね」といわんばかりの客の入りだった。

「時は無慈悲だな。あっという間に過ぎていくと元通りじゃないか」

バックが愚痴った。ドンが付け足した。

「しかしマリアの睡眠薬が阿片《あへん》を溶かした水だったとはね。多めに垂らしたんで、ぐっすり眠ったはずだよ。思い出してみると月面にいた人たちを発見したときも、まだ夢うつつだったんだろうな。写真が全部ピンぼけだもん。本当に夢だったりしてさ」

「確かに俺もぼんやりしてたぜ。だが三人同じ月世界の夢だと？　ドン、最初に俺が撮った地球は店の壁にあるようにうまくいってるぞ。本番の撮影はまかせろって胸を張ってたのは誰だ？　どうせ使わないからいいけどよ」

バックはドンをなじりながらカウンターを振り返ると片手を上げた。銀龍亭の店主が首をすくめる。女将がそっぽを向いた。ワインもカスレもお代わりは難しいようだった。

「とにかく、どうする？」

バックがつぶやいた。トマスは新聞を読んだまま、耳を貸さない。

「今回は話がでかかった分、実入りも大きかった。だが出る方がべらぼうだったじゃないか。おまけにぱっと散財したから結局、あと一年ほど暮らせるかどうかだぞ。ドン、ちゃんと算盤をはじいたのかよ？」

バックの悪態を無視してドンが首を傾げている。

「あのさ。この写真なんだよ。月の裏側のときにシャッターを押してたみたいなんだ」

ドンが一枚の紙焼きをテーブルに置いた。

「真っ暗だけど、なにかがかすかに光ってる。どうもシルエットからするとドラゴンに見えないかい」

「なにいってやがる。気のせいさ。蟹ならまだしも。第一、月にいたのはぼんくらばかりだったじゃないか」

バックがつぶやいた。ゆっくりとトマスが立ち上がった。

「どうした？」

ドンとバックが尋ねた。なにも答えずにトマスは店を出ていく。その足どりはバスチーユへ向かっていた。とにかく帰還した。だから今夜も熟睡できる。トマスの頭の中はそれだけ。いやもうひとつ。眠る前に。食事よりも、月よりも、金よりも、愛。

第四章　島の事件

その島の名前はサモア語でオバといった。サモア語とはポリネシア圏で使われる言語のひとつである。今は消えたそのオバ島で、前代未聞の事件があったのは元島民らの口承によると一八〇〇年代半ばのことだった。

アメリカではメキシコとの戦争があり、日本はまだ幕末。人々の暮らしはもっぱら人力によるもので飛行機や車どころか、船にエンジンがないのが当たり前の時代である。

ここでさっそく島での事件について語り始めたいのだが、その前にオバ島と住民について説明せねばならない。事件は島近辺の地勢が特別であるために起こったからだ。

サモア語がポリネシアの言語である通り、オバは南海の島嶼《とうしょ》地帯、大小いくつもの諸島で構成されるポリネシアの海域でも、諸方とはかなりの距離があった。

大きさは豆粒ほどで住民は六十人程度。遠い昔に辺りと孤絶したらしく、周囲がぐるりと岩礁地帯で、住民がフルフルと呼ぶ目前の本島までは激しい海流に阻まれている。海域のどこかで海底から湯が湧き、寒流とぶつかるためらしい。まさに絶海の孤島といえる環境だった。

だがその分、人の往来や文明の干渉が少なく、自然が独自のままで保たれていた。植生は木々や草花が豊かだが、孤立した環境に見られるように生態系は特殊。生物は鳥が主で残りはその餌《えさ》となる昆虫と爬虫類《はちゆうるい》で構成されている。肉食獣は皆無だった。その環境は本島フルフルも同様で、二島は近辺でも特殊であった。

ただオバ島は激流が島の岸辺で巻き返すために魚介類に恵まれていた。そのせいもあって島の住民は昔から皆、この海の恵みを生活の糧《かて》として糊口《ここう》をしのぎ、生計を立ててきた。魚や貝を干物や漬け物、発酵食として加工し、本島へ船で行商していたのである。

さて魚の漁は古今東西、竿《さお》や網に始まり、数限りない知恵が絞られてきた。我が国のように鵜《う》のような鳥を使ったり、疑似餌《ぎじえ》や蛸壺《たこつぼ》を使ったり、昨今ではダイナマイトでどかんとやっつける物騒な手もある。

だがオバの漁は大変に奇妙で、それこそが島をオバと呼びならわした理由でもあった。住民は漁に入る未明、伝統食による朝餉《あさげ》を取るのである。そして漁が終わるまでは厠《かわや》にはいかない。

住民の食物は魚を別としてバナナ、椰子《やし》など森の産物、家畜である鶏や豚などの肉だが、いずれもわずかだ。代わりに彼らはイモを主食とした。タロイモ、ヤムイモなどの亜種のひとつ、特にオバ島だけに自生する「オバイモ」だった。

漁の前の食事もこれだ。各住民は畑でイモを育て、漁師は乾燥させたそれを煮戻して食する。すると不思議なことが起こるのだ。

どういった化学反応なのか、あるいはイモの成分によるのか、消化する段階で若干の痺《しび》れを有するガスが体内に発生するのである。

人体には影響のない程度の毒性だが、魚ほどの生物には効果を発する。といってもガスによって麻痺《まひ》して気絶するだけなのだが。

これがオバで昔からおこなわれてきた漁法で、住民たちは島で作った丸木船をえっちらおっちらと数人で漕《こ》ぎだし、一番手がどぶんと海に潜る。そこで群れとなっている魚の下に入り込むと海中で一発、お見舞いするのである。

ガスはきらめく粒となって海中で魚を包み込み、小魚もろとも気絶してぽかりぷかりと浮かんできたところを網ですくうわけだ。すでにお分かりだろうがオバとは彼ら（むろん我々も）が体内から発するガスのことである。

このオバ島で住民たちは原始共同体と呼べるほどのつましい暮らしを続けていた。海岸に近い辺りで棕櫚《しゅろ》の家を建て、肩を寄せ合うように生きてきた。事件が起こるまで。


「ポポよ、この荷で最後か」

市場にある海産物店の親方から声がかかった。ポポは借りている店の荷車を停めるとうなずいた。春、三月の昼。ポリネシアの陽射しは激しい。本島の店の前でポポは汗まみれになっていた。それでも停めた荷車から山と積まれた干物の束を下ろしていく。

ポポとは現地の古い言葉で「力」を意味した。彼はまだ十五歳だが剝《む》き出しにした上

っていい。すでに偉丈夫の青年とい

半身は赤銅色で、背丈も肉の張った肩も大人の男に負けない。すでに偉丈夫の青年といってもよかった。

「銭にするか、物にするか」

親方はポポが荷下ろしを終えた干物を数えながら尋ねる。この辺りの商習慣は離島間ということもあって市場内は物々交換がいまだに根付いている。金銭を得ても、おいそれと島外に買い出しに出かけられないからだ。

「銭」

ポポは珍しく銭での支払いを口にした。少し心づもりがあったのだ。ポポは週に一度、こうやって海産物を本島の市場に納めて生計を立てていたが今日、行商に回る店はこれで最後だった。ポポの答に親方は頬を緩めた。

「ははあ。そういや、今日は島の祭りって聞いたな。すると誰かへの土産《みやげ》か」

親方の言葉は半ば当たっていた。だが祭りと関係はするが色気のある話ではない。島の店で祝いの品を買う予定だったのだ。

「祭りときたなら、祝儀をはずんどくよ」

親方は事の次第を自分なりに察したように懐《ふところ》からいつもより多めの銭を手渡してきた。

「おや、珍しいな」

親方が手を戻そうとしてつぶやいた。言葉があったとき、ポポにも眼前になにか小さな影がひらついたのが分かった。

「黄色の渡り蝶《ちょう》だ」

親方の指先をポポが見やると確かに北へ集団で渡りをする黄色い蝶が一匹、二人の前で舞い、市場から外へ消えた。渡りは夏が季節だ。随分と早い。迷いの一匹らしい。

「こんなところに不思議な奴だ。なにかの知らせかな」

親方は笑うとポポが使っていた手押し車を奥へ片づけにいった。その言葉を尻にポポは外へ出る。市場の先へ視線をやった。

船着き場となる港の突堤があり、はしけが丸太を組んで浮かばせてある。そこに島からきた仲間の船がいくつかゆわえられていたが、一艘《そう》が不思議な光景を呈していた。浮かんでいる丸木船の上にウミネコが群れ飛び、チドリやウミツバメが船縁《ふなべり》に止まっている。手前には野良犬《のらいぬ》が幾匹も腹を出して悠然と寝ころんでいた。どの動物も気を許しきっているようだ。

「キキのやつ」

ポポは思わずつぶやいた。キキはポポの妹だ。どういう具合なのか、いろいろな生き物が恐れることなく近づいてくる。だから目を離すと今のような珍事に至るのだ。

といって叱る気にはならない。この辺りの古い言葉で「命」を意味するキキの名前。ポポにはその意味が重い。三年前に両親を亡くしてからはポポにとってのただ一人の家族なのだ。そのキキはちょうど今日のお祭りで十歳を迎える。

ポポは突堤に向けて指笛を吹いた。風を切るように鳥の群れが割れると小柄な少女が船からはしけに下りた。兄に手を振ると向かう方角が分かっているのか先回りするように市場の左手へと歩んでいく。

潮水と泥と魚の粘りで濡《ぬ》れた市場の端に、唯一乾いた一画がある。小麦、米、茶を売る米穀店、農作物の苗や種を扱う種苗店。そこに混じって鍋釜《なべかま》や食器類、草鞋《わらじ》を吊《つる》す雑貨店がある。その中に二人は入った。

土を固めただけの店の床には量り売りの酒の瓶《かめ》。棚にはガラス壺に詰まった菓子。子供のための玩具《おもちゃ》もある。だがキキは他の物には目もくれずに店の奥までいった。壁に色とりどりの布切れが針留めされている。眼がくっつくほど寄せてキキは品定めを始めた。

飾られていたのは近隣の女たちが裁縫に使う端布《はぎれ》や手芸品の類《たぐい》だ。キキは真剣な眼でひとつひとつ吟味すると最後に指さした。髪を留める真っ赤な飾り紐《ひも》だった。この辺りの伝統的な意匠で色糸を幾重にも編み込んである。

「これにする」

十歳の誕生日のお祝い、せめてもの祭りの日の装身具だった。ポポは妹に今日、欲しい物を買ってやると約束していたのだ。

店の奥に声をかけ、ポポは出てきた女に代金を払う。先に外へ出ていたキキの髪に細紐を回して留め結んでやった。キキの頬が陽気に輝いた。

黒い髪に真っ赤な柄が映えて不意に女っぽさがキキに漂っている。もうキキも十歳なのだ。これからどんどん大人になっていくのだろう。そしていずれは島の誰かと所帯を持ち、家族を築くのだ。

早くそんな日がくればとポポは思う。その日のために、そしてそれまでの間、キキに少しでも幸福でいてもらうために、もっと魚を捕り、売らねばとポポは思っていた。

兄一人妹一人の生活になってみるとポポが働いている間は妹を一人にするばかりだ。まだ幼いだけにあれこれ世話を焼いたり、遊び相手をしてやりたい。だがキキをかまってやれる時間がない。朝夕の会話がせいぜいだ。

元来、無口なキキはいつも淋《さび》しそうだ。友だちがいないわけでもないが、ポポが海から帰ると家の前で鳥と遊んでいる。そこが不憫《ふびん》でもあり、余計にいじらしくもあった。

皆と同じだ。ポポは自分にそう言い聞かせる。島の子供らは学校に通わない。そのような環境にないし、余裕もない。代わりに食べていくための術《すべ》を子供の頃から身につける。ポポもそうするしかなかった。それだけに今のキキの微笑《ほほえ》みがポポには心に沁《し》みた。

「あ、もういないわ」

はしけに戻るとキキが辺りを見てつぶやいた。はしけには仲間の船が二隻しか残っていなかった。残りは島に戻ったらしい。

「他の船のことか?」

「ううん。見たことがない新しい友だちだよ。お兄ちゃんが呼ぶまで船で待ってたら、やってきたの」

「友だち?　鳥のことか?」

「違う。四つ足だもの、飛ばない。はしけの向こうにどこからか届いたような大きな荷物がいくつもあったんだけど、そこから走り出してきて。それで船からこぼれたオバイモを美味《おい》しそうに食べてた。白くて小さくて可愛い。全部で五、六匹かな。どれもわたしの手ぐらい。みんな細長い尻尾《しっぽ》をくねらせて、わたしにじゃれついてきたんだ」

キキは大きさを示すように自身の拳《こぶし》を握って見せた。突堤に見慣れぬ大型船が碇泊《ていはく》していた。荷下ろしがあったらしい。

「きっとお家《うち》を見つけたんだね」

キキはどうやら新しい動物と出会ったらしい。ポポにはキキの説明では、それがなにか分からなかった。そもそも島には動物が少ない。理解できる種類は限られていた。

「また本島にきたら会えるかな」

キキは言葉の裏で島へ再び連れてきて欲しいとの意味を込めた。妹にとって新しい世界は本島を意味しているのだ。

どこか寂しさを覚えて、ポポは曖昧《あいまい》にうなずきながら自分たちの船をはしけから海へ出した。よく晴れて穏やかな波間だ。長い一本の櫂《かい》を漕いで外海へ向かう。

オバ島と本島のフルフルは距離にするとそれほどではない。互いの島の高台に立てば相手がうかがえるほどだ。だが二つの島を阻むように強い海流が流れているため、一般的な海域の航海なら小一時間で済むところが、季節によっては半日かかる場合もある。

凪《な》いでいた波間で、ほどなくポポの漕ぐ櫂が重い音を立て始めた。波しぶきが高くなる。島と島をさえぎる強い海流域にさしかかったのだ。

「荒瀬にきた。しっかり船縁を摑《つか》んでろ」

一声かけると櫂をぐっと握り、深く波間に沈める。渾身《こんしん》の力を込めてそれを漕ぎ上げる。足を踏ん張り、腰で波を抜けていく。

「お兄ちゃん、わたし昨晩、夢を見た」

キキがつぶやいた。

「夜なのに、たくさんの船が海へ漕ぎ出してたの。それで波の向こうにいなくなった」

ポポの脳裏に先ほど市場で親方が口にした「不思議な奴」という言葉がよぎった。蝶のことではない。キキに関してだ。キキは幼い頃からそうだった。ここがと指摘できないが、どこかが周りの人間とは違う。

「船は月を目指してたわ」

ポポは妹が少し恐い。キキがなにかを告げたとき、これからの出来事を言い当てることがあるのだ。三年前に両親が死んだときもそうだった。二人は船で海に出て突然のシケに遭い、帰らなかった。そのときも、二人が出る朝、キキはいくなと泣き続けていた。あんなに晴れていたのにとポポは思う。シケが来る季節ではないのにとも思う。だが海は魔物なのだ。自然の前では人間など鳥に喰《く》われている虫と変わらないのだ。戦おうとするな。逃げるのだ。いつも父親が口にしていた教えが思い出された。だが二人は帰ってこなかった。間に合わなかったのだろうか。漁師の父親ならば分かっていたはずなのに。

櫂の抵抗が弱まった。潮流を越えたらしく、波間を見続けていたポポが顔を上げると島が見えた。もう一頑張りで家だ。

晴れ上がった岩場に何人もの人間が見え隠れする。長老の姿もある。オバ漁の三名人も。皆、漁に励んでいるのだ。といっても普段の仕事ではない。今晩は年に一度の島の祭りだ。そのための魚なのだ。

貝もエビも出る。肉も甘い菓子も。ご馳走《ちそう》が並ぶ。誰もが笑う。今夜だけは心配事をすっかり忘れられる、一年で一番、愉快でほっとする夜なのだ。

目を凝らすと岩場の波間にぷくぷくと泡が浮かんでいる。あちらこちらで銀色のきらめきがある。きっと三名人が先頭を切って魚を捕っているのだ。大漁は間違いないだろう。ポポは心が軽くなるのが分かった。


島の高台を横笛の音が一閃《いっせん》した。追いかけるように革や木作りの太鼓《たいこ》が鈍い拍子を取る。少し風が出ていた。

まだ陽が落ちたばかりだが高台には夜を払うように篝火《かがりび》がいくつか燃えている。ポポは棕櫚で編んだ茣蓙《ござ》にキキと腰を下ろし、祭りを告げる音色に手拍子を取った。

祭りは島の岩礁地帯から森や藪《やぶ》となった斜面を抜けた高台で催される。ここは島民にとって集会所であり、神事にまつわる神聖な場所でもあった。島の中央部に当たり、数百メートル四方が平地となり、周りを雑木林が囲んでいる。

　この唯一の開けた場所に今はほとんどの家々から人間が繰り出してきている。子供たちに年長者。乳飲み子を抱えた母親と主人。上半身が赤黒く焼けた男衆。皺《しわ》の塊が歩いているような年寄りもいる。

　どれも顔見知りだ。見受けられない者は火事番とその面倒を見るお内儀《かみ》さんたちだが、そちらでも酒と肴《さかな》は振る舞われることになる。

　篝火の奥、闇に溶け込むように小さな木造りの祠《ほこら》がうかがえる。島に人間が住み始めた頃から祀《まつ》られている地神でイドラ様という。大きいという意味の古い言葉だがクジラとも龍ともいわれる海神だ。

　祠にはご神体が納められている。一見すると単なる石だ。ポポもなにかの機会に眼にしたことがある。黒く焦げたようで土をこね合わせて焼いたようにも見て取れる。ところどころに銀色の欠けらが混じっている。

　欠けらは鱗《うろこ》のようにも思えるが魚のものにしては大きい。なにかの巨大魚だろうか。だとすればイドラが大きいことを意味するのは合点がいく。イドラ信仰はこの辺りにはいない大きな生物に関する伝承なのかもしれない。

　このご神体にイモと魚を捧げ、豊漁を願い、一年の吉凶を占うことに祭り本来の意図がある。それだけに祠の前に広げた莫蓙には神事を司《つかさど》る島のお歴々が構えていた。

　漁の三名人を従えて一座の真ん中に腰を据えているのは島の重鎮である長老。九十歳を超える年齢だが、矍鑠《かくしやく》としたものだ。家族はなく、小屋で一人暮らしをしている。

長老の家とポポの家は近い。ポポの家は島の東にあり、岸からの斜面を切り崩し、棕櫚の材木で仕立ててある。土間と板間だけの平屋だが同じような造りの長老の家は、そのひとつ崖上にあった。

家が近いところからポポも含めて近隣の人間が長老の小屋へ食糧を定期的に届けたり、面倒を見る役をしているが、両親を亡くして以来、ポポはその当番からは外れていた。

横笛が止まり、改めて曲が緩やかなものになった。横手の楽師から合いの手が入る。謡《うた》い手による民謡が始まった。女たちが踊り始める。祭りの本番を告げるものだ。

女たちはしきりに腰を沈め、何度も振っては回す。性的な意味はない。イモによる魚漁を表現し、島の神話を扱っているのだ。

オバ島に伝わる神話によると、そもそも人間はイモだったという。地面に生え、蔓《つる》を伸ばし、それぞれがじっと動かずに暮らしていた。だがあるとき、イモのそばに鳥がやってきた。鳥はなにかをくわえていて、それをうまそうに呑《の》み込んだ。

「それはなんだ？」

「魚だ」

「うまいのか」

「ああ、抜群にうまい」

イモである人間は魚が食いたくて仕方なくなり、通りかかった神様にお願いした。

「神様、どうかわたしを動けるようにしてください」

「イモよ。じっとしているのがいやなのか。そこに生えていれば太陽を浴び、土の滋養と雨を吸い、風を楽しんでいればいい。十分に幸福ではないか。それとも、みんな寄ってひとかたまりになれないと淋しいのか」

「いいえ。わたしは魚が食いたいのです」

「そうか。では歩けるようにしてやろう。だがそうなると不便な点もできるぞ。歩くと遠くいけるが遠くには、ここにない災いがある。いずれそれと関わることになるし、別の不自由も始まる。それでもいいいな」

神様は願いを聞き入れ、イモを掘り出し、伸びている根を引き抜いてくれた。だが根を抜いたところに穴が空いてしまった。こうやって人間は二本足で歩けるようになったが、いつも放屁《ほうひ》と排便をしなければならなくなったという。

「神様、臭いです」

「だろうな。もともとイモだから。だがな、人よ。その穴はいずれ別の役に立つ」

神様はそう付け足したそうだ。神話はオバイモの特性を先祖が末裔《まつえい》に伝えるためのものだろう。年に一度、祭りを催し、踊りを披露させているのも話が途絶えぬようにするために違いない。とぼけた神話を思いながら、ポポはかたわらに座るキキを見やった。

キキは買ってやった赤い髪飾りでさっそくおめかししている。同じ年頃の少女たちも髪を編んだり、布でまとめ込んだりと、できる限りの背伸びに、おこたりない。

わずかな住人らの中の限られた娘たち。この中にやがて自身の妻となる者がいるのだろうか。しかしそれはずっと先のことになる。まずはキキの方が優先だからだ。

楽師の声が重なり、唄と踊りが佳境に達し始めた。長老らが立ち上がり、莫蓙に並べていた干しイモや魚を取ると祠の石台に捧げ、酒を注いだ。莫蓙に座り直すと合図のように手を打った。

ここからは無礼講だ。ご馳走が運ばれてきた。高台のあちこちにある戸板の上に、焼いたばかりの魚、蒸した巻き貝、串焼きのエビ、果物、菓子も山盛りになる。それを自由に誰もが取り放題だ。祭りの運びに唄い、踊り、しゃべり、むろん酒も手抜かりなく、瓶が並んでいる。

隅で子供が相撲を始める。男衆が小銭を賭けてサイコロを振る。どこかからいびきが聞こえてくる。祭りの前から口にしていた酒ですっかり白河夜船《しらかわよふね》の誰かがいるのだ。

誰もが皆、くつろいでいる。そこへ祠の前に座っていた長老が立ち上がった。夜空を見上げて星と祠の位置を何度も確かめる。やがて酒で濡らした指を弾《はじ》く。風に乗るしずくを見送ると首を振った。

「今年は星の巡りがまるで悪い。春のイモは不作だ。節約に励め。月の下に赤い星が強く輝いて北へ流れた。わしも初めて見たが、伝え聞く凶星だ。まさかの事態がなければよいが、皆、日頃以上に用心して暮らせ」

高台で聞いていた島民が声を潜め、渋面を作る。長老は島民に続けた。

「今宵は早めに切り上げる。夜半からは雨になる。船をしっかりもやっておけ。長い雨と覚悟しろ」

長老は正しかった。祭りの夜半から雨になり、それが翌週まで続いた。南方特有のスコールではない。ざっときて上がるのでなく、ずっと降り続く長雨だった。

雨足は強く、船を出せず、漁にはならなかった。仕上げてある干物を売りにいくわけにもいかなかった。雨の日に本島との境となる潮流に漕ぎ出すのは命にかかわるのだ。

だがポポはやることもなしに怠けていたわけではなかった。家を出てすぐにポポの一家が領分とする森があり、わずかだが果実が収穫できる。

小屋の横手は起こした畑でイモを植えてある。こちらは主食であり、漁にも必要なイモだ。一番に面倒をみる必要があった。かつてなら家族総出の仕事だが今はポポが手をかけるしかない。

まずは水びたしになって根が腐らないように横溝を掘り直した。実っているものを選び、種芋を選別して残りを短冊に切り割り、土間に藁《わら》を敷いて並べた。いつもなら天日に干すところだが雨ではいたしかたない。乾きが悪いなら燻製《くんせい》にする手もある。

芝と薪《まき》を集め、軒下に積んでおいた。魚網の修理。屋根の棕櫚の補修。商売物の干物も大切な飯のタネだ。干物は油、砂糖、塩、醬油《しょうゆ》。針、糸、刃物、手作りできないあらゆる物に化けてくれる。黴《か》びたり、腐らないように藁に厳重に包んで風の抜ける場所に積み、ときおり積み替えた。

　こんな仕事を毎日のように手がける必要があった。一週間などあっという間だった。せっかくキキと一緒のはずだが、かまってやる暇がなかった。しかし家にポポがいるだけでキキの目は輝いていた。

「お兄ちゃん、雨はまだまだ続く。ほら、蜘蛛《くも》が笹の葉の裏に巣を張って、せっせとつくろってる」

　簑笠《みのかさ》を着たキキは仕事中のポポについて回って、なにかと話しかけてくる。

「蟻《あり》が巣穴から卵をせっせと上へ運んでる。この土手は水が高くなるよ」

　土を見て、虫を見ては笑っている。そして話し飽きると唄う。女たちの踊りを真似する。ポポにはそれが雨間に射す光に思えた。そして久しぶりの安らぎを味わっていた。

　だがキキとのたわいない時間とは別に少し気になることがポポにはできた。なにかというと音だ。数日前の晩、ポポはふと目が覚めた。板間で目を巡らすとキキは小さな寝息を立てている。

　とりたてておかしな点はない。目覚めは変事の前の勘働きではなさそうだ。ポポは土間へ水を飲みに下りた。

　瓶《かめ》に椀《わん》を入れて、すくってあおる。外では雨が続いている。すると奇妙な音がした。土間のどこかで、かさかさとなにかがこすれるような、かきわけるような物音だった。

　音はすぐに消えた。空耳か、ねぼけていて聞いた気がしただけかもしれなかった。あるいは土虫だろうか。なにかの拍子に藁が崩れただけか。

気に留めるほどでもないひそやかな変事だった。だがその音はポポが板間に戻って横になっても、耳に粘り付くような余韻を残して消えなかった。


雨が二週目に入った。キキが述べたように、止《や》む気配は微塵《みじん》も見せず、これからも降り続ける様子だった。

朝、目覚めて外の雨音にげんなりしながら、イモを粥《かゆ》にしてキキと朝食を取る。魚がない分、イモばかり食べていて、取り置きがそろそろ心許《こころもと》ない量になってきた。果実はお飾り程度だ。誰かに干物の魚と交換してもらわないと。

心づもりをしながら簑笠を身に着けて畑に出る。キキも笠を被《かぶ》ってついてくる。畑の畝《うね》に鍬《くわ》を入れて水を藪に流し、イモを掘り起こす。森の陰で鳥がざわついている。雨を避けているのだろうか。

「ほおい、ほおい」

鳥をなだめるようにキキが声をかける。甲高く短い答があった。突然、羽音が強く響いた。鳥が逃げていくらしい。

「なにかしら。おびえてる」

収穫した芋を抱えて家に戻るポポの耳にキキの言葉が澱《おり》のように染みついた。

「ポポよ、いるか」

昼になり、土間で仕事をしていると雨音に混じって声がした。ポポは呼ばれて家の戸口を出た。外で簑笠を着て立っていたのはトント親父だった。

トント親父はポポの家からもっとも近い住人でオバ漁の三名人の一人だ。お内儀《かみ》さんと小さな息子さんの三人暮らし。両親がいた頃から家族ぐるみの付き合いだった。

「長老からの伝言を皆に伝えてるところだ。どうも雨が止む気配がない。岩場の波が高くなる一方だ。男衆総出で船を引き揚げて高台に運ぶ」

「分かった」

「わしは伝言に回る。ポポは岩場へ向かえ」

そう言い残してトント親父は雨の中を走り去った。

「キキ、留守番してろ。浜へ用事だ」

「わたしもいく」

やりとりを聞いていたのか、キキが返した。浜へ連れていくのは危険だ。波が荒いだろうし、力仕事の現場だ。怪我《けが》をする。

「キキよ、家を空けたままにするわけにはいかない。なにかあったらまずい。お前も十歳だ。しっかり家を守る役をしろ。まさかのときは浜に知らせにきてくれ」

なかば本気で、なかば諭《さと》す意味から話した。大役をまかされたと自負したのか、キキの顔が固くなるとうなずいた。ポポは簑笠を着ると家から浜への草道へ出た。

岩場へ続く藪はきつい斜面だ。長雨で濡れて足下の葉が滑る。ポポは一足ごとに用心しながら抜けていく。しばらく歩いて藪を出た。思わず安堵《あんど》の息が漏れた。

すると背後で鈍い音がした。なにごとかと振り返ると藪が剝がれるように斜面からもげ、崩れた笹がまだ揺れている。雨続きのせいか、土が緩んでごっそりと落ちたらしい。危ないところだった。少し遅れていれば一緒に滑り落ちていただろう。

ただし藪には笹が根を張っているはずで地盤がやられるのは不思議だった。たまたまなのだろうか。しばらく藪を見つめ、先ほどよりも用心を重ねて浜へと下りていった。

岩場の奥の潮止まりに何人もの男衆が集まっていた。打ち付ける波は見たこともないほどの高波で、船は暴れるように波に揉《も》まれている。

このまま雨が続けばさらわれるか、岩に打ち付けられて壊れる恐れがある。取り越し苦労と思われるが、長老の指示通り、高台まで運び上げた方が賢いだろう。男衆が力に物をいわせて波間から手近な丸木船を数人がかりで引き揚げた。

てんでに数隻を背に担ぎ、行列となって藪道をのろのろと歩む。トント親父が残りの男たちと戻ってくるとポポの横にきて肩を貸した。いつもなら力仕事には調子を合わせる木遣り唄が付き物なのだが、今日は誰もが黙然としたままだ。

船は全部で三十ほど。いっては帰りを全員で繰り返して二時間ほどで仕事をやり終えた。誰もが高台で雨に濡れながら草場に腰を下ろし、肩で息をしている。

「あとで干し芋を分けてくれ」

ポポは隣にいるトント親父に声をかけた。

「それなんだがな」

トント親父が立ち上がると男衆から少し離れる。視線を戻してから潜めるように声を低くした。

「いやというわけじゃないが、たっぷりは無理だ。うちの芋は残りが少なくてな」

いつもは明るい口調が重い。わけがあると分かったが、口に出しづらい内容らしい。

「変なんだが、芋の減りが早いんだ。うちの一家で食べてる分よりも。子供が盗み食いしたわけでもなさそうだ。裏小屋に積んであったのが、ちょろまかされたらしい。そんな馬鹿がこの島にいるはずがないと思うが包んだ藁が荒らされていて」

トント親父がいわんとしていることは泥棒が出たという意味だ。その証拠も目にしているだけに苦々しい思いらしい。

「どうもうちだけじゃないようでな」

男たちが黙然としたまま、言葉を交わさないわけが分かった。互いの関係に隙間風が吹いているのだ。雨続きの暮らしで芋が底を突いてきて、誰かが盗みを働いている。

一軒だけでないとなると泥棒は一人ではないのかもしれない。それが誰か。分からないにしても誰かなのは確か。

「どうもまずい様子になってきた。このままでは」

あとはポポにも想像が付いた。盗みが続けば騒動は必至だ。そればかりか島はそもそもがつましい暮らし。雨がいつまでも続けばイモはいずれ口にできなくなる。

頼みの本島へは雨の中では向かえない。島には果実もあるが季節の物だ。まだ春先だけに限りがある。島民皆でとなると一週間が限度だろう。次は家畜を潰すしかない。豚と鶏。これはもって数日。ポポの家では飼っていないが分けてもらえる道理はない。商売物の干物に手を付けたとしてとポポは胸算用をした。結果、改めて猶予のないことに愕然《がくぜん》とした。

男たちが三々五々に腰を上げて高台を下りていく。誰もなにもいわない。肩から上がる湯気がやるせないほど濃い。

なにかがおかしい。ただ雨が続いているだけなのだ。なのに歯車が少しずつ狂ってきている。ポポは暗く深い穴を覗《のぞ》いた気がしていた。


その夜、ポポはまた音を聞いた。もはや気のせいではないとポポには理解できるようになっていた。しかしその正体が分からない。

夜中に数度、音を聞き、土間へ下りて松明《たいまつ》で照らしたが相手はいない。ただ音がしていた気配だけが漂っている。

キキは気が付かないのか、遊び疲れか、小さな寝息を立てている。だが確かになにかがいる。ポポの迷いは確信に変わっていた。

気になったのは聞こえる音だけではない。聞こえない音もだ。翌日から島のざわめきがぱったりと途絶えた。怪訝《けげん》な思いで雨の中、ポポが仕事の手を休めて森に目を凝らすと、あれだけいたはずの鳥が一羽も見当たらなかった。

それを皮切りのように、夜中の気にかかる音は、姿が見えないものの、かつてのひそやかさから臆面なさに変わり、ふてぶてしいほどの様子になった。

ときおり息を詰めた叫びのようなものが混じって聞こえてきた。よく耳を澄ますと小さな悲鳴に思える。歯ぎしりもする。やがて音と気配がひっきりなしに辺りで感じられるようになってきた。

日没や明け方には騒ぎといってよいようになった。その間にも悲鳴は途切れずに続き、生温かい感触を伝えてくるようだった。ポポはその音が肌にまとわりつくように思えた。

「お兄ちゃん、見たことない穴だよ。なんだろうね」

数日後、雨の中で畑の世話をしていると土手際にいたキキが話しかけてきた。小枝をつまんでしゃがみこんでいる。

ポポは鍬を置くとキキの横にいった。畑の畝を仕切る土手に雑草が茂っている。今まで気が付かなかったが、その葉の裏に小さな穴がいくつも開いていた。穴の先は長いらしく、そのひとつにキキは小枝を突っ込んでいる。

「なんにもいないや」

しばらくしてつまらなさそうにつぶやくとキキは小枝を捨てた。見たこともない穴だった。隠されたようにあったそれは、虫の物や蛙《かえる》の物にしては大きい。といって自然にできた物でないのは確かだ。

しかもその数はかなりのものだった。よく目を配ると、なにかの機械で穴を突いていったように、あちこちに連続して口を開けている。

キキによるとどれもが空っぽらしい。なにも棲《す》んでいない穴が、今までの気配や音を事実であると生々しく伝えている気がした。おぞましい思いでポポは目を逸《そ》らした。

遅れたようにぞくりと首に鳥肌が走った。まがまがしい思いが脳裏に沸き立った。理屈ではないなにかがポポの脳裏で叫びをこらえている。

「キキ、家に戻っていろ」

ポポは奥歯を嚙《か》みしめて、いつになく強い調子で告げた。驚いたようにキキは目を見張り、やがておずおずと家の中に入った。

改めてポポは穴を調べた。どの穴も芋畑の土中へと斜めにうがたれている。ポポは畑に寄ると手近な芋の蔓にかがみこんだ。よく見ると葉が萎《しお》れて蔓が垂れている。

芋が弱っているのだ。そう理解してポポはその芋の蔓に手をかけた。思いの外、簡単に蔓は抜けた。だらしなく手元に残った蔓の先、根本のイモは、あるはずの半分がなかった。なにかにかじられたようで白々しい歯の跡が刻まれている。

被害はその蔓だけではなかった。葉が萎れた蔓を抜くたびにイモは半分が欠け、あるいは根をかじられている。ありえないことを目にしている気がした。だが事実なのだ。

芋を狙うなにかがいる。それもかなりの数らしい。このままにしておけない。なにかが島で起こっている。とにかく誰かに伝えて、なんとかしなければ。

顔を上げたポポの目に雨の中、森の梢《こずえ》を縫って煙が見えた。高台で狼煙《のろし》が上げられている。弾かれたようにポポは家に駆け込んだ。

「寄り合いにいく。キキは家を守っていろ。いいな、外には絶対に出るな」

叫ぶように言い捨てると鍬を握り直して家から駆け出た。藪道を転がるように登る。

「ポポもきたか。なんのことかは分かってるようだな」

藪道を半ばまでくるとトント親父が立っていた。狼煙に応えるように島民がぞくぞくと高台の方へと登っている。異変に気付いたのはポポだけではないようだった。

「芋がやられた」

「ポポの所もか」

一言、同意しただけでトント親父は先を急ぎ始めた。ほどなく着いた高台にはすでに島民が溢《あふ》れていた。祠の前に立っていた長老が寄り合いの口火を切った。

「今朝早くに、西の住民が子供を連れて知らせにきた。あっちはひどいありさまだそうだ。畑の芋がすっかりやられたらしい。間を置かずにあちこちから同じ話が持ち込まれた。困ったことになった」

雨に濡れながら島民は続く言葉を待っている。その間にも続々と人は集まってきた。誰もが同様の思いにあるのだ。

「その坊やは相手を見たそうだ。四つ足の小さな白い奴だ。子供の拳ほどで長い尻尾を持つ。獣なのは確かだが坊やに訊《き》いても、わしには見当がつかん。今まで見たこともない様子だし、ご先祖や爺様《じい》たちが伝えてくれていない動物だ。島の生き物じゃない」

長老の説明にポポは息を呑んだ。本島のはしけでキキから聞いた奴だ。それがどうったのか島にいるのだ。

焦りが胸に湧いた。イモにつられて自分たちの船に紛れ込んでいたのか。それとも匂いか。オバ漁の干物は漁法から特異な匂いがする。それが相手を誘ったのかもしれない。覚えはないが確信もなかった。相手は小さい。じっくりと船を確かめたわけではないのだ。

「芋への被害は畑だけではない。家に取り置いてある物も食べられているそうだ。それがあちこちとなると相手は数匹ではないだろう。話をまとめるとかなりの数になる」

長老の話で安堵と理解が得られた。数が合わないのだ。それだけが船に忍び込めば、いくらなんでも気付く。考えてみれば自身の船でなくとも、先に島に戻った仲間の船や後からきたのに忍び込むのも難しい。同じように気が付くはずなのだ。

「分からないんだが、そんな数の動物が島にきたら誰かが気付くんじゃないのか」

長老の話を聞いていた一人が口を開いた。その通りだった。しかし今となっては、どうやってまぎれ込んだかは問題ではない。相手が多数なら目に付く。だが船に忍んで気が付かない程度の数だとしたら、今のような事態は巻き起こらないはずだ。

「とにかく相手は降って湧いたように島に現れた。確かに数からすると誰にも気付かれずに渡ってくるのは無理だ。となると忍び込んだ後になにかあったとしか考えられん」

長老は尋常でない数には、別の理由があると述べている。ポポの脳裏に電気が走った。

聞いてきた音に混じっていた悲鳴。それが一連の話で答となって浮かんだ。

「産んだんだ」

思わず口を突いて言葉が出た。長老が視線を向けてくるとうなずいた。

「ポポのいう通りだろう。わしもそう考える。異変が始まったのは祭りの夜以降。雨が始まって今になるまで二週間が過ぎた。その間に奴らは子供を虫のように増やし続けているらしい」

「そんな馬鹿な。一体、そいつは一度に何匹産むんだ？　百匹か。千匹か。そんな動物がいるのか」

「いるわけないさ。思い違いだ。それに正体は分かった。たかがちっぽけな畜生だ。みんなで殺して回れば片が付くぞ」

「いや、産むのは親だけじゃない。産んだ子供もだろう」

長老が説明した。同じ声が叫んだ。

「産んだ子供が、また子供を産んでいるというのか。生まれてすぐに？　親が子を産む間に、子が孫、孫がひ孫を産んで増え続けているのか」

「それがこの二週間だったとわしは考えている」

長老の言葉に辺りが騒然となった。島の誰もが知らない生き物。白く小さく、キキにいわせると新しい可愛い友だち。しかしそれは悪鬼なのだ。

最初はひそやかに、やがてふてぶてしく、今では島をのっとるほどの横暴な振る舞いを見せる小鬼。喰えるだけ喰って増えるだけ増えて島を襲っている白い小さな魔物。それが相手の真の姿なのだ。

「子供が見たのは畑の穴から藪の笹へ逃げ込んだところだったらしい」

「穴をやめて笹の下に潜り込むようになったのか」

長老の説明に一人が確かめ直した。ポポと同様の体験があるのだろう。ポポも質問の意味を理解した。相手は賢い奴らしい。畑の穴が空っぽだったのは、藪の下の方が動きやすく、雨もしのげると隠れ場を変えたのだ。

笹を屋根にするならば、いちいち穴を掘るよりも楽だ。自由に移動ができて、どこへでも向かえる。むしろどこへでも向かえるように藪にしたのかもしれない。

狙いは餌だ。畑の芋がなくなれば次の餌が必要になる。そのためには穴に潜むのでなく、もっと楽な方法がいいのだ。実際に奴らは畑の芋を半ばまでかじっていたが、今では家の蓄えを狙い始めているではないか。

長老の説明にあったように西の畑は大変な被害で人家の取り置きにも手が伸びているという。相手は餌が乏しくなった畑に見切りをつけ始めているのだ。

「問題はどうするかだ」

誰もが聞きたい言葉だった。その答を出せるのは長老しかいないと思われた。しかし次の言葉はなかった。

「長老、これ以上ひどくなる前に念のため、助けを呼ぶのはどうだ？」

一人の声に長老は祠に降りそそぐ雨を見た。顔に重たい色が浮かぶ。

「どうやってだ？」

「なんとか誰かが本島までいくんだ」

「この雨だ。潮に乗り出すのは命取りだ」

「狼煙はどうだ？」

「同じだ。わしが尋ねたのは出かけていく方じゃない。来る方だ。狼煙なり伝令なりが本島に辿《たど》り着いたとして、助けの方はどうやってこっちにくる？　この天気の中、何艘もの船が無事にこの島にやってこられるか。向こうも命がけだ」

問題は雨だった。島から本島にいくにも来るにも激しい潮が邪魔をする。無理をするとどちらも海で命を落とす羽目になる。つまり誰も動けない状態、島は今、孤立無援の瀬戸際にあるのだ。

「だったらとりあえず避難しよう」

「どこへだ？」

「遠いかもしれないが荒瀬を越えずに済む方の島はどうだ」

「別の島を目指すとしても、わしらの船がいっせいに逃げてきたら向こうは上陸前に理由を聞く。なにがあったか知ったら島にあげてくれるとは思えん。わしらが同じ災難を連れてきていると考えるだろう。実際に同じことになるかもしれん。奴らは目に見えないほどの隙をついてこの島に潜り込み、あっという間に増えたんだからな。何匹かわしらの船に隠れていたら向こうでも同じ目に遭う」

誰もが黙った。長老は雨を眺め、首を振るとため息を吐いた。

「それにだ。先祖からの土地を捨て、どこかの島へ、どうにか無事に辿り着いたとしよう。だがそれからどうする。わしらの漁は島だけに生える芋を利用する。別の島ではそれが不可能だ。となるとどうやって生計を立てる？ なにをして生きていくんだ？ 乞《こ》食《じき》か？ 奴隷のような下働きか？ まともな暮らしができるとは思えん。女に春をひさがせ、子供を売り、とどのつまりが盗みに走るのが関の山だ」

「一体、どうすりゃいいんだ」

「俺たちがなにをしたっていうんだ」

つぶやくようなうめき声があちこちに起こった。

「分かるはずだ。今の災難はわしらでしか解決できんことになる。相手は力でわしらをねじ伏せているわけじゃない。数に物をいわせている。すぐに三週間目に入る。これ以上増える前に手を打つんだ」

「俺たちはなにをすればいい？」

声が飛んだ。応える声があった。

「毒はどうだ？ 相手は畜生。毒を仕込んだ芋なら騙《だま》されるぞ」

「だったらフグがいい。あれなら岸辺で釣り上げられる。漁に出なくても用意できるんじゃないか」

「かもしれん。どんな毒が効果があるのか、いくつか用意して試す価値はある。とにかくわしらがまずやるべきは、なにより相手をもっと知ることだ。よく知って弱点を見つけてやりこめるしかない。わしは島のあちこちを巡って相手について調べてみる。皆も注意して気が付いたことを伝え合ってくれ」

話はまとまり始めた。フグ毒以外に毒草や茸《きのこ》を使う。食糧は厳重に保管し、目を光らせる。夜間は火を絶やさない。注意点が確認され、集まりが解散されようとした。

「それで長老、相手はどのくらいの数がいるんだ？」

「ざっと計算したが明日で一万三千匹は下らない」

帰りかけた島民にどよめきが広がった。二週間で一万匹以上。気が遠くなる話だった。今まで島でもっとも多かった生き物は鳥だ。それでも数千匹がいいところだろう。その数を圧倒している。

これから三週目。そうなるとどれぐらい増えるのか。ポポの脳裏にふと疑惑が走った。長老が述べた数はどんな計算によるのだろう。何組のつがいが何匹産むのを繰り返したとしてなのだろう。

「今のは島に忍び込んだ初日に一組のつがいが一度に四匹、つまり二組のつがいを作ったとしての話だ。三組になったつがいが、また二組ずつ、合計六組を作る。すると九組になって十八組を作る。この繰り返しだ。だが、そもそもどのくらいのつがいが島に忍び込んだか、具体的な数は分からん。だからこそ、よく注意してくれということだ」

ポポが尋ねる前に長老は言葉を補足し、話を締めくくった。

三週目が疼《うず》くように始まった。雨はいっこうに降り止む気配を示さなかった。畑はひどいありさまになってきた。ポポは泥まみれになる日々だった。

穴に気が付いた日から数日というのに、ほとんどの芋がやられた。蔓や根までかじられているのもある。まともな物はほとんどなかった。

実りかけが付いているのはいい方で、ポポは腐って溶け始めているのや、相手のかじり残しの芋もすべて収穫した。すべてを洗い、焚《た》き火で乾燥させ、売り物の干物とまとめて厳重に保管した。集まりで決まったように夜間は火を絶やさなかった。

キキは子供なりに異変を感じているのか、うなされるようになった。寝息を立てていたと思うと不意に目覚め、また夢に戻っていくような眠りを繰り返す。

「ポポのところはまだましな様子だな」

週の半ば、白い鬼を警戒しながら、戸口で仕事をしていると、ずぶ濡れの長老が声をかけてきた。集まりで述べていたように島のあちこちへ足を運んで相手について調べているところだそうだ。

話によると、どこもひどいありさまを越え、畑は全滅、家に取り置いている干し芋や魚の乾物も目を離すと消えている始末という。

日に三度の食事が一度になった家もあり、泥棒が隣家の果物を勝手にもいでいくのは当たり前で、バナナや椰子は丸裸。住民らは芋と肉、干物との交換歩合で諍《いさか》いが絶えず、食糧の取り合いになり、怪我人が出たらしい。

「なんとかしたいが、いくら調べに回っても、相手の弱点が見えん」

長老は倦《あぐ》んだような声でつぶやく。西の畑、南の森、東や北の海岸。島民と連れ立ったり、ひとりだったり、雨の中で松明をかざしながら土を起こしたり、岩を裏返してみたりしたが、いっこうに手がかりがないという。

「分からん。奴らは増える一方でとどまる気配がない。これではいずれ自分で自分の首を絞めることになる。自然というのはそんな仕組みにはできておらんはずだが。そもそもなんのためにわしらのようなちっぽけな島に現れたんじゃろ。理屈があわん」

背を向けて帰りながら付け足す声が混じった。

「ポポよ、お前もよくよく奴らに注意してくれ。お前のところが他よりましな様子なのが手がかりになるやもしれんからな。わしは週の終わりに遠出をする。だがその後はしばらく小屋におる。気付いたことがあったら知らせてくれ」

午後には入れ替わるようにトント親父が顔を出してくれた。戸口で顔のしずくを手でぬぐうと、よくない知らせを伝えてきた。毒が効かないというのだ。集まりがあった日、さっそく西と南の人間がフグの肝や毒草の根を芋にまぜて外に置いてみたという。

意に違《たが》わず、それに白い鬼はひっかかり、百匹近い数が死んだらしい。小躍りしたのも束の間、二日目には半数になり、三日目には数匹に落ち込んだ。屍骸《しがい》を見た誰もが見たことのない獣と述べているという。本島にもいない種類らしい。

「あいつらの頭の良さには舌を巻く。毒を仕込んだ餌を選り分けるようになったんだ」

伝わる話をまとめると白い鬼は経験から学習する知恵があることになる。手強《てごわ》さは子供の拳ほどの体からは想像できないことになった。


週の終わり。その日、降りしきる雨に加えて、昼から濃い霧が出た。辺りは茫洋《ぼうよう》と白い絵の具に溶けたようで、どこになにがあるのか足下が危なくて出歩けない。

といっても、もはや畑の面倒を見る必要はなかった。収穫すべき芋は皆無で、せいぜい蔓と葉が食糧になる程度だ。森の果実も、とっくの昔に取り尽くしてしまっていた。

仕方なく、土間で藁を打っているとがさりと筵《むしろ》が落ちるような音が鳴る。白い鬼だ。この頃はポポがいると知りながら隙を見て餌を狙うようになっている。

残り少ない食糧を保管している筵はポポのすぐ横なのだ。ふてぶてしいにもほどがある。ポポは藁打ちの手を止めて手元に積んでおいた石を筵に向けて投げつけた。

当たったのか、空振りか、それでしばらくおとなしくなるが、やがて思い出したように音が始まる。この頃はこれの繰り返しなのだ。夜中などはためらう気配もみせずに辺りおかまいなしなので、ポポは最近では食糧を包んだ筵と抱き合って寝るようになった。

「お兄ちゃん、この家は大丈夫だよ。キキがついてるからね」

石の音にキキが板間から声をかけてくる。この頃のキキはさすがにふさぎがちだ。相変わらず夜はうなされる。ときには昼間でも遠い目をして意識をさまよわせ、口の端でなにかをつぶやく。

外へ遊びに出ることもできず、動物と接することもなく、なにもやることがないからだろうが、それでもポポが声をかけてやると気が付いたように微笑んでくる。

キキとすっかり家にこもりきりのポポには島の様子がどうなっているのか見当が付かない。この頃では様子を見にきたり、噂《うわさ》を伝えてくれるトント親父も顔を見せない。誰もが自分のことに精一杯で明日、口にするものをどうするかしか頭にないのだろう。

昼が過ぎ、夕方になった。昼間、起きていたキキが板間でうたた寝を始める。キキの声が途絶えると、白く濃い霧に包まれた辺りは、見捨てられた墓場と同然だ。時間が止まり、すべては白く濁った水の中に沈んでいる。

雨の中、風が強さを増してきた。家の中は昼から松明をいくつも灯《とも》している。むろん夜の今もだ。その松明を小屋に吹き込んでくる風が消し飛ばすように小さくする。

風は止む気配がない。ますます強くなると、よこしまな意識を目覚めさせ、疾風《はやて》となり、雨をはらんだ拳となり、小屋の至る所を殴るようになった。

つむじ風は雨の手先となって森をざわめかせ、棍棒《こんぼう》でも振るうように小屋を揺らす。雨と風と霧はポポとキキの小屋を襲う悪夢と変わっている。

ポポには雨音で耳が痺れるような思いがしていた。どのくらい経《た》っただろう。鈍い音が聞こえた。白い鬼ではない。もっと腹の底に響く調子で、家の外で続いている。白濁の水に沈む辺りの、その水の底が湯となって沸くような音だ。それがどよめく振動を伝えたかと思うと激しい鳴動があった。地滑りだとポポは理解した。間を置かずに風を縫って、か細い叫び声が遠くから流れた。

ポポは松明を握ると戸口にいった。板戸を細く開いて様子を見る。霧は風に払拭されて辺りの様子が把握できた。横手の畑が一変している。崖の土が崩れて畝を覆い、巨人がこね上げたような小山となって続いていた。どこまでが斜面で、どこからが畑か分からない。

土砂は小屋のすぐ脇にも押し寄せている。森の木々は半ばがなぎ倒され、残されている樹木も泥を浴びた人形のようだ。小屋が潰れなかったのが嘘に思えた。

「ポポよ、無事か」

茫然《ぼうぜん》となって立ちつくしていると雨を散らす足音が駆けてくる。暗がりの向こうだがトント親父だと理解できた。ポポは大声で答えた。

「無事だ。そっちは?」

立ち止まったらしく、荒い息が続いた。松明をかざすと草道の半ばでトント親父が簑笠も着けずに腰を折って息を整えている。

「ひどい土砂崩れだ。雨で緩んだ斜面が地滑りを起こして近所の家を呑み込んだ」

トント親父は話を続けた。

「この辺りだけじゃない。島のあちこちでだ。被害がどのくらいか分からん。うちは平気だったが、逃げ出してきた人間がここいらに続々と身を寄せてきている」

トント親父はそこまで一気に話すとやっと顔を上げた。

「わしらは下敷きになった人間を助け出し、逃げてくる人間を無事な家に振り分け、怪我人を世話したりで手一杯だ。ポポは長老の様子を見にいってくれ。昨日《きのう》、朝早く遠出をすると告げにきてから今日の嵐で一日、顔を見ていない。無事を確かめてくれ。いいな」

堰《せき》を切ったように伝えるとトント親父はポポの返事も待たずに雨の中、泥を跳ね上げて駆け戻っていく。ポポは松明を握り直すと小屋に戻った。

キキを見やると板間にぼんやり座り込み、こちらを見ていた。子供なりに事態を理解しているのだろう。言葉を待っている様子だ。どうするか。躊躇《ちゅうちょ》したが決断した。

「キキ、簑笠を着けろ。長老の小屋にいく」

ポポはキキに支度を命じると残り少ない食糧を筵ごと藁で縛って背に担いだ。土間で竹筒に水を詰めると腰に下げる。小屋にいくのは、まさかを考えてのことだった。自身の小屋にこもって嵐をやり過ごす手もあった。しかし畑や森の様子、トント親父の話を考え合わせると、このままここが無事かどうかは、はなはだ怪しく思えた。長老の小屋はここよりも崖上だ。土砂が崩れてもまだ被害は軽いように思える。キキが土間で簑笠を着ける。買ってやった赤い髪飾りが笠の下に隠れた。

ポポは草鞋を締め直し、キキの足下も確かめ直すと、小屋に灯していた松明をキキに手渡した。自身も一本握ると小屋に灯る残りの火をすべて消して回った。そしてキキの手を握ると戸口を出た。

殴りつけるように風と雨が襲ってきた。戸締まりを確かめ、改めてキキの手を強く握る。松明をかざした。しかし長老の小屋へ続く草道は判断が付かないほどだった。

土砂がうねり、大岩と砂利が川になったように蛇行している。おおよその記憶をもとにポポはキキを連れて斜面を這《は》うように進んだ。履いている草鞋があっという間に泥と水に重たく濡れた。

いつもなら長老の小屋までは、ものの五分とかからない。藪坂を抜けた先だ。だが辺りに転がる岩を回り込み、土砂の起伏を乗り越え、雨と風に耐えながら進むのは並大抵のことではなかった。

「お兄ちゃん、大丈夫だよ。キキが付いているから」

握る手の後でキキがつぶやく。励ましてやろうと思う先にキキの言葉があった。怯《おび》えが今の言葉になっているのだろう。魔物となった雨と風に、はらわたが煮えくりかえるほどだった。

幼いキキにどうしてこんな思いをさせなければならないのか。楽しみとはほとんど無縁で、ひもじさとつらさしか知らないではないか。せめてもの救いとなる親の愛もない。

亡くなった両親に思いを馳《は》せた。

風が鳴り、雨が打ち、寒さが足の指を痺れさせる。ポポはただキキの手を握り、土砂を乗り越える。砂利と泥を踏みしめて無心に前へ向かう。

松明の先に小屋が見えた。長老の家は無事だった。多少の地滑りがあった様子で回りの木々が泥まみれになり、傾《かし》いでいるものの、小屋はなんともなさそうだった。ただ明かりがひとつも灯っていなかった。

安堵の息を吐くとポポは松明の先の様子に励まされて残りの土砂を乗り越えて小屋の前に辿《たど》り着いた。ポポはあらん限りの声で叫んだ。

「長老」

一息待つが返事はない。明かりがないところを見ると嵐のためにどこかへ避難していて、帰ってないのか。風に揺れる松明で確かめると戸口の下は土砂に埋もれて重たく閉じている。ポポは松明をキキに預けた。

「長老」

再び声をかけながら両手で小屋の戸をこじ開けた。土砂が鈍く尾を引く音でずれていった。ポポは小屋に一歩踏み込むと受け取った松明をかざした。

人影が見えた。真っ暗な板間に長老がいた。無事か。そう判断した途端、詳細が把握できた。火に浮かび上がった長老は床に四肢を伸ばしてうつぶせになっている。

蛙のように伸びた手足。顔も腹も板間にべったりと付けていて様子が分からない。奇妙な姿勢だった。眠っているようではない。なにかあって気を失っているのか。ポポは長老と呼びかけながら数歩、進んだ。

相変わらず声はない。そればかりか小屋に入って以来、長老の体が動いた様子はなかった。なにがあったのか。

ポポは長老と呼び、さらに一歩を踏み出した。すると長老に動きがあった。うつぶせになっている体が痙攣《けいれん》した。息がある。無事だ。そう判断したとき、動きが続いた。長老の胴体が奇妙にうごめいた。ひきつるような反復があったと思うと体の下からなにかが飛び出した。

松明の火明かりの中を駆けるのは小さな生き物。細長い尻尾を引きながら走る。白い鬼だ。ポポは初めてその姿を目の当たりにしていた。三角の鼻に細いヒゲ、丸い耳。玩具《おもちゃ》のような体。それが続々と突風のように長老の体の下から逃げ出していく。

相手は途切れることなく、数を数える暇もなかった。長老は白い影を腹から吐き出し続けていた。同時に体が萎《しぼ》んでいく。長老の腹の中に何十匹いたのか。反吐《へど》を終えるように長老は腹の動きをすっかり止めた。

代わって小屋に鉄銹《てつさび》のような酸っぱい匂いが充満した。はらわたと血が板間に狂い咲いた。長老の腹から抜け出した白い影は腹の血にまみれ、充血した赤い目を光らせ、辺りを狂奔し、捩《ねじ》れ、回った。毛の白と血の赤がまだらとなって渦を巻き、小屋中で生きた流れとなっている。

「見るな」

ポポはキキに叫んだ。しかし遅かった。キキは背後で目を見開き、瞬《まばた》きもせずに固まっている。

小屋は長老の腹が吐き出した白い鬼でひしめき、威嚇《いかく》と歯ぎしりに溢れ、板間と土間を狂ったように走り乱す。足音といえるような生半可さではなかった。

渦潮《うずしお》が流れるように何十匹もの白い鬼は群れとなって逃げ場を求め、奇声を上げる。黄ばんだ前歯が見えた。ほんの小さな動物なのに薄い刃のように並んでいる。こいつは固い穀物さえ食べる。ポポは類似した森の獣の歯から直感した。相手の威嚇に思わず後ずさり、背後に立っていたキキの手をたぐりよせた。

溢れる音となった生き物の群れは濁流を思わせる勢いのままに遁走《とんそう》を続けている。そして開いていた戸口を見つけ、そこから鉄砲水がほとばしるように消えていった。

わずかな時間の出来事だった。静寂が不意に襲ってきた。戸口からのつむじ風が、からかうようにポポの松明を揺らした。板間の長老は動かない。ただ萎《しお》れた皺だらけの体が残されているだけだった。

白い鬼は食い物にあぶれ、とうとう最後の餌に手を出したのだ。生きた人間に。同時に今夜の突然の地滑りのわけも理解できていた。芋に窮した白い鬼が土中の植物の根を食い荒らしたのだ。そのために笹や藪は根無し草となり、地盤が剝げ落ちるように土砂崩れを起こしたのだ。

なにをどうするか。ポポはすぐには思いつかなかった。思い出したようにキキの手を握ると松明を片手に小屋から出た。

雨と風は変わらない。これからが本番といわんばかりで、闇夜の底が抜けたように降り注いでいる。その中に途切れ途切れに叫び声が流れてくる。

自身の小屋に戻り、嵐をやり過ごし、それから長老の一件をトント親父に伝えよう。そう決断してポポは下へ向かおうとした。するとキキが告げた。

「お兄ちゃん、上だよ。高台に」

握っている手の先を見るとキキは不思議な様子だった。雨と風に叩《たた》かれているというのに、ぼんやりと白く光っているのだ。小さな体が闇に浮かぶ真珠のようにたたずんでいる。なにが起こっているのか、すぐには理解できなかった。この天候が奇怪な効果を与えているのか。それとも自身の目が狂っているのか。目の前にいるのがキキとは思えなかった。

「早く、上へ」

キキがポポの手を握ったままに前に出た。家へ下りていかず、長老の小屋からさらに上、泥まみれの斜面を風に浮いてでもいるように高台を目指している。

足の歩みがやけに速い。ポポはキキに先導されて転がるように地を踏んだ。高台へは長老の小屋から藪道を登る。普段なら時間にして十分もかからない。

だが泥と砂利に覆われた斜面は足を取り、ポポは半身を地面に付けるほどにしなければ登れなかった。というのにキキは滑るように進んでいく。

　ポポはすぐに息が上がった。辺りを確かめようと松明をかざす。するとその松明の火を遠巻きにするように光るなにかが群れている。

　二人の横手、数メートルほど。赤い目が続いている。藪の下。泥の隙間。砂利の陰。白い鬼が続々と上へ向かっている。千や二千ではない。幾万もだった。邪眼が暗闇に行進している。ポポの松明の火を避けながら白い鬼が高台を目指しているのだ。

　そのとき、不意に前を歩んでいたキキが立ち止まった。白く浮かび上がる体をひねると彼方を見るように手をかざした。

　キキは海を見ていた。つられてポポが追いかけた視線は本島の方角だった。なにかが見えた。光だった。それは炎。

　青い鬼火を思わす玉が本島の上空に浮かんだ。一瞬、本島が火事かと思えた。しかし違った。燃えているのは玉だけだ。鬼火は島近くの海が吐いたかのようだった。海の底にいる海神が産んだ火焔《かえん》か。海底から流れ出た流星か。鬼火は遠目にも巨大だった。ところどころが銀色にきらめいている。

　ポポは今の状況も忘れ、一瞬、美しいと思った。海から吐き出された鬼火は薄ぼんやりと雨の中に揺れ、島の上空遥かに浮き上がり、そしてかき消えていった。

　キキがポポの手を強く握ると走り出した。土砂と岩をはねとばすように上へと駆け出した。強く手を引かれてポポも足を繰り出した。松明の中に高台への道が見えた。二人はそれを遮二無二駆け上った。

高台は無事だった。かつて運び上げた丸木船が腹を上にして並んでいる。雨は隅に整列する船の腹を叩き付けていた。

周囲数百メートルの高台は、普段通りに雑木林に縁取られた広場のままだ。その四方の下草。笹と藪の中に幾万もの赤い目が輝いていた。白い鬼だった。

赤い目はどんどんと増えていく。幾万どころではない。十万を超えるといってよい数だ。ひそやかに、ただ数を増やし、叢《くさむら》で動かず、赤い目は広場を凝視している。

長老の計算は間違っていた。一組のつがいを振り出しにしていたが、そもそもそれが違うのか、あるいはつがいを産む数がもっと多いのか、繰り返される出産は想像していた桁《けた》を超えていたのだ。

白い鬼は広場を取り囲むように雑木林に沿って輪になっていく。ポポとキキは相手から離れるために、草道の入口から高台の中央に退避した。雑木林の下草が包囲網となり、二人は赤い目の大軍に囲まれる恰好《かっこう》になった。だが相手はまだ二人を襲ってくる気配を見せなかった。

機会をうかがっているのは確かだろう。それは時間の問題に過ぎない。奴らはすでに人を食べたのだ。なにかをきっかけに襲撃が始まる。一言叫ぶか、駆け出すか。ささいな動きひとつが引き金になる。

どうするか。戻るか。トント親父らがいる方へ合流して態勢を立て直すか。として、どうやって。ポポは逃げ道を確かめるため、松明をかざした。

するとと雑木林の闇を縫って雨の中、高台の下で風に松明がいくつも揺れていた。こちらへ続く斜面を続々と火が登ってきている。

島民らが高台を目指しているに違いなかった。雨が続く限り、地滑りがいつなんどき繰り返すか分からない。そう判断してこちらを避難場所に選んだのだ。

本来なら賢明な選択といえた。高台は白い鬼の牙城と化している。奴らもまた本能で危険を避け、残された地に逃げてきた。そしてそこには最後の餌が集《つど》うのだ。

下にいれば地滑りにやられる。といって上にいれば白い鬼の餌食《えじき》だ。では意を決して戦うか。しかしポポは刃物さえ持ち合わせていない。武器となるのはせいぜい松明。辺りを探って手に入るとしても石か棍棒の類だろう。

普段でも島の住人は六十人程度だ。それが怪我人や土砂の被害になった者を計算に入れると、どのくらいの勢力になるのか。対して雑木林の下に潜む敵は十万以上。一匹ずつは子供の拳ほどだが鋭い歯を持ち、すでに生きた人間の味を知っている。圧倒的な数にこちらが倒れるのは目に見えていた。

下草の赤い目の気配が緩んだ。雑木林から一群が消える。城門を開き、なにかの入城を許すように包囲網が割れた。それは高台に続く草道から現れた松明だった。

ポポは制止しようとした。しかし叫びが引き金になるかと躊躇《ためら》った。なんとか低くあげた声も風雨にかき消され、向こうに届いていないようだった。

雨と風が作る闇の中に人間の姿が浮かんだ。地滑りから逃げのびた島民が高台に到着したのだ。松明は細々と、しかし途切れずに続く。ここがどんな地かもしらずに。

先頭にいるのはトント親父だった。横にお内儀さんと息子さんをともない、肩で息をしている。後ろに続くのは戸板に乗せられた負傷者。男衆がそれを担ぎ、泥まみれの女たちは子供を抱いている。現れた島民はざっと数えて三十人ほどだった。その中でも無事な様子の人間はわずかだった。

トント親父たちはポポの制止する身振りに気付いていない。疲れ果て、逃げるのに精一杯の様子で高台の真ん中までくると荒い息で告げた。

「ポポ、下でまた地滑りが始まった。それで俺たちはこっちに逃げることにしたんだ」

背後に続いていた人間もポポのいる中央にひとかたまりになった。叩き付ける雨の中、男衆は戸板をおろし、座り込む。女たちも地面にうずくまる。

「ここもまずい」

「なんのことだ?」

ポポは握った松明で雑木林を示した。そのときには白い鬼は包囲網を元に戻していた。ポポの松明の火に赤い目が反射した。

「奴らなのか。なんて数だ」

松明に照らされている赤い目を見てトント親父が絶句した。

「長老は奴らに喰われた」

「奴らが人間を」

ポポの言葉にトント親父が背後の島民を振り返り、広場を見回した。戸板には怪我人。弱った女と子供。仲間は三十人。男衆が手にしているのは松明のみ。

雨が叩き付け、風が轟《とどろ》きをうならせている。戦う手だては皆無といえた。たとえ向かっていっても結果は見えていた。ポポは背後で小さくなっているキキの手を強く握った。

空に光が走った。追いかけるように雷鳴が轟いた。トント親父はじっと雑木林を睨《にら》み、眉を強く絞っている。

「獣は一度知った人間の味を忘れない」

そう自身に言い聞かせるようにつぶやくと、高台にうずくまる男衆に低い声をかけた。

「俺たちは奴らに囲まれている」

親父の言葉にひとかたまりになった島民が松明に照らされる雑木林を初めて眺めた。そしてざわめきをあげた。

「相手は俺たちを喰うつもりだ。ここを先途《せんど》とわきまえろ」

親父の低い声に男衆が地面から立ち上がった。続く指示を待っている。

「一か八かだ。雑木林に火を放て」

声が終わると雨を縫って松明が雑木林に投げ込まれた。炎に照る赤い目が後ずさった。下草は濡れそぼっている。しかしかすかにいぶされたような煙があがった。埋もれた草の中に枯れ葉がまだあったのだろう。雑木林から眠たげに赤い小さな舌が上がった。

松明は放物線を描き、広場を囲むぐるりの雑木林に投げ込まれていく。その火の着地点を避けるように赤い目の包囲が崩れる。焼け移った細い火はわずかな導火線となって続く下草の枯れ葉を探し、伝言を伝えるように輪を描こうとしている。

幸運といえるのか。確かに雑木林の下草が火の輪になればポポたちの備えになる。しかしそれはポポたち自身を火中に巻き込むことにもなる。火が止めば白い鬼が襲ってくる。燃え盛れば島民すべてが炎に焼かれるのだ。

「船」

ポポの手が引かれるとキキが背中でつぶやいた。気が付くとキキはもう光っていなかった。先ほどは真珠のように照っていたキキだったが、今はむしろ薄暗い。広場でかたまりとなった仲間の人影にまぎれ、影法師のようになっている。

ポポはキキの言葉を聞き直そうとかがみ込んだ。島民らは固唾《かたず》を呑み、これからの火の成り行きを見守っている。ポポとキキへ顔を向けている者はいなかった。

「船で海へ」

言葉がキキからあった。とっさに理解できなかった。高台の船を岩場まで戻して漕ぎ出せというのか。この嵐の中をだろうか。それは自殺行為そのものではないか。

「火が回ったぞ」

トント親父が叫んだ。ポポが視線を移すと確かに雑木林の下草が赤い舌で火の輪を示していた。先ほどよりもはっきりとした様子で、勢いをつけようとしている。

赤い目はその火の輪から後ずさっていく。炎を飛び越えて襲ってくる様子はない。雑木林の奥へと目の赤さは小さな点に変わっていった。

雨は依然として激しく降りそそいでいる。今まではポポたちにとって邪神ともいえた雨が今度は唯一の救いで、島民みんなを火だるまにするのを防いでくれている。

それでも一時しのぎに過ぎない。いつかは雨が止む。そうなれば待機している白い鬼たちの出番だ。それが今すぐなのか、何日の先なのかは分からない。

だがいずれにせよ、ポポたちは追い詰められているのだ。打つ手はなにもない。雨が今、上がれば白い鬼の餌食。ずっと先なら高台で飢え死。

ポポはトント親父を見やった。松明の火に親父はやるせなさそうに笑っている。枯れ草が燃え尽きるか、雑木林が火事になるか。いずれにせよ、それが終われば最期なのだ。

下草の火が背を伸ばした。草道近くで雑木林の下が炎となった。燃え始めたのだ。生木とはいえ一度、火が付けばやがて広がっていく。ポポは火事になることを理解した。

そのとき、足下で異変があった。嵐の音の中に足を突き上げる衝撃が感じられた。高台そのものが一枚の板になったように、ずんと担がれ、何度も打たれた。

辺りがぶれ、縦の衝撃で地面が宙に浮く。心許ない浮遊感と同時に嵐とは異なる鈍く重い音が襲っている。地崩れではない。地鳴りだ。島そのものが鳴いていた。

島が鍋となり、煮えてでもいるかのような轟音がする。激しい混乱が足に伝わり、揺れと音が一体となったとき、高台は覚醒した巨人となって立ち上がった。

ポポたちは立っていることができなかった。島そのものが巨獣に変身したのか、激しい身震いで雄叫《おたけ》びを上げた。地面が破片と化すような揺れだった。

「地震だ」

トント親父が叫んだ。ポポはキキの手を握りながら、松明をかざして海を見た。先ほどの鬼火を思い出していた。雨と風の暗闇だというのに彼方が白い。本島の方角だった。真っ白い壁が本島の海に立ち上がっていた。

それはとてつもない身の丈を持つ海神の群列だ。本島をはるかに凌《しの》ぎ、海の底から現れた白い柱となって壁を作り、本島の背後にそそり立っていた。

「高波だ」

高台にうずくまる誰かが叫んだ。地震が激しい高波を生んでいた。生まれた高波は壁が崩れるようにゆっくりと本島を呑み込んでいった。

泡が激しく湧いた。本島を呑み込んだ高波は咀嚼《そしやく》を終えたように平たくなった。白い口が閉じた。しかし続く獲物を目指すように泡が持ち上がると口が開かれる。

先ほど以上の壁が立ち上がった。白い波濤《はとう》は海坊主が山並みとなったほどで、のたりと前のめりに滑る。一方、高台の雑木林は火の輪になり始めていた。炎の赤の中でポポはやっとキキの言葉を理解した。そして叫んだ。

「船だ」

キキは津波が襲ってくると告げていたのだ。高台の船で襲ってくる津波に乗り、海に逃げろと教えていたのだ。ポポはキキを見た。同時に叫んだ。

「船を用意する。駆けるぞ」

声に混乱が始まった。雑木林は炎の輪をはっきりと示している。群衆はポポの叫びに弾かれたように立ち上がっていた。てんでに人影が走る。高台に腹を見せている丸木船に駆け寄る。津波が襲ってくると理解できているのだ。

ポポの言葉に混乱の中で暗い人影となっているキキは笑った。静かに笑みをたたえるとポポに笑った。そしてなにかつぶやいた。しかしキキの言葉は島民の叫びと雑踏と嵐の音で聞き取れなかった。

「くるぞ。急げ」

辺りは赤い。誰かが叫んでいる。ポポはキキの手をしっかりと握り、もっとも近い船に走った。トント親父も横を駆けている。ポポは地面に松明を置く。一旦《いったん》、キキの手を離した。満身の力でトント親父と丸木船をくつがえした。

トント親父のお内儀さんも息子さんも何をすべきか理解して駆け寄ってきていた。二人が高台の地面に用意された船に飛び乗る。同時にトント親父も船に手をかけている。

「乗るぞ」

ポポは松明を拾うと背後に告げた。同時にキキの手を求めて腕を伸ばす。しかし温かいキキの手は伝わらなかった。乗り込むはずのキキの動きもない。

ポポは慌てて視線を返した。一緒に駆けてきたはずのキキの姿が見当たらなかった。

先ほどまで伝わっていたキキの手の感触が、そらぞらしくポポの手の平に薄れていく。

馬鹿な。ここにきてなにをしている。ポポは松明をトント親父に手渡した。なにかを叫ぶ親父をそのままに、もといた場所へと走った。駆けてきた経路を確かめることしか思いつかなかった。雑木林はますます赤く燃えている。

雨と風と炎と津波。混然となった音は混乱の中でポポの耳には聞こえなくなった。ただ痛みとして耳内を痺れさせている。

走りながら海に視線をやった。津波はすぐそこまで迫っていた。その高さは彼方にあったものとは格段の違いだった。波と呼べるものではなかった。それはもはや空だった。空そのものが島を呑み込もうとしていた。

もうすぐだった。あっという間。ポポはさっきまでキキといた場所に駆け戻っていた。島民はてんでに船に散っていて、誰もいない。どこにもキキの姿はなかった。

誰かに助けられて別の船に乗っているのか。この混乱では事情は分からない。誰かに聞こうにも、人はいない。雑木林は炎を上げている。

ポポは狂ったように視線を走らせた。高台の地面に赤い髪飾りが落ちていた。雨と風の闇の中に赤く、キキそのもののように髪飾りが誘っていた。ここにいるよと告げていた。ポポは手を伸ばし、それを拾った。

どうしたらいいのだ。途端に頭に衝撃があった。どすんと殴りつけられ、押しつぶされ、べったりした感触に全身がまみれ、地面に叩き付けられたと思うと水の中にいた。

視界すべてが真っ白な泡となった。

泡が滑るように全身を運んでいく。本能からポポは救いを求めて両腕を伸ばした。しかし頭の中ではキキを思っていた。無事でいてくれ。誰かの船に乗っていてくれ。

体は白濁の泡の中へ沈み、揺れ、自身の動きは自身のものではなく、四肢を掻《か》いてみても手応えはない。ポポは出鱈目《でたらめ》な世界の一本の杭《くい》か、藻屑《もくず》となって流されている。駄目だと理解できた。キキ一人を残して去ることが悔やまれた。すると両親の姿が脳裏に浮かんだ。二人はうなずいていた。ポポは幸福感に甘く痺れた。大丈夫だ。キキはきっと無事だ。

白い泡が魔法のマントとなってポポを包み込むと、これでよい。もうこのままでかまわないとポポは感じた。そして四肢を水に預けると力を体から抜いた。

ポポは目を閉じて水にすべてをまかせた。とても安らかだった。そこへぐんと片腕に力が伝わった。万力が腕を締めるようにポポを摑む。そして引っ張り上げる。

ポポの顔が水の上に出た。腕を摑んでいるのはトント親父だった。船縁に上半身を乗せ、両腕でポポを摑み、丸木船にすくい上げている。

ポポは目が覚めたように船を摑んだ。両足で水を掻き、体を蹴上げた。上半身が船縁に乗るとずるりと体が滑り込んだ。ポポは丸木船の中におさまった。

「よかった。ちょうどお前が見えた」

トント親父が息を吐いた。船にはお内儀さんと息子さんも乗っている。三人ともずぶ濡れだった。だが無事なのだ。

津波は高く巻き、底へ落ち、船を乗せて疾風のように滑っている。どこへ向かっているのか。どうなっているのか。ポポはなんとか半身を上げた。

波が上下を繰り返す中に、ちりぢりになりながら他の丸木船も見えた。風に吹き飛ばされる花吹雪《はなふぶき》のように、それぞれが波の勢いでもみくちゃにされながら、あちこちへ流されていた。だが無事であるのは確からしい。

「キキが」

島民が津波に乗って、からくも逃げおおせたことを理解し、ポポはつぶやいていた。

船の中が不思議な沈黙に包まれた。

「ポポ、大丈夫か。頭でも打ったのか」

トント親父が言葉を呑むと見つめ返してきた。そしてやっと告げた。

「三年前のことを忘れたのか」

途端にポポは思い出していた。そうなのだ。三年前、キキは両親とともに帰ってこなかったのだ。いくなと家で泣き続け、父親が仕方なく、漁へ出る船に一緒に乗せたのだ。あれから自分は一人きりだったではないか。

胸が締め付けられた。思わずポポは咳《せ》き込んだ。脳裏に最後に見たキキの笑顔が浮かんでいた。動いていた口が把握できた。帰るね。キキはあのとき、そうつぶやいた。

キキはもういなかったのだ。今までのキキは自分にしか見えない幻影だった。ここしばらくキキと一緒だったのは、今日この災厄を乗り越えるためだったのか。

はしけで動物が集まっていたのは遊んでいたのではなく、この災厄を予知して逃げようとしていたのかもしれない。彼らにはキキが分かっていたのだ。家に白い鬼が襲ってこなかったのはキキがいたからだ。奴らは霊的な存在を感じ取って畏怖していたのだ。

「見ろ。波が少しおさまってきたぞ」

トント親父が告げた。ポポが落ち着いたと理解したらしい。混乱してキキのことを口走ったと判断しているようだ。

ポポは島の方を振り返った。彼方で激しい湯気が上がっていた。海が大きな泡を底から噴き出し続けている。それだけで、なにも見えなかった。オバの島は沈んでいた。

「助かったはいいが、この波はわしらをどこに運んでいくんだろうか。このままじゃ、外海《そとうみ》の彼方に出るかもしれんし、そうなると漂流してしまう」

ポポは船から辺りを確かめた。波に運ばれる速度は徐々に緩やかになっている。雨が少し弱まってきた。船がかなり運ばれたために暴風の手を抜けつつあるのだ。

だが先ほど見えた他の船がどこに消えたのか、確かめられなかった。不意に風が吹いた。すると闇が払拭された。天空に雨に煙る月が輝いている。

「月の方を目指そう。櫂を渡してくれ」

「あっちか。目算があるみたいだな」

自信に溢れているポポの言葉に船底に転がっていた櫂をトント親父が手渡した。ポポはこれから向かう先がどんな土地か、何があるのかは別として、月を目指すのだとは、はっきり分かっていた。

「仲間にも伝えたい」

「はは。そいつはまかせてくれ」

トント親父が笑った。おい。ひとこと告げると船尻にいた息子さんを呼んだ。息子さんは松明を握っていた。

「そこへかかげろ」

トント親父が指示すると息子さんが松明をかざした。それを確かめ、トント親父は尻はしょりをすると力《りき》んだ。

高らかな音とともに宙にお見舞いされた一発は炎の玉となって上空に舞い上がった。雨に煙る月夜にオバイモの合図が空高く示された。

「はて、ついてこいが見えたかな」

トント親父が顎をさすりながら告げた。待つことしばし。ほどなく彼方で火の玉が上がった。ひとつが空に消えると別のひとつが打ち上げられる。海上でオバの漁師たちが使う連絡方法だった。

これで向かうべき方角は伝わった。あとは力の限り、櫂を漕いで別天地を見つけ出すんだ。弱まってくる雨足の中でポポは櫂を強く動かし続ける。

しかしキキはどうして、もっと早く忠告をしてくれなかったんだろうか。助けにきたのなら別の策がなかったのか。釈然としないものがポポの脳裏に残っている。

随分と危ない思いをさせられた。異界の定めかなにかがあってのことだろうか。

そのとき、ポポは不意に櫂を漕ぐ手の平になにか握ったままだと気が付いた。開いてみると赤い髪飾りだった。

そうか。キキは遊びにきたんだ。淋しくて、つまらなくて。俺と遊んで欲しかったんだ。まったく死んでも人見知りなんだな、あいつは。

解説

木原善彦

個性的な推理小説、SF、奇想小説をいくつも発表している人気作家浅暮三文さんが新たに書き下ろした連作短編集の解説を、英語圏現代小説を専門とするお堅い研究者が書いているのはどういうわけなのか。書店でこの本を手に取るのは浅暮さんの愛読者であって海外文学愛好者とは必ずしも重ならないだろうから、話はここから始める必要があるかもしれない。

浅暮さんが二〇〇五年に発表した『実験小説 ぬ』（光文社文庫）はイタロ・カルヴィーノやフリオ・コルタサルなど現代世界文学の名だたる巨人たちにインスパイアされた短編を集めたもので、変わった小説の大好きな私はこれを〃実験小説入門に最適な短編集〃として拙著『実験する小説たち』（彩流社、二〇一七年）で紹介した。これが浅暮さんと私を結ぶご縁である。『我が尻よ、高らかに謳《うた》え、愛の唄を』はある意味、海外の尖《とが》った小説に造詣《ぞうけい》の深い作家が『実験小説 ぬ』の系譜に連なるものとして、昨今の世界文学の影響下でまた新たに書き下ろした挑戦的な作品と言ってもいい。かといって読者は身構える必要はない。『実験小説 ぬ』が難解さとは無縁の娯楽的な作品だったのと同様に、本書も気軽に楽しく読めるように書かれている。

本書に収められた四つの短編はずばり「おなら、放屁《ほうひ》、曲屁《きょくひ》」をテーマにしている。ここでおならという単語にひるんではいけない。今を遡《さかのぼ》ること約二百五十年、江戸時代に平賀源内はおならを見世物にしていた芸人について「放屁論」の中で触れ、その創造性をたたえている。私たちもおならを用いて浅暮さんが見せる芸と創造性に注目しなければならない。

映画『男はつらいよ　葛飾立志篇』（シリーズ第十六作）に登場する考古学の教授は「おなら」を表す単語を英語・フランス語・ドイツ語……中国語・朝鮮語ですらすらと言って車寅次郎を驚かせ、大学教授と香具師《やし》の間にある距離をたちまち縮めた。このように放屁は下半身が発する人類共通の言語なのだ。

さて、最初の短編は第二次世界大戦下のスペイン＝フランス国境から始まる一種の成長物語《ビルドゥングスロマン》、第二の短編の舞台はそれよりもう少し昔、第一次世界大戦後のドイツで、これはドラゴンが登場するのでファンタジー作品と呼ぶべきだろうか。第三の短編はジュール・ベルヌ風の冒険物語、あるいはジェローム・K・ジェローム『ボートの三人男』風のユーモア小説、そして最後の短編はポリネシアの孤島を舞台とした災害物語《ディザスター》と、本書はバリエーションに富んだ短編から成る。ミステリー風のちょっとした謎解きやどんでん返しもあるので、これまでもっぱら浅暮さんのそうした作品に親しんできた読者の皆さんもすんなり入っていけるのではないだろうか。

要するに本書は誰でも楽しめるのだが、私のような者が読んでいると気になる細部がところどころに埋め込まれている。第一章で主人公が弟子入りする元放屁芸人ジョルジュ・ピジョール（この人物は実在の人物ジョゼフ・ピュジョールがモデルで、若い頃の白黒動画やショーの音声はネットで視聴可能だ）は山小屋でロバを飼っていて、その名前はピンチョンという。これはヨーロッパ圏では珍しい響きの名前で、現代小説好きな読者としてはどうしてもトマス・ピンチョンというアメリカの作家を思い浮かべてしまう。彼はいわゆるポストモダン小説（物語の断片化や構成上の仕掛け、ジャンルの横断、言葉遊びや脱線を主な特徴とする、一九六〇年代以降に多く発表されたタイプの小説群のこと）の代表的な作家で、実験的かつ難解な作品を書いている。

しかし、まあ、さすがにそれは偶然にすぎないだろうとやり過ごして読み進めていると、今度は主人公がパフォーマンスの相棒として蛸《たこ》を選ぶという展開がある。なぜ蛸なのか。蛸はチンパンジーに劣らず頭がいいからだという説明が本文中にあるが、これまた私は同様の説明に見覚えがある。ピンチョンの代表作『重力の虹』を読んだ者なら、イギリスの秘密組織に調教された頭のいい巨大蛸が南フランスの海辺で女スパイを襲うというコミカルで印象的な場面を覚えているはずだ。こうなると、「我が尻よ」が『重力の虹』と同じく第二次世界大戦末期のヨーロッパを舞台としているのも偶然とは思えない。さらに付け加えるなら、前者は放屁を武器にも使える技として描いていて、後者は主人公の勃起《ぼっき》をV2ロケットと関連付けており、下ネタ度で比較すると両者はいい勝負に思えてくる。第三章「三馬鹿が行く」ではトマスをリーダーとする三人組が飛行船に乗るが、トマス・ピンチョンのもう一つの代表作『逆光』でも飛行船が世界を股にかけた冒険を繰り広げる。これ以上手掛かりを拾っていくとひどいネタバレになるのでここでやめざるをえないけれども、『重力の虹』でロケット兵器を開発する男は元々月旅行に憧れる空想的な科学者だということも付言しておこう。

本書が意識し、あるいは影響を受け、暗にオマージュを捧げているのはピンチョン作品だけではない。偽史的な要素を取り入れたり、故意に時代錯誤的な要素が本文中に混じっているのも、ポストモダン小説でしばしば見受けられるお遊びだ。普通の小説なら歴史的出来事や人物が作品の背景として扱われるが、ポストモダンの色合いが濃い本作では、虚構の登場人物が実在の人物と対等に交わる。浅暮さんは過去にパトリック・ジュースキントの『香水　ある人殺しの物語』(文藝春秋、一九八八年)の影響を受けた作品『カニスの血を嗣《つ》ぐ』(講談社、一九九九年)を書いていて、本作にもそれに似た、現実と魔術的世界が微妙に入り交じるマジックリアリズムの雰囲気が感じられる。こうして現在と過去、虚構と歴史、現実と魔法が不思議に溶け合っているのが『我が尻よ』だ。

また、近年の世界文学で注目を集める一つの潮流として〝超越文学〟と呼ばれるものの増加があって、これも明らかに本書に影響を与えている。映画にもなったデイヴィッド・ミッチェル『クラウド・アトラス』（河出書房新社、二〇一三年）やマイケル・カニンガム『めぐりあう時間たち　三人のダロウェイ夫人』（集英社、二〇〇三年）のように遠く隔たった複数の時間と場所を行き来しながらそれらを重ね合わせ、あるいは響かせ合うように物語られる小説群がそう呼ばれるのだが、本書もその好例と言っていい。四つの短編は単に放屁でつながるのではなく、キャラクターやキーワードの再登場という形や、より深いところでは〝愛〟の変奏というテーマでもつながっている。それゆえ本作を〝おならをめぐる連作短編集〟と呼ぶのは間違いではないが、より適切な言い方をするなら、緩くつながる四章から成る超越的長編なのである。

以上のような解説は大げさだろうか。たしかにそうかもしれない。しかし私のように海外の現代文学の紹介にかかわる人間としては（そしておそらく刺激的な海外文学を大事な栄養源としている浅暮さんも同じ思いだと思うが）、本書のような作品が広く読まれ、いわゆる〝普通〟とはひと味違うそのテーストに多くの人が触れることで、小説が持つさらに広い可能性の〝沃野《よくや》〟に読者が踏み出すきっかけになればとてもうれしい。

（きはらよしひこ／アメリカ文学者・翻訳家）

本書は書き下ろし作品です。

我《わ》が尻《しり》よ、高《たか》らかに謳《うた》え、愛《あい》の唄《うた》を

二〇二二年 五 月一〇日 初版印刷
二〇二二年 五 月二〇日 初版発行

著 者 浅暮三文《あさぐれみつふみ》
発行者 小野寺優
発行所 株式会社河出書房新社
〒一五一－〇〇五一
東京都渋谷区千駄ヶ谷二－三二－二
電話〇三－三四〇四－八六一一（編集）
〇三－三四〇四－一二〇一（営業）
https://www.kawade.co.jp/

ロゴ・表紙デザイン 粟津潔
本文フォーマット 佐々木暁
本文組版 株式会社キャップス
印刷・製本 中央精版印刷株式会社

Printed in Japan ISBN978-4-309-41891-9

少年愛の美学 A感覚とV感覚

稲垣足穂 41514-7

永遠に美少年なるもの、A感覚、ヒップへの憧憬……タルホ的ノスタルジーの源泉ともいうべき記念碑的集大成。入門編も併禄。恩田陸、長野まゆみ、星野智幸各氏絶賛の、シリーズ第２弾！

天体嗜好症

稲垣足穂 41529-1

「一千一秒物語」と「天体嗜好症」の綺羅星ファンタジーに加え、宇宙論、ヒコーキへの憧憬などタルホ・コスモロジーのエッセンスを一冊に。恩田陸、長野まゆみ、星野智幸各氏絶賛シリーズ第三弾！

ヰタ・マキニカリス

稲垣足穂 41500-0

足穂が放浪生活でも原稿を手放さなかった奇跡の書物が文庫として初めて一冊になった！「ヰタとは生命、マキニカリスはマシーン（足穂）」。恩田陸、長野まゆみ、星野智幸各氏絶賛の、シリーズ第一弾。

絶対惨酷博覧会

都筑道夫 日下三蔵〔編〕 41819-3

律儀な殺し屋、凄腕の諜報員、歩く死体、不法監禁からの脱出劇、ゆすりの肩がわり屋……小粋で洒落た犯罪小説の数々。入手困難な文庫初収録作品を中心におくる、都筑道夫短篇傑作選。

日影丈吉傑作館

日影丈吉 41411-9

幻想、ミステリ、都市小説、台湾植民地もの…と、類い稀なユニークな作風で異彩を放った独自な作家の傑作決定版。「吉備津の釜」「東天紅」「ひこばえ」「泥汽車」など全13篇。

パノラマニア十蘭

久生十蘭 41103-3

文庫で読む十蘭傑作選、好評第三弾。ジャンルは、パリ物、都会物、戦地物、風俗小説、時代小説、漂流記の十篇。全篇、お見事。

小川洋子の陶酔短篇箱

小川洋子〔編著〕 41536-9

川上弘美「河童玉」、泉鏡花「外科室」など、小川洋子が偏愛する短篇小説十六篇と作品ごとの解説エッセイ。摩訶不思議で面白い物語と小川洋子のエッセイが奏でる究極のアンソロジー。

いやしい鳥

藤野可織 41652-6

だんだんと鳥に変身していく男をめぐる惨劇、幼い頃に母親を恐竜に喰われたトラウマ、あまりにもバイオレントな胡蝶蘭……グロテスクで残酷で、やさしい愛と奇想に満ちた、芥川賞作家のデビュー作！

カフカ式練習帳

保坂和志 41378-5

友人、猫やカラス、家、夢、記憶、文章の欠片……日常の中、唐突に訪れる小説の断片たち。ページを開くと、目の前に小説が溢れ出す！　断片か長篇か？　保坂和志によって奏でられる小説の即興演奏。

あるいは酒でいっぱいの海

筒井康隆 41831-5

奇想天外なアイデア、ドタバタ、黒い笑い、ロマンチック、そしてアッというオチ。数ページの中に物語の魅力がぎっしり！　初期筒井康隆による幻のショートショート集、復刊。解説：日下三蔵

第七官界彷徨

尾崎翠 40971-9

「人間の第七官にひびくような詩」を書きたいと願う少女・町子。分裂心理や蘚の恋愛を研究する一風変わった兄弟と従兄、そして町子が陥る恋の行方は？　忘れられた作家・尾崎翠再発見の契機となった傑作。

毒薬の輪舞

泡坂妻夫 41678-6

夢遊病者、拒食症、狂信者、潔癖症、誰も見たことがない特別室の患者——怪しすぎる人物ばかりの精神病院で続発する毒物混入事件でついに犠牲者が……病人を装って潜入した海方と小湊が難解な事件に挑む！

黒死館殺人事件

小栗虫太郎　40905-4

黒死館を襲った血腥い連続殺人事件の謎に、刑事弁護士法水麟太郎がエンサイクロペディックな学識を駆使して挑む。本邦三大ミステリの一つ、悪魔学と神秘科学の一大ペダントリー。

二十世紀鉄仮面

小栗虫太郎　41547-5

九州某所に幽閉された「鉄仮面」とは何者か、私立探偵法水麟太郎は、死の商人・瀬高十八郎から、彼を救い出せるのか。帝都に大流行したペストの陰の大陰謀が絡む、ペダンチック冒険ミステリ。

人外魔境

小栗虫太郎　41586-4

暗黒大陸の「悪魔の尿溜」とは？　国際スパイ折竹孫七が活躍する、戦時下の秘境冒険ＳＦファンタジー。『黒死館殺人事件』の小栗虫太郎、もう一方の代表作。

法水麟太郎全短篇

小栗虫太郎　日下三蔵〔編〕　41672-4

日本探偵小説界の鬼才・小栗虫太郎が生んだ、あの『黒死館殺人事件』で活躍する名探偵・法水麟太郎。老住職の奇怪な死の謎を鮮やかに解決する初登場作「後光殺人事件」より全短篇を収録。

紅殻駱駝の秘密

小栗虫太郎　41634-2

著者の記念すべき第一長篇ミステリ。首都圏を舞台に事件は展開する。紅駱駝氏とは一体何者なのか。あの傑作『黒死館殺人事件』の原型とも言える秀作の初文庫化、驚愕のラスト！

妖人奇人館

澁澤龍彥　40795-1

占星術師や錬金術師、魔術師、詐欺師に殺し屋……世には実に多くの妖人、奇人、怪人が存在する。謎めいた仮面を被り、数々の奇行とスキャンダラスな行為で世の中を煙に巻いた歴史上の人物たちの驚くべき生涯！

黒魔術の手帖

澁澤龍彥 40062-4

魔術、カバラ、占星術、錬金術、悪魔信仰、黒ミサ、自然魔法といったヨーロッパの神秘思想の系譜を日本にはじめて紹介しながら、人間の理性をこえた精神のベクトルを解明。オカルト・ブームの先駆をなした書。

秘密結社の手帖

澁澤龍彥 40072-3

たえず歴史の裏面に出没し、不思議な影響力を及ぼしつづけた無気味な集団、グノーシス派、薔薇十字団、フリーメーソンなど、正史ではとりあげられない秘密結社の数々をヨーロッパ史を中心に紹介。

東西不思議物語

澁澤龍彥 40033-4

ポルターガイスト、ＵＦＯ、お化け……。世にも不思議な物語をこよなく愛する著者が、四十九のテーマをもとに、古今東西の書物のなかから、奇譚のかずかずを選びぬいた愉快なエッセイ集！

世界悪女物語

澁澤龍彥 40040-2

ルクレチア・ボルジア、エリザベト・バートリなど、史上名高い悪女たちの魔性にみいられた悪虐非道の生涯を物語りながら、女の本性、悪の本質を浮き彫りにするベストセラーエッセイ集。

幻想の肖像

澁澤龍彥 40169-0

幻想芸術を論じて当代一流のエッセイストであった著者が、ルネサンスからシュルレアリスムに至る名画三十六篇を選び出し、その肖像にこめられた女性の美と魔性を語り尽すロマネスクな美術エッセイ。

エロスの解剖

澁澤龍彥 41551-2

母性の女神に対する愛の女神を貞操帯から語る「女神の帯について」ほか、乳房コンプレックス、サド＝マゾヒズムなど、エロスについての16のエッセイ集。没後30年を機に新装版で再登場。

O嬢の物語

ポーリーヌ・レアージュ　澁澤龍彥〔訳〕　46105-2

女主人公の魂の告白を通して、自己の肉体の遍歴を回想したこの物語は、人間性の奥底にひそむ非合理な衝動をえぐりだした真に恐れるべき恋愛小説の傑作として多くの批評家に激賞された。ドゥー・マゴ賞受賞！

眼球譚［初稿］

オーシュ卿（G・バタイユ）　生田耕作〔訳〕　46227-1

二十世紀最大の思想家・文学者のひとりであるバタイユの衝撃に満ちた処女小説。一九二八年にオーシュ卿という匿名で地下出版された当時の初版で読む危険なエロティシズムの極北。恐るべきバタイユ思想の根底。

類推の山

ルネ・ドーマル　巖谷國士〔訳〕　46156-4

これまで知られたどの山よりもはるかに高く、光の過剰ゆえに不可視のまま世界の中心にそびえている時空の原点——類推の山。真の精神の旅を、新しい希望とともに描き出したシュルレアリスム小説の傑作。

幻獣辞典

ホルヘ・ルイス・ボルヘス　柳瀬尚紀〔訳〕　46408-4

セイレーン、八岐大蛇、一角獣、古今東西の竜といった想像上の生き物や、カフカ、C・S・ルイス、スウェーデンボリーらの著作に登場する不思議な存在をめぐる博覧強記のエッセイ一二〇篇。

見えない都市

イタロ・カルヴィーノ　米川良夫〔訳〕　46229-5

現代イタリア文学を代表し世界的に注目され続けている著者の名作。マルコ・ポーロがフビライ汗の寵臣となって、様々な空想都市（巨大都市、無形都市など）の奇妙で不思議な報告を描く幻想小説の極致。

百頭女

マックス・エルンスト　巖谷國士〔訳〕　46147-2

ノスタルジアをかきたてる漆黒の幻想コラージュ——永遠の女・百頭女と怪鳥ロプロプが繰り広げる奇々怪々の物語。二十世紀最大の奇書。瀧口修造・澁澤龍彥・赤瀬川原平・窪田般彌・加藤郁乎・埴谷雄高によるテキスト付。

著訳者名の後の数字はISBNコードです。頭に「978-4-309」を付け、お近くの書店にてご注文下さい。